Astrid Böger

Marx. Ein Mordopfer?

AF190211

Books on demand

FSC
www.fsc.org
MIX
Papier aus ver-
antwortungsvollen
Quellen
Paper from
responsible sources
FSC® C105338

Die Deutsche Nationalbibliothek – Bibliographische
Information

Die Deutsche Nationalbibliothek verzeichnet diese
Publikation in der Deutschen Nationalbibliographie;
detaillierte bibliographische Daten sind im Internet über
http://d-nb.de abrufbar.

CIP-Einheitsaufnahme:
Böger, Astrid: Marx. Ein Mordopfer?
©2018
Herstellung und Verlag: BoD - Books on Demand,
Norderstedt. 2018.
ISBN: 9-783748-118725

Gesamtproduktion:
Printed in Germany
1. Auflage April 2018

Astrid Böger

Marx. Ein Mordopfer?

Books on demand

Über die Autorin:

Astrid Böger, Wissenschaftlerin, geboren in Berlin, studierte Informationswissenschaften, promovierte in Ingenieurwissenschaften, arbeitete als Professorin und Studiengangsleiterin im gesundheitswissenschaftlichen und technischen Kontext. Sie war international in unterschiedlichen Branchen und auch in europäischen Institutionen tätig. Gleichfalls wirkte sie als Geschäftsführerin und Vorstand.

Vorwort

von Wolf Hartmann

Das folgende Buch verdankt sein Entstehen im Grunde einer Schnapsidee. Während des Nachdenkens über eine Wiedergeburt des von Theodor Fontane gern getrunkenen SANITAS zu seinem Geburtstag Ende 2019, entstand ein Disput darüber, dass Karl Marx zu seinem naheliegenden 200. im Mai dieses Jahres viel weniger Aufmerksamkeit im Land Brandenburg und generell hierzulande geschenkt wird.

Im sogenannten Karl-Marx-Jahr 1983 zum 100. Todestag war das im geteilten Deutschland noch ganz anders und das Marx-Konterfei zierte den 100-Markschein der DDR, während er es im anderen Teil Deutschlands gerade mal auf eine 5-DM-Gedenkmünze schaffte.

Dass ausgerechnet die Chinesen dem großen Sohn der Stadt Trier eine überdimensionale Marx-Statue zum 200. schenken, löste auch keineswegs nur Begeisterung aus. Sie wird im Mai feierlich eingeweiht.

Die unterschiedliche Wertung liegt an der Ambivalenz, mit der die Persönlichkeit Marx als Revolutionär, Gesellschaftskritiker und Weltverbesserer, aber auch Romantiker und bis zum Lebensende im Londoner Asyl Lebender sehr kontrovers wahrgenommen wurde und wird.

Angesichts der Tatsache, dass bis heute geheimnisvolle Giftanschläge in Großbritannien die Welt in Atem halten und über die Eskalation diplomatischer Krisen in einen 3. Weltkrieg stürzen können, entstand die Idee, einmal darüber nachzuforschen, ob nicht auch Karl Marx ein Mordopfer gewesen sein könnte?

Manchem verschlägt es die Sprache, bei anderen entsteht Neugierde.

Viel Vergnügen!

Wolf Hartmann

Bad Saarow,
im Jahr des 200. Geburtstages von Karl Marx

Mohr im todbringenden London

Katharina: „Setzen wir die Diskussion zu deinen Fragen ans Universum fort?"

Romy: „Irgendwie ja. Aber vielleicht sind es diesmal mehr Antworten als Fragen. Oder wenigstens Hypothesen, die helfen, unsere Welt etwas verständlicher zu machen, Hintergründe zu verstehen oder wenigstens, es zu versuchen. Karl Marx ist sicherlich dafür eine Schlüsselfigur der Geschichte."

Katharina: „Zum 200. Geburtstag von ihm in diesem Jahr passt das ja auch. Du hast mich gebeten, mit dir gemeinsam etwas zu Karl Marx zu schreiben, richtig? Ich will dich nicht demotivieren, aber über ihn schreibt heute fast jeder. Meinst du, es gibt irgendwelche neuen Erkenntnisse, die die Leser dabei hinter dem Ofen hervorlocken?"

Romy: „Das kann ich nicht sagen. Aber ich empfinde das, was mich gegenwärtig umtreibt, als sehr spannend für unsere heutige Zeit. Nenne es Krimi, nenne es gesellschaftspolitisches Drama, nenne es Psychothriller. Karl Marx wurde umgebracht. Er wurde Opfer eines Systems, das sich gegenwärtig vor allem nur noch dadurch am Leben erhält, dass es rechtzeitig kluge Denker einfach ausschaltet. Umbringt. Ermordet.

Katharina: „Das glaube ich nicht. Marx wurde ermordet? Eine sehr verrückte These. Und du meinst, das zieht sich bis in unsere heutige Zeit hinein? Ich meine, mit den Morden? Das sind doch wohl eher Fake News, oder? Ich hoffe, du veräppelst mich jetzt und willst nicht populistisch irgendetwas in den Raum stellen, um öffentliche Aufmerksamkeit zu erhalten?"

Romy: „Überhaupt nicht. Du kennst mich doch. Aber es liegt so klar auf der Hand, wie das Amen in der Kirche. Nur das rechtzeitige Ableben, der Tod oder das „nachhaltige" Erkranken kluger Köpfe, erhält das kapitalistische System im Moment noch am Laufen.

Und es stand bereits schon vor 200 Jahren auf der Kippe. Viele Menschen haben erkannt, dass es viel zu ungerecht in der Welt zugeht und dass dies eigentlich nicht sein müsste.

Die traditionellen Werte gehen schleichend verloren, die Menschlichkeit, die Solidarität, das Gemeinsame. Nicht viele haben sich getraut, dies auch auszusprechen. Aber wenn, dann ging es denjenigen dabei selten gut. Entweder sie wurden mit Einschüchterungen, Drohungen, Angst oder Krankheiten zum Schweigen gebracht oder wenn das nicht ausreichte, mussten sie eben beseitigt werden.

Den Kapitalismus als System würde es längst nicht mehr geben, wenn nicht Angst, Rache, Wut, Gier und andere negative Emotionen das Handeln der Menschen steuern würden und wenn sich niemand mehr gegen den anderen ausspielen lassen würde. Dann könnten wir heute in einer ganz anderen, und ich bin mir sicher, besseren Zeit leben.

Dann wären die Lehren und Theorien ökonomischer

Vordenker, die vom Wohlstand für alle ausgingen, längst umgesetzt.

Und natürlich auch, wenn die Pioniere und Visionäre für eine bessere Zukunft mehr Zeit gehabt hätten, den Menschen ihre Theorien und Erkenntnisse mit einfachen Worten verständlich zu machen, die Funken für eine neue Zeit nachhaltig übergesprungen wären und daraus auch praktisches Handeln resultiert hätte. Aber um das zu verhindern, hat man sie wohl konsequenterweise umgebracht."

Katharina: *„Du meinst ernsthaft, Karl Marx ist Opfer einer Gewalttat geworden? Das ist schon eine heftige Anschuldigung. Und das wäre wirklich ein Krimi. Aber davon hätte man doch schon längst etwas gehört oder gelesen? So viele Wissenschaftler beschäftigen sich seit Jahrzehnten mit seiner Person. Und dann noch in diesem Jahr, dem 200. Geburtstag von Karl Marx? Ich kann mir kaum vorstellen, dass dieser Fakt nicht bereits durch Historiker aufgegriffen worden wäre, wenn da auch nur der kleinste realistische Verdacht bestehen würde. "*

Romy: „Aber es besteht eben kein Verdacht. Warum auch? Und das ist das Problem. Deshalb ist es auch selbstverständlich, dass sich bisher noch niemand intensiver mit dem Ableben von Karl Marx beschäftigt hat. Vielleicht handelte es sich ja auch nicht unbedingt um einen gewalttätigen Anschlag oder wie man sich damals noch einen klassischen Mord vorstellte, sondern um eine eher stille, gut geplante Überführung in den Tod."

Katharina: „*Du meinst, wie man jemanden langsam vergiftet oder erstickt und niemand kann das nachweisen?*

Romy: „Das wäre denkbar. Mittlerweile werden wir ja durch zahllose Krimis, CSI, Medical Detectives und andere amerikanische Serienformate im Fernsehen mit einer großen Anzahl von potentiellen Todesvarianten konfrontiert. Vor einhundert Jahren gab es allerdings noch nicht so einen hohen Bekanntheitsgrad von „*natürlich erscheinenden Toden*". Weder Fernsehen noch Internet gehörten als Informationsquellen zum Alltag der Bevölkerung. Mittlerweile steigt der Umfang medialer Inhalte über Verbrechensarten förmlich synergetisch zum Bekanntwerden neuer Methoden darüber, wie man jemanden aus dem Leben befördern kann. Ehe wir wissen, was uns in der Realität erwartet oder wir in den Zeitungen über ein Verbrechen lesen, hat ein Film oder ein Buch dieses Vorgehen bereits medial überhöht und mit Unterhaltungswert an die Bevölkerung gebracht. So kann kaum jemand mehr glaubhaft vermitteln, dass es sich bei subjektiven Beobachtungen oder persönlichen Erfahrungen, um die grausame Realität und nicht um deren virtuelle und mediale Abbilder handelt. Je nachdem, was schneller in das Unterbewusstsein der Massen gedrungen ist.

Besonders kompliziert wird es, wenn sich Realität und Kino in ihren zeitlichen Abläufe überschneiden, überholen oder abwechseln. Dann ist die Verwirrung komplett. Denn auch das „Vordenken" von Verbrechen oder Kriegsstrategien im Kino gehört mittlerweile zum *State of the Art* und erfreut sich bei Militärexperten großer Beliebtheit. Gerade wenn es um Formen der psychologische Kriegsführung geht, verbinden die Produzenten gemeinsam mit Militärstrategen, Politprofis, Marketingexperten und Psychologen gleichzeitig noch Marktforschungen und Akquisitionsstrategien für den freiwilligen Einsatz in der Truppe.[1] Und im Leben befinden sich die Nachahmer bereits in der Spur.

In Marx' Zeit nahmen die Medien-, Informations- und Kommunikationstechnologien allerdings noch nicht eine so massenwirksame Spiegelfunktion technologischer Entwicklungen und krimineller Anwendungen ein. Sie waren einfach noch nicht so im Alltag präsent.

Deshalb möchte ich auch nicht ein brutales, also noch nicht so strategisch ausgereiftes, Ende von Karl Marx ausschließen. Vielleicht hat man ihm einfach die Kehle durchgeschnitten, um ihn endgültig zum Schweigen zu bringen.

Die meisten Historiker konzentrieren sich anscheinend eher auf die ökonomischen Thesen von Marx, seine politischen Anliegen oder maximal auf sein Familienleben. Vielleicht auch noch auf seine außerehelichen Vergnügungen oder menschlichen kleinen oder größeren Schwächen. Aber wer beschäftigt sich schon mit dem Tod von Marx unter dem Aspekt, hier einem Mordfall gegenüberzustehen?"

Katharina: *„Das liegt ja auch nicht wirklich nahe. Außerdem ist es einfach zu lange her. Und bei den da-*

---

[1] Der Film „An officer and a gentlemen" sparte dem Millitär $115 Mio. für Marketing. Auch Top Gun und andere Kriegsfilme motivierten die Zuschauer, sich freiwillig dem Kriegsdienst anzuschließen. A.d.A..

maligen Lebensumständen sind die Menschen eben öfter erkrankt und früher gestorben. Warum sollte man darin etwas Verdächtiges sehen?"

Romy: „Und es gibt auch vermeintlich so viel Wichtigeres. Heute beschäftigt sich doch kaum noch jemand mit Marx und seinen Theorien. Wenn wir nicht gerade in diesem Jahr seinen 200. Geburtstag begehen würden, fiele sicherlich das öffentliche Interesse an seiner Person noch geringer aus. Zumal ja das sozialistische System vermeintlich weltweit gescheitert ist. Und in Gesamtdeutschland gewinnt der Religionsunterricht in den Schulen wieder zunehmend an Bedeutung."

Katharina: *„Aber ist das jetzt ein Grund, um über das Ableben von Marx als Mordfall nachzudenken?"*

Romy: „Du hast recht, dass das irgendwie weit hergeholt erscheint. Und man könnte auch annehmen, dass es keinen konkreten Anlass gibt, um misstrauisch auf die Vergangenheit zu blicken. Warum sollte damals auch etwas nicht mit rechten Dingen zugegangen sein? Und sofern niemand ein mögliches Motiv sieht, wie eben ein gut geschulter Kriminalist oder auch ein Berufskiller auf diesen Fall blicken würde, kommt natürlich auch kein Verdacht auf. Und für Ermittlungen scheint es ja sowieso zu spät. Da würde jeder Prozess wegen Verjährung gar nicht erst aufgenommen werden."

Katharina: *„Das denke ich aber auch. Aber du willst dich jetzt mit einem Kriminalisten oder etwa einem Be-*

rufskiller vergleichen? Oder warum greifst du jetzt dieses Thema auf?"

Romy: „Intuition. Ein unbestimmtes Gefühl, das mir sagt, dass da etwas nicht stimmen könnte."

Katharina: *„Aber reicht das, um daraus einen Fall zu konstruieren?"*

Romy: „Was einen Mord zu einem echten Kriminalfall macht, sind vor allem ein Auftraggeber und ein Ermittler, der versucht, diesen „Fall" zu lösen. Aber wo „kein Kläger, da kein Richter". Hast du schon einmal gehört, dass jemand den Auftrag bekommen hätte, in einem vermeintlichen Mordfall von „Karl Marx" zu ermitteln?"

Katharina: *„Ich nicht. Allerdings bin ich kein „Marx-Spezialist". Und du auch nicht, soviel ich weiß. Wir würden diese Thematik sowieso nur aus Sicht von „Laienhistorikern" und „Laienkriminalisten" betrachten können, oder?"*

Romy: „Das muss kein Nachteil sein, weil es manchmal sinnvoll ist, Dinge aus einer anderen Perspektive zu betrachten. Und dass sich bisher niemand damit beschäftigt hat, heißt ja nicht, dass es da nichts gibt, was aufgeklärt werden könnte."

Katharina: *„Und du bis nun Auftraggeber und Ermittler zugleich, der einerseits darum ersucht, den Tod von Karl Marx als Mordfall untersuchen zu dürfen und an-*

dererseits, diesen dann aufklären möchte? "

Romy: „Ja, so ungefähr."

Katharina: „Und ich soll dann darüber einen Artikel schreiben? Hast du denn wenigstens schon eine Spur? "

Romy: „Natürlich, sonst hätte ich dich ja nicht um das Treffen gebeten und diesen Fall zur Diskussion gestellt. Klar ist es schwierig, jetzt eine konkrete Person zu benennen, die den Auftrag für den Mord an Karl Marx erteilt hat. Ich gehe aber davon aus, dass es sich um einen Auftragsmord gehandelt hat. Es gibt einige Verdächtige, die daran beteiligt waren. Und mit Sicherheit gibt es ein verdächtiges Netzwerk, das in die Mordpläne involviert war und das bis in die Gegenwart hinein sein unheimliches Spiel treibt."

Katharina: „Aber wie kommst du denn darauf? "

Romy: „Man braucht natürlich für alles immer einen gewissen Anlass, eine Art Inspiration. Und dann findest du eigentlich alle Informationen dazu im Internet, wenigstens bis jetzt noch. Oder sagen wir mal: fast. Zwar mal mehr oder weniger konkret, aber immerhin reicht es, daraus die notwendigen Schlussfolgerungen zu ziehen, sofern man nicht annehmen muss, dass es sich bei jeder Information im Netz nur noch um Fake News handelt."

    Romy pausierte und setzte dann fort:
    „Und, ich gehe sogar noch weiter. Nicht nur Marx

wurde ermordet, sondern auch seine Ehefrau und seine Tochter. Wahrscheinlich auch noch andere Verwandte."

Katharina: „Das wird mir jetzt aber zu heftig. Du meinst, dass sozusagen ein Familienmord stattgefunden hat? Du meinst, man hat die ganze Familie Marx ausgelöscht? Und du möchtest, dass ich darüber einen Artikel schreibe? Dann benötige ich aber stichhaltige Argumente, besser noch Beweise. Ich mache mich ja sonst ohne Ende lächerlich."

Romy: „Die bekommst du." Romy zögerte.

„Wenigstens in Ansätzen. Ich bin darauf gestoßen, als mich jemand gefragt hat, was ich wohl meine, warum Karl Marx überhaupt auf seine Ideen gekommen sei und ob er vielleicht, so wie ich, gemobbt, bedroht oder ausgegrenzt wurde, so dass er plötzlich das gesamte Gesellschaftssystem in Frage stellte, einen Systemwechsel propagierte und intensiv an den Theorien dazu arbeitete. Irgendetwas muss ja in seinem Leben dazu geführt haben, dass er sich so intensiv mit einem neuen sozialen Modell des Zusammenlebens von Menschen beschäftigte. Und vor allem, dass er den Kapitalismus als untergehendes System sah. Sein besonderes Verdienst besteht ja darin, nicht nur Zukunftsvisionen aufgestellt, sondern auch ein ökonomisches Modell dazu entwickelt zu haben, das er zugleich noch wissenschaftlich fundiert begründete."

Katharina: „Marx gehörte zu den Linkshegelianern, die im Fortgang historischer Prozesse weite fundamen-

tale Änderungen erwarteten. Außerdem pflegte er ein enges Netzwerk mit Philosophen und Querdenkern, die ihm sehr viele unterschiedliche Ansichten und Blickwinkel vermittelten. Er sah eine Weiterentwicklung der preußischen Gesellschaft als einfach gegeben und notwendig an. Er erkannte die Probleme der massenhaften Armut, der staatlichen Zensur, der fehlenden politischen Partizipation der breiten Bevölkerungsmehrheit und die Diskriminierung von Menschen, die sich nicht zum christlichen Glauben bekannten. Da ist es doch nicht verwunderlich, dass er sich mit den ökonomischen Ursachen beschäftigte und auch über mögliche Lösungen nachdachte.

Romy: „Ich glaube, dass die wenigsten heute beurteilen können, was einen „Linkshegelianer" auszeichnete. Als locker organisierte Gruppierung interessierten sich die Anhänger vor allem für die Philosophie Hegels, der den Anspruch erhob, dass die gesamte Wirklichkeit und alle ihre verschiedenen Formen einschließlich geschichtlicher Entwicklungen zusammenhängen, systematisch und definitiv zu deuten sind. Aber er forderte das praktische Handeln, nachdem der Determinismus vieler Entwicklungen erkannt wurde. Und das ist auch heute ein wichtiger Grund, sich mit Marx zu beschäftigen. Irgendwie stehen wir gegenwärtig wieder vor den gleichen Problemen. Armut, fehlende Partizipation der Bevölkerungsmehrheit, Diskriminierung von Menschen, die sich nicht zum christlichen Glauben bekennen. Eben alles nur 200 Jahre später. Ist das nicht irgendwie erschreckend? Als wenn es seit dieser Zeit keinen

Fortschritt gegeben hätte."

Katharina: „Und das diente dir als Anlass, bei Karl Marx zu schauen, wie er gestorben ist?"

Romy: „Ja, denn irgendwie konnte er ja seine Arbeit nicht mehr erfolgreich abschließen oder im breiten Umfang praktisch umsetzen, auch wenn er natürlich, aus meiner Sicht, bereits Weltbewegendes geleistet hatte. Doch es gab noch so vieles, was unvollendet blieb, wichtige Werke, die nie geschrieben wurden, Reden, die nie gehalten wurden, Wahrheiten, die nie in der Öffentlichkeit ankamen."

Romy wurde nachdenklich.

„Da ich selbst von meinem ehemaligen Arbeitgeber, einem starken industriellen Wirtschaftsakteur, massiv unter Druck gesetzt wurde, als ich bestimmte Prozesse und Projekte hinterfragte und dies dann auch bei mir dazu geführt hat, aus einem emotionalen Ungleichgewicht heraus, über das Gesellschaftssystem als Ganzes nachzudenken, dieses zu hinterfragen und nicht nur über mein persönliches Schicksal zu jammern und zu klagen, erschien mir diese Frage plötzlich logisch und ganz klar.

Warum sollte nicht eine Persönlichkeit wie Karl Marx massiv bedroht und letztendlich, als eine Art historischer Whistleblower seiner Zeit, wie übrigens auch Jenny Marx[2], seine Frau, aus dem „Verkehr" gezogen worden sein? Warum sollte man nicht beide umgebracht haben,

---

[2] Jenny Marx, eigentlich Johanna Bertha Julie Jenny Marx, geb. von Westphalen (12.02.1814 in Salzwedel, gest. 02.12.1881 in London, deutsche Sozialistin und Ehefrau von Karl Marx.

als die „Sache der Aufklärung" anfing, aus dem Ruder zu laufen und eine nicht mehr kontrollierbare Eigendynamik zu entwickeln?

Nicht auszudenken, wenn sich seine Ideen in den Köpfen theoretisch so verfestigt hätten, dass sich daraus generell ein neuer gesellschaftspolitischer Anspruch bei der Mehrheit der Menschen entwickelt hätte. Und wenn dieses Denken zu einem veränderten und neuen gemeinschaftlichen praktischen Handeln geführt hätte, wie es bereits ja vielfach schon in beunruhigender Weise für die herrschende Klasse sichtbar wurde. Und wenn sich daraus dann sozialistische und kommunistische Haltungen flächendeckend und global entwickelt hätten. Und wenn plötzlich das Volk nicht mehr die Zustände im Kapitalismus akzeptiert hätte. Immerhin entwickelte Karl Marx theoretisch die wesentlichen Elemente einer Analyse und Kritik des Kapitalismus mit wissenschaftlichem Anspruch."

Katharina: „Du meinst, dass ihn in Gefahr brachte, dass er in den letzten Jahren im Londoner Exil vor allem weiter an seinen Theorien geschrieben hatte?"

Romy: „Denke bitte an die heutigen Schicksale investigativer Journalisten. Und auch Autoren, Publizisten, Schriftsteller leben gefährlich. Nicht umsonst finden immer wieder Überfälle auf Redaktionen statt und Schreibende werden unter Druck gesetzt. Schriften können zündeln. Schriften können das Denken verändern. Deshalb haben in den letzten Jahren vor allem die elektronischen und digitalen Medien so an Einfluss zugenommen, vor allem Film, Fernsehen und Internetangebote, die das kritische Schrifttum zunehmend zu verdrängen suchen. Durch die Vielfalt und Fülle der Angebote, durch eine inszenierte Informationsflut wird es für den einzelnen zunehmend schwieriger, sich zu fokussieren oder auch die Wertigkeit von kritischen Informationen einzuschätzen. Insofern bin ich sehr froh, dass zunehmend das Lesen von Büchern wieder an Bedeutung gewinnt. Obwohl dies heute auch keine Garantie für Qualität mehr sein muss.

Und gleichzeitig ist es auch nicht ungewöhnlich, wenn versucht wird, leistungsorientierte, kluge, kreative Menschen zu Zwecken des Machterhalts oder der Machtergreifung als Multiplikatoren für die eigenen Interessen zu gewinnen, zu binden und deren Potential zu nutzen.

Auch dafür werden zahlreiche Instrumentarien eingesetzt, wenn auch diese eher manipulierende und missbrauchende Methoden nutzen und auf psychologischen Tricks aufbauen. Dass diese während der letzten Jahre immer weiter geschärft, perfektioniert, natürlich verändert, angepasst und personalisiert wurden und damit heute viel moderner daherkommen, ist längst kein Geheimnis mehr.

Aber was passiert, wenn diejenigen, die eigentlich als Stütze und Diener des Systems „aufgebaut" wurden, in dessen Sinne wirken sollten und die eigentlich immer gut manipuliert werden konnten, plötzlich nicht mehr steuerbar sind? Was, wenn die geplanten Entwicklungen drohen, sich ins Gegenteil zu verkehren?

Sollten die Machthaber dann zusehen, wie sich ihre Träume, Hoffnungen und ihr Reichtum langsam in Luft auflösen?

Sollten sie zusehen, wie die materiellen Werte, die ihre Ahnen, ihre Familien über Jahrzehnte und Jahrhunderte „zusammengetragen" haben - unabhängig davon, ob gerecht, fleißig, unter Beachtung humaner Werte oder ungerecht, diktatorisch und ausbeuterisch - plötzlich an das „gemeine" Volk verteilt werden?

Sollten sie zusehen, wie die Existenz ihrer Klasse in Frage gestellt wird?

Sollten sie, die sich zu den Bewahrern ihrer Kultur, ihrer Ethik, ihrer Bildung zählten, die in diesem Sinne von ihren Eltern erzogen wurden, das alles aufgeben? Kampflos? Konnte man in diesem Sinne Karl Marx grenzenlos agieren lassen? Und hat sich daran heute etwas geändert?"

Katharina: *„Du meinst den alten Adel und den neuen Geldadel, Kirchenvertreter und das Großbürgertum?"*

Romy: „Natürlich. Nur wenige aus dieser Oberschicht, der Elite, der führenden Klasse, werden in der Lage sein oder darin etwas Erstrebenswertes sehen, wenn sie in sicheren finanziellen Verhältnissen aufgewachsen sind, diese Situation freiwillig aufzugeben, um in Armut zu leben oder wenigstens etwas von ihrem Reichtum abzugeben. Sie haben nicht gelernt, dass man auch mit weniger glücklich leben kann. Auch bei ihnen greift das Motiv der Angst, das sich in ihrer persönlichen Vorstellung bis zur Existenzangst steigert.

Und diese Angst begegnet der Angst der Arbeiter und des Volkes, das befürchtet, das Wenige zu verlieren, was es noch hat.

Aber auch die Angst, nicht selbst in der Lage zu sein, das eigene Schicksal bestimmen zu können, sondern sich in totaler Abhängigkeit von Industrie, Staat, Kirche aber auch Flüchtlingen, Terrorattacken, Globalisierung zu befinden. Durch wen oder was auch immer diese Angst ausgelöst wird, das Feindbild ist für jede Klasse klar und einfach strukturiert.

Und mit dem Blick auf all die negativen Begleiterscheinungen, die auf der Seite der „Absteiger" sichtbar werden, wie schlechte oder mangelhafte Ernährung, ungenügende Wohnverhältnisse, unzureichende Gesundheitsversorgung resultiert nur eine Antwort: Kampf. Oder würdest du freiwillig von der Sonnenseite des Lebens oder wenigstens von einer Art Gewinnerseite auf die Seite der gesellschaftlichen Verlierer wechseln wollen?"

Katharina: „Natürlich nicht. Und aus deiner Sicht schreckt dieser Kampf, der in den Augen der „Betroffenen" ja nur einer Verteidigungsreaktion auf den unsichtbaren Angriff auf die eigene Existenz darstellt, auch nicht vor Mord und Totschlag zurück?"

Romy: „Selbstverständlich nicht. Und da macht es auch keinen Unterschied, ob du bereits mit einem „goldenen Löffel im Mund" geboren wurdest oder du dir diesen Aufstieg schwer erkämpfen musstest, ob du beim Lotto gewonnen, reich geheiratet hast oder eben auf kriminelle Weise in die höheren Kreise aufgestiegen bist."

Katharina: *„Und das machte Karl Marx zum Mordopfer?"*

Romy: „Ja, er war mit einer Adligen verheiratet, hatte die Möglichkeit, in den Kreisen der „Prinzessin" Jenny von Westphalen glücklich zu werden, selbst das Königshaus buhlte anscheinend um sein Wohlwollen, aber trotzdem hielt er konsequent an seinen Standpunkten fest, für das Proletariat kämpfen zu wollen, und an seiner Kritik gegenüber dem bestehenden kapitalistischen System."

Katharina: *„Du meinst, dass es immer wieder Bemühungen gab, Karl Marx politisch im Sinne der herrschenden Klasse zu beeinflussen und umzustimmen?"*

Romy: „Ja. Und als alle Versuche scheiterten, aus Marx noch einen anständigen „bürgerlichen Menschen" zu machen, sollte das Königshaus da zusehen, wie ihr erwirtschaftetes Eigentum, der Ruhm, die Macht, die Adelstitel plötzlich nichts mehr wert sein sollten, weil angeblich alle Menschen gleich wären und es keine Klassen mehr geben sollte? War es da nicht nachvollziehbar, im Angesicht der revolutionären Spannungen überall, dass sie nach Mitteln und Wegen suchten, ihr Eigentum zu verteidigen, ihre traditionellen Werte zu erhalten? „Böses und ausbeuterisches Kapital" hin oder her. Hatten sie nicht gelernt, dass es wichtig war, ihr Eigentum zu mehren und natürlich zu schützen? Und jetzt kamen plötzlich Propagandisten daher, die das „ungebildete" Volk aufwiegelten, nach Aufklärung, Transparenz, mehr Gerechtigkeit für alle riefen und damit ihre Errungenschaften der letzten Jahrhunderte auf dem Spiel standen? Und war es da nicht normal, dass man sich mit allen Mitteln dagegen wehrte?

Und konnte man dann nicht den Mord an einem solchen „Propagandisten", wie Karl Marx, als blanke Notwehr und Selbstverteidigung bezeichnen?

Hatte die herrschende Klasse denn eine andere Chance oder andere Mittel, um mit solchen Störfaktoren im System umzugehen?

Und das ist noch heute so: solange sie demonstrativ Feinde des politischen Systems nutzen können, um sich dabei an einem Feindbild abzuarbeiten, gut. Aber wenn dieser Gegenpart zu stark wird und sie das Gefühl bekommen, diesen nicht mehr auf irgendeine Art und Weise manipulieren, indoktrinieren zu können, bleibt nur die Option, diesen zu beseitigen."

Katharina: *„Und du meinst, durch seine Netzwerke und die immer weiter ausgereiften wissenschaftlichen Grundlagen wurde Marx irgendwie dann doch zu gefährlich?"*

Romy: „Das meine ich. Meiner Ansicht nach benötigt es für einen Systemwechsel eben nicht nur die Wut und die Überzeugung der Straße, einen revolutionären Gedanken, sondern eben auch fundierte gesellschaftliche, soziale und ökonomische Modelle, wie ein modernes System nachhaltig gelingen kann. Und da reicht es nicht, gegen etwas zu sein, sondern man muss auch in der Lage sein, zu erklären und zu konzipieren, wie etwas besser funktionieren könnte. Und da war Marx eben auf einem guten Weg. Eben zu gut.

Deshalb bleibe ich auch bei meiner Hypothese, dass er umgebracht wurde. Das war ein stiller und leiser Mord, der nicht darauf abzielte, einen weiteren Krieg auszulösen, sondern eine Störgröße aus dem Verlauf der Geschichte, aus dem Spiel um die Zukunft herauszunehmen. Solche Fälle gab es in der Geschichte ja zuhauf.

Katharina: *„Mord und Totschlag setzte man in der Vergangenheit also schon immer ein, um gesellschaftspolitischen Wandel voranzutreiben oder zu verhindern?"*

Romy: „Richtig. Schau mal, der erste Weltkrieg wurde mit dem Attentat von Sarajewo ins Rollen gebracht. Am 28. Juni 1914 wurden der Thronfolger Österreich-Ungarns und seine Frau bei ihrem Besuch in Sarajewo ermordet. Geplant war dieses Attentat von der serbischen Geheimgesellschaft „Schwarze Hand"[3]. Formal hieß diese nationalistische Vereinigung sogar „Vereinigung oder Tod". Das waren Offiziere, die das völkische Ideal durchsetzen wollten. Das Attentat löste die Julikrise[4] aus, die zu einer Zuspitzung der Konfliktlage der fünf Großmächte führte und daraus entwickelte sich der erste Weltkrieg mit 17 Millionen Toten. Angezettelt also durch eine Handvoll radikaler ideologisch „gesteuerter" Menschen. Und plötzlich beschuldigten sich Regierungen, Länder, Bürger, jeder jeden, dass er Mitwisser gewesen sei oder sogar an diesem Attentat mitgeplant hätte. Und die Regierungen ließen sich aufeinander hetzen. Und

[3] https://de.wikipedia.org/wiki/Schwarze_Hand.

[4] https://de.wikipedia.org/wiki/Juli_Krise.

sie rüsteten ihre Waffenarsenale auf, um sich zu verteidigen, dieser Provokation zu begegnen.

So ist der Mensch eben. Einer beschuldigt den anderen, der wehrt sich, das Geschrei geht los, Argumente werden nicht mehr gehört und vor allem wird auch nicht sachlich, mit kühlem Kopf geprüft, wer welche Motive hatte, solch einen Krieg auszulösen. Einige schlaue Politstrategen stehen daneben, protokollieren und können sich auf die Fahnen schreiben, dass sie es also vermocht haben, die Welt in ein Chaos zu stürzen.

Und auch beim zweiten Weltkrieg das Gleiche. Im Jahr 1939 schafft das NS-Regime selbst den Vorwand, um gegen Polen loszuschlagen. Es wird ein Überfall auf den Sender Gleiwitz und damit die aufwändigste Kriegslüge aller Zeiten inszeniert, Fake News werden mit globalem katastrophalem Ausmaß umgesetzt. In derselben Nacht kommt es noch zu weiteren inszenierten Übergriffen, die natürlich die Wut auf Polen lenken, obwohl SS-Leute es waren, die diese Überfälle ausgeführt haben.

Wieder geht also ein Geschrei los und mit der Kriegslist weniger machtbesessener Nationalisten, die vor allem über Emotionen und Propaganda die Massen hinter sich scharen, bringen sich die Menschen gegenseitig um. Dabei werden vor allem die Basisgefühle „Wut", „Angst" und „Hass" aktiviert. Und aus diesen Gemütsbewegungen resultieren Affekthandlungen. Die Provokation ist sozusagen das Grundwerkzeug derer, die die politischen Aktivitäten lenken, Konflikte und Kriege inszenieren, natürlich kontraproduktiv und reaktionär, da sie mit psychologischen Tricks den klaren Verstand ausschalten und natürlich auch den wissenschaftlich-technischen Fortschritt verhindern. Oder eben nur einseitig zu ihrem Vorteil im militärischen Bereich vorantreiben. Das Ergebnis kennen wir - 70 Millionen Tote - allein davon in der Sowjetunion 20 Millionen und im Holocaust über 6 Millionen. Insgesamt wurden damit vor allem aber fortschrittliche Gedanken getötet und die menschlichen Kapazitäten auf negative Emotionen gerichtet, die jegliches positive, sachliche und logische Denken blockierten und einer fortschrittlichen Weiterentwicklung der Welt behindernd gegenüberstanden.

Angst macht eben unfrei.

Und das waren nur die Weltkriege.

Du kannst davon ausgehen, dass jedem Krieg, vor allem auch der heutige in Syrien genau dieselben Spielregeln zu Grunde liegen.

Und Spieltheoretiker betrachten und begleiten solche Ereignisse unter psychologisch-soziologischen Aspekten aus der Sicht des menschlichen Verhaltens. Bei wem siegt wohl die Angst vor dem Absturz als erstes? Wie weit kann man die Psyche des Menschen herausfordern? Wer lässt sich auf ein „Vabanqe-Spiel[5]" oder „Brinkmanship"[6], eine „Politik am Rande des Abgrundes" oder das „Spiel mit dem Feuer" ein? Wie gelangt der Mensch zu einer Ultimo Ratio, zum letzten Ausweg, wie einem Selbstmord oder Krieg?

[5] Va banque - aus dem Glücksspiel kommend, 18./19.Jh. , riskantes Unternehmen, alles wird aufs Spiel gesetzt, überliefertes Gespräch 1939 zwischen Hermann Göring und Adolph Hitler, Göring erklärte: „Wir wollen das Vabanque-Spiel lassen" und Hitler: „Ich habe in meinem Leben immer Vabanque gespielt."- Göring bekam dann Tabletten. A.d.A. vgl. https://de.wikipedia.org/wiki/Va banque.

[6] Schelling, Thomas (geb. 1921 in Oakland, Kalifornien, gest. 2016 in Bethesda, Maryland) Buch: „The Strategy of Conflict", 1960. - hat damit die Idee der Brinkmanship geprägt.

Wissenschaftler wie Schelling oder Selten[7] klassifizierten und analysierten nüchtern Provokationen als strategische Züge in der Unterkategorie „Drohung" im Rahmen ihrer mathematischen, ökonomischen und verhaltenstheoretisch abbildbaren Spieltheorie und perfektionierten die Übertragung von Prinzipien des Glücksspiels, des Pokers aber auch des Schachs, auf die Marktwirtschaft. Das Nash[8] allerdings, gerade als er sich auf dem Höhepunkt seiner Forschungen beim MIT[9] befand, „zufälligerweise" paranoid und schizophren wurde, gehört anscheinend auch zu den Auswüchsen diese Psychokrieges."

Katharina: *„ Und das Motiv für die Kriege generell? "*

---

[7] Reinhard Selten (1930 - 2016) - deutscher Volkswirt und Mathematiker, mit Heinz Sauermann, Mathematisierung der bis dahin noch geisteswissenschaftlichen Nationalökonomie, Begründung der experimentiellen Wirtschaftsforschung, Gastprofessor in Berkeley, Aufbau BonnEconLab, wiss. Versuche mit 30.000 Menschen über ihr wirtschaftliches Verhalten und Handeln (Arbeits-.und Gesundheitsökonomik, Fairness und Reziprozität, Neuroökonomik - Mensch als Konsument oder Investor, Consumer Neuroscience.

[8] John F. Nash (1928 - 2015), US-amerikanischer Mathematiker, Nash erkrankte mit dreißig Jahren (gerade Arbeit am MIT), an paranoider Shizophrenie, antisemitische Tendenzen, Gewaltausbrüche, wird in künstliches Koma versetzt - Nashgleichgewicht, zentraler Begriff der mathematischen Spieltheorie und von Bedeutung für die Mikroökonomie (Verteilung von Gütern, Preisfindung).

[9] MIT = Massachusetts Institute of Technology, ggr. 1861, private Universität mit dem Ziel, Industrialisierung voranzutreiben, Erste Ausbildung von Chemie-Ingenieuren, Verbindung Ingenieurausbildung mit Wirtschafts-, Sozial- und Geisteswissenschaften, im 2.Weltkrieg - Radartechnik, Hochtechnologie für Wettrüsten und Raumfahrt in der Zeit des Kalten Krieges, Weltweit größtes Forschungsnetzwerk für vernetzte RFID-Technologie.

Romy: „Die Wirtschaft derjenigen anzukurbeln, die Kriegsgeräte, Maschinen, Waffen produzieren und natürlich auch, um steuernd auf die weltweite Bevölkerung sowie geopolitische Entwicklungen einzuwirken. Sie spielen auf der Klaviatur der Emotionen der Menschen, um diese gegeneinander aufzuhetzen.

Nach dem zweiten Weltkrieg war der reale Weg für den Aufbau einer besseren Welt in einem sozialistischen und kommunistischen System und der Schaffung der dafür notwendigen ökonomischen Grundlagen erst einmal für lange Zeit vom Tisch. Es gab mehr als 20 Millionen Kommunisten weniger, 6 Millionen fortschrittlich denkende Juden weniger, insgesamt weltweit 65 Millionen Menschen weniger, davon mehr als die Hälfte Zivilisten. Einfach verheizt.

Die Kriege ermöglichen dem kapitalistischen System vor allem eine Verschnaufpause. Verschnaufpause von der anstrengenden Tätigkeit, aufmerksam alle Bewegungen weltweit zu beobachten und unter Kontrolle zu halten, die neue Technologien hervorbringen, neue wissenschaftliche Methoden, neue solidarische Bewegungen, innovative Sozialmodelle. Die Beobachter nehmen kritisch jeden kreativen Kopf, jeden Querdenker rechtzeitig aus dem „Spiel", wenn er dem System gefährlich werden könnte. Sie verhindern, dass technische Innovationen sich ausbreiten, die gleichberechtigt Entwicklungsfortschritt für alle und Partizipation aller umsetzen helfen. Damit sichern sie den trennenden Klassenerhalt und hierarchische Strukturen.

Da sie ökonomisch bisher immer als Sieger aus solchen militärischen Konflikten hervorgingen, waren sie in der Lage, ihr wissenschaftlich-technisches Methodenspektrum weiter auf- und auszubauen. Sie konnten vor allem die neuesten Technologien in ihren Besitz bringen und diese ausprobieren. Sie konnten führende Wissenschaftler und kluge Köpfe in ihre Forschungen einbinden, mit der Verlockung, auf der Sonnenseite der Macht anzukommen. Und die neuesten und besten Technologien wurden immer auch weiterentwickelt, um diese gegen die Bevölkerung einsetzen zu können, wenn der Moment gekommen sein würde, sich gegen erstarkende demokratischen und solidarische Entwicklungen wenden zu müssen."

Katharina: „Ich habe den Eindruck, du nutzt den vermeintlichen Mord an Karl Marx zu einer generellen Systemkritik und einer Parallelbetrachtung der Gegenwart, richtig?"

Romy: „Natürlich bildet der Mord an Karl Marx nur den Auftakt für den industriellen Einsatz eines mittlerweile perfektionierten unsichtbaren „Todesportfolios".

Die Kriege danach stellten nichts anderes als Massenmorde dar. Als militärische Handlungen getarnt, wurden sie bei angeblichen Interessenskonflikten eingesetzt, angezettelt wieder von wenigen Strategen. Diese fürchteten nicht nur in der Vergangenheit den Systemuntergang, sondern setzen bis heute alles daran, den flächendeckenden Fortschritt in der Welt zu verhindern. Sie versuchen, das historische Rad so weit wie möglich wieder zurückzudrehen.

Und jetzt geht es anscheinend wieder richtig los.

Die siebzig Jahre ohne Krieg in Europa und mit einer Gesellschaft, die sich langsam von kirchlicher Doktrin, von monarchischem Denken, von Adelsbewunderung abwendet, die das Eigentum gleichmäßig über das Volk verteilen will und die die Rüstungsindustrie als kaum noch notwendig ansieht, waren anscheinend lange genug.

Mittlerweile würde es mit jedem Tag anstrengender, sich gegen die demokratieunterstützenden technologischen Entwicklungen wie E-Learning, E-Teaching, E-government, Telemedizin zu „wehren". Mit jedem Tag würde es schwieriger, ein freies und von jedem ohne Barrieren nutzbares Internet zu kontrollieren. Es würde schwieriger, die überall aufkommenden Ideen zu steuern und in private Taschen zu lenken, wenn man sich nicht auch nicht ganz ethischen Instrumentarien wie der Wirtschaftsspionage, -sabotage oder psychologischer Manipulationen bedienen würde. Wer wollte schon, dass Innovationen, vor allem technische, für die Mehrheit der Weltbevölkerung das Leben erleichterten, sodass es damit seinen Schrecken verlieren würde? Mit welchen Argumenten sollte das System dann weiterbestehen? Nicht umsonst blockiert man die kreativen und positiven Gedanken der Bevölkerung mit finanziellen, ökonomischen Rechnereien und Existenzsorgen, mit immer wieder neuen verwaltungsbürokratisch-rechtlichen Spitzfindigkeiten und einem globalen Wettbewerb, der vor allem das Gegeneinander der Menschen kultiviert.

Natürlich wird es kaum öffentliche Verlautbarungen geben, dass die Ökonomie aufgrund des technologischen Paradigmenwechsels eigentlich nicht mehr problemlösend an erster Stelle bei den Strategien für die Zukunft steht, sondern im Gegenteil, erst viele Herausforderungen schafft, mit denen sich die Menschheit gegenwärtig gar nicht beschäftigten müsste. Obwohl jeder Mensch weiß, dass man Geld nicht essen oder trinken kann, Geld nicht den Kopf vor Gewitter schützt, Geld nicht Leben rettet, wenn es keine Menschen gibt, die dies tun und die dafür fortschrittliche Technologien einsetzen, die den Wohlstand und die Sicherheit, in der wir leben, erst ermöglichen. Das Managen und Ökonomisieren von Leistungen, von Gesundheit, von Fürsorge ersetzt eben nicht die Notwendigkeit des praktischen menschlichen Handelns und kann dabei auch nicht auf die technischen Erfahrungen und Erfindungen verzichten, um weiterhin auf der Erde überhaupt leben zu können.

Ohne Angst, ohne Wut, ohne Hass.

Die demokratischen Bewegungen sind mittlerweile für das kapitalistische System einfach zu stark geworden.

Die Digitalisierung ermöglicht die gleichberechtigte Nutzung neuer Technologien, legt die potentiellen Bedingungen für einen gleichen Bildungsstand, für Aufklärung und Transparenz in allen Bereichen des Wissens. Und das Weltwissen ist mittlerweile riesig.

Wir stehen eigentlich kurz davor, dass sich der vermeintliche Traum einer neuen Gesellschaft verwirklicht, dass sich die Menschen aller Länder, aller Rassen, Ethnien und auch aller Klassen demokratisch vereinigen."

Katharina: „Aber ich sehe im Moment nur eine Welt im Chaos."

Romy: „Ja, das sehe ich natürlich auch. Die Politstrategen in den Hinterzimmern der Macht bemühen sich redlich, mit all ihnen zur Verfügung stehenden technologischen Mitteln und wissenschaftlichen Methoden, positive und fortschrittliche Entwicklungen zu verhindern.

Nicht umsonst sind die „Systembewahrer" gerade dabei, die nächste Kriegslist als Anlass für ein offizielles Wiederaufrüsten in den politischen Ring zu werfen.

Das allerdings wenig überzeugend, meiner Meinung nach. Ich spüre förmlich die Verzweiflung. Aber die Reaktionen sind dementsprechend heftig. Wie bei einer Krankheit, die sich bei Einsetzen einer Intervention noch einmal verschlimmert.

Natürlich besteht auf Grund der langjährigen systemischen Erfahrungen mit strategischen und taktischen Maßnahmen ein gewisser Vorsprung und die angehäuften Vermögen, die geschickt konstruierten Finanzströme und rechtlichen Rahmen helfen dabei, noch einmal erfolgreich zu demonstrieren, wie es gelingen kann, Menschen emotional aus dem Gleichgewicht zu bringen, aufs Neue zu verführen und zu Affekthandlungen zu verleiten.

Und leider sind viele Menschen vor allem auf das Geld konditioniert. Sie könnten sich eine Gesellschaft ohne Steuern, Steuererklärungen, Bankkonten, Depots und Börsennachrichten gar nicht mehr vorstellen. Sie haben aus dem Auge verloren, dass auch sie nur im Jetzt leben und nichts mit in den Tod nehmen können. Sie können im Luxus schwelgen, aber wozu 100fach oder 1000fach?

Leider sind auch viele Medienmacher noch nicht in dem reflektierenden Stadium, um angemessen sach-

lich und faktenorientiert mit Provokationen umzugehen, vor allem, diese als solche überhaupt erst einmal
zu erkennen. Stattdessen lassen sie sich immer noch
missbrauchen. Der Schrei „Lügenpresse" zielt deshalb
in eine falsche Richtung, auch wenn es sicherlich, wie
in jeder Branche, auch hier Provokateure, schwarze
Schafe gibt, weil viele es meines Erachtens einfach
nicht besser wissen können. Nicht umsonst regiert die
Informationsintransparenz und wird die Ware „Information" mittlerweile als *Goldware* gehandelt. Und zivile
Gesellschaften am friedlichen Aufbau zu hindern ist die
einzige Möglichkeit, die Entwicklungen noch in eine
Rückwärtsrichtung zu drehen."

Katharina: *„Du meinst die ganzen Terrorattentate
und die Flüchtlingsbewegungen?"*

Romy: „Klar. Durch die neuen Medien und Technologien kann man ohne Probleme viele Menschen in
ihrem Denken manipulieren. Wieder sind es nur wenige, die aufgrund ihrer intellektuellen oder finanziellen
Möglichkeiten Hass, Wut und Angst erzeugen, gezielt
steuern und dabei natürlich in die *Fake News-Trickkiste*
greifen.

Schau dir den aktuellen Fall Skripal mit dem Nervengift in London an. Daraus entspinnt sich, so schnell
kannst du gar nicht schauen, ein handfester, erst politischer, dann diplomatischer, dann militärischer Konflikt.
Und niemand kann eigentlich wirklich sagen, warum?
Weltweit sterben Tausende an eingesetztem Giftgas,
Tausende in „gewollten" Verkehrsunfällen, Tausende

bei Brandanschlägen, Tausende bei einem Selbstmord, Tausende im Bombenhagel, Tausende am Hunger oder bei Seuchen.

Woher kommt also dieses Interesse, dieser Fokus und diese Aufregung um einen einzigen und angeblich noch nicht einmal mehr aktiven Ex-Doppelagenten? Warum ist es möglich, dass einer oder „eine" einfach jemanden beschuldigen kann, ein „vermutlicher" Täter zu sein, weil das zu einem „vermeintlichen" Täterprofil passt, zu einem Muster? Und hatte man über die Jahre diese Muster nicht erst systematisch über Medien und Meinungen aufgebaut?

Natürlich ist der Kapitalismus nicht dumm.

Er weiß: Ohne Feindbild oder Angst und Panik ist er Geschichte.

Welches Glück für ihn, dass die Menschen so emotional reagieren, also im Sinne des Systems gut funktionieren. Willkommen folgen sie den imaginären Angstkampagnen und dem „Fake Ruf" nach Rache, durch den von den Missständen im eigenen Land und in der Welt abgelenkt werden sollen.

Besteht letztendlich das einfache Ziel nur darin, die Emotionen der Menschen in Europa mit dem „skripalen Infekt" aus dem Gleichgewicht zu bringen?

Und bereitet sich das System damit für die nächste „Verschnaufpause" vor Wissens- und Technologietransfer, vor Aufklärung in Form eines Krieges vor?

Wer kann denn mit Bestimmtheit sagen, woher dieses Gift kam, von wem es weitergegeben wurde? Es stammt angeblich aus „alten" Beständen der Sowjetunion, wobei die Betonung auf „*alt*" liegt. Wer war denn damals bei der „Bestandsauflösung" dabei? Und warum darf nicht die Welt und jeder transparent diese Substanz untersuchen, bevor daraus ein Politikum entwickelt wird? Warum wurde nicht vor Schuldzuweisungen und diplomatischen Ausweisungen zuerst ein wissenschaftlich neutrales Team für forensische Untersuchungen einbestellt? Experten aus staatlichen Behörden, wissenschaftlichen Einrichtungen, europäischen Institutionen?

Aber selbst dann, würde die Lage auf Grund der vorhandenen technischen Möglichkeiten immer noch ungewiss bleiben.

Warum kann es nicht sein, dass Skripal weiter für die Russen arbeitete? Immerhin wird Salisbury Plain, der Ort in der Nähe, an dem Sergei Skripal vergiftet wurde, seit dem 19. Jahrhundert als eines der wichtigsten militärische Übungsgelände genutzt. Es gibt dort zahlreiche militärische Anlagen. Larkhill gilt als Wiege der militärischen Fliegerei des Vereinigten Königreiches und die ältesten Staffeln der Royal Air Force wurden hier ab 1911 aufgestellt.

Aber was noch viel bestechender ist: In nur sechs Kilometern von Salisbury entfernt befindet sich das *Defence Science and Technology Laboratory*, finanziert durch das Verteidigungsministerium (Ministry of Defence), finanziert mit 410 Mio. Pfund durch die britische Regierung und externe Industrie- und Forschungspartner. Dort wird hinter verschlossenen Türen an streng geheimen Entwicklungsarbeiten gefeilt, unter anderem zu biomedizinischer Technik und Smart Textiles, wie gewebten Sensoren, „textile noise dosemeter"[10], elektronischen

---

[10] www.gov.uk/government/organisations/defence-science-and-technology-laboratory/news/soundcheck-new-acoustic-yarn-monitors-military-

Textilien zur Energiegewinnung und -speicherung. Aber natürlich auch an allem, was klassische Waffensysteme anbelangt.

Ergibt sich daraus nicht viel mehr Potential zum Spionieren und somit für einen Thriller?

Warum sollten die Russen Skripal ausschalten wollen?

Denn was macht die Briten eigentlich zu besseren Arbeitgebern als die Russen? Nicht umsonst handelt es sich bei Skripal um einen *Ex-Doppelagenten!* Auf Grund der unmittelbaren Nähe seines Wohnortes zu den [dstl]-TechLabs und den militärischen Testgebieten, könnten die Briten ein viel größeres Interesse daran haben, jemanden, der zu viel wusste und weiß, der vielleicht reden würde oder vielleicht bereits Informationen weitergeben konnte, aus dem Weg zu räumen, oder?

Außerdem ist wohl davon auszugehen, dass einige Wissenschaftler und Experten aus den Labs auch in Salisbury leben und sich abends vielleicht auf ein Bier treffen und dabei auch mit der Tochter von Skripal in Kontakt kamen. Und ist es dabei nicht normal, dass man im Freundeskreis auch ab und zu über den Beruf redet? Kritisch nur, wenn dabei Themen der Nationalen Sicherheitsstrategie, technologische Innovationen und strategische Planungen im Mittelpunkt stehen. Konnte sich dies zu einem gefährlichen Sicherheitsproblem erwachsen?

Das Vorgängerinstitut, die „Defence Evaluation and Research Agency" gehörte bis 2001 zu den größten Wissenschafts- und Technologieeinrichtungen, unter anderem mit Schwerpunkten chemischer und biologischer

hearing-health.

Forschungen[11], und eben nur sechs Kilometer entfernt. Zufall?

Ist es nicht eher sonderbar, dass ein „Ex-Spion" sich, um seinen „Ausstieg" aus dem Agentenleben zu genießen, unmittelbar neben dem wichtigsten militärstrategischen Forschungsgelände Großbritanniens niederlässt? Ist nicht deshalb eher davon auszugehen, dass es sich bei Skripal mit seiner Vergiftung nur um ein instrumentalisiertes Bauernopfer handelte? Vielleicht sollte der potentiell gefährliche Bürger inklusive seiner Tochter ja sowieso dringend „entsorgt" werden oder wenigstens eine deutliche Warnung erfahren? Und erfüllt er damit als „Spielfigur" im Sinne der spieltheoretischen Geschichtsfortschreibung nicht gleich einen weiteren sinnvollen Zweck: den Kalten Krieg offiziell wieder anzuheizen?

Doch ist es nicht absurd, auf diese Art Ängste über gefährliche und unsichtbare angebliche Biokampfstoffe aus Russland zu schüren, wenn man selbst bereits seit über 100 Jahren eine hochmoderne Anlage zu Forschungs- und Entwicklungszwecken betreibt. Und diese sich, mit dem Fokus auf chemische und biologische Waffensysteme, nur wenige Kilometer vom Tatort entfernt befindet?

Und klingt daher die neueste Story nun nicht noch absurder, dass angeblich vergifteter Buchweizen extra aus Moskau eingeschleppt worden sein soll, um Skripal zu vergiften? Und dass man dann die Giftspuren als erstes

---

[11] Defence CBNR: Centre - chemische, biologische, radiologische und nukleare Waffensysteme seit 1917, Schule für chemische Waffensysteme seit 1926, ab 1964 auch mit der Expertise für biologische und nukleare Waffensysteme.

auf Klinke und Parkbank fand?

Warum störte sich die Weltöffentlichkeit so wenig an diesen unlogischen Provokationen? Meint London, die Welt hat nicht aus der Geschichte gelernt?

Meint das ehemalige britische Empire, die Weltbevölkerung würde weiter dem unberechtigten Geschrei zum Abbruch diplomatischer Kontakte und dem Ruf nach Sanktionen folgen?

Dass in London politisch so einiges im Moment im Argen liegt, dürfte niemandem entgangen sein.

Vielmehr sollte überlegt werden, wie man das britische Volk dabei unterstützen könnte, mit ruhigem Blick auf ihre eigenen Machtstrukturen zu schauen und sich darüber im Klaren zu werden, inwieweit sie die nächsten Jahrzehnte in einer wieder erstarkenden Monarchie, unter einer kirchlichen Doktrin und in einem technologisch totalitären System leben wollen, das die Mehrheit der Bevölkerung vom Fortschritt ausgrenzt, das sich vom Friedensprojekt Europa abgrenzt, das sich vom wissenschaftlichen und freundschaftlichen Austausch zwischen den Völkern abschottet und auf Eskalation und Krieg setzt, anstelle auf Weiterentwicklung und Wohlstand in der Welt?

Sicher befindet sich die Monarchie gegenwärtig in einer schwierigen Situation, aber sollte darunter die gesamte Menschheit leiden?

Sicher wäre es ratsam für die Weltgemeinschaft im Sinne einer positiven nachhaltigen Entwicklung darüber zu beraten, wie mit einem politischen und technologischen Machtzentrum umgegangen werden sollte, das anscheinend wieder einmal als „letzten Ausweg", als Ultimo Ratio, auf Provokation zwischen den Staaten setzt, um damit wenigstens Teile der „Vergangenheit" zu konservieren, durch neoliberale Wirtschaftsentwicklungen und durch einen erneuten Krieg Macht und Einflüsse „zurückzuerobern".

Aber seien wir einmal ehrlich - eigentlich verlängern die Hetzkampagnen nur den „Leidensprozess" des Untergangs.

Besser wäre es, wenn das Königreich die Größe entwickeln würde, einfach vor dem Fortschritt und der gesellschaftlichen Weiterentwicklung zu „kapitulieren", nachdem die ganze Welt ihre so durchsichtigen Spiele durchschaut hat. Und sie sollte ihrer Bevölkerung nicht die Gemeinschaft der Europäischen Union vorenthalten.

Mittlerweile hatte die Menschheit zweihundert Jahre nach der Geburt von Karl Marx Zeit dazuzulernen.

Niemand würde der Monarchie wohl ihre Rolle in der Geschichte absprechen. Allerdings gegenwärtig nur noch im Sinne einer Traditionspflege. Sie könnte dazu beitragen, zu demonstrieren, wie es gelingen kann, sich als Teil einer demokratischen Gesellschaft im Verlauf eines historischen Entwicklungsprozesses neu zu positionieren. Blutige Klassenkämpfe, aber auch der Einsatz unsichtbarer Waffensysteme, sollten aus ethischer und moralischer Sicht im 21. Jahrhundert wirklich der Vergangenheit angehören.

Und sicherlich sollte die Monarchie dabei auch ihre Position zur Finanzaristokratie prüfen.

Vielleicht würde London, als politisches Machtzentrum, gegenwärtig eine Bewegung der Aufklärung und Transparenz gut zu Gesicht stehen, um nicht weiterhin das demokratische Gleichgewicht in Europa durch technologische Machtspiele zu gefährden. Sie sollten sich von ihren Big-Data-, Frequenz-Projekten und der weiteren technologischen Aufrüstung in ihrem Netzwerk verabschieden und besser darauf konzentrieren, technologischen Fortschritt zum Gemeinwohl bereitzustellen.

Und es sollte über Win-Win-Konzepte nachgedacht werden, wie diese *zukünftige, „ehemals herrschende Klasse"* trotz der Abgabe von Macht und Einfluss, ohne Klassenprivilegien, als „normale" Menschen glücklich und zufrieden leben, ihren Bildungsbeitrag für die Bewältigung der Geschichte leisten, ihre Erfahrungen der Vergangenheit an die nächsten Generationen weitergeben, positive Traditionen und Werte bewahren und dabei für sich selbst erkennen könnten, dass das eigene Leben, Wünsche, Ziele und Möglichkeiten begrenzt sind, ob blaublütig oder nicht, und Ängste nicht den Sinn des Lebens bestimmen sollten.

Dass von solch einer aufgeheizten Stimmung letzlich die maroden Strukturen und ein geschwächtes System auch nur kurzfristig profitieren, sollte in der Welt gesehen, mit Nachsicht betrachtet, zugleich aber entschieden darüber aufgeklärt werden.

Und dass, stellvertretend für das überkommene System, nur spezielle Regierungsvertreter des Königreichs etwas von diesem Skandalgeschrei haben, um dadurch erst einmal von den katastrophalen wirtschaftlichen aber auch sozialen Konsequenzen des BREXITs und der aktuellen Lage der Bevölkerung abzulenken, sollte allgemein erkannt worden sein.

Die Herkunft des Nervengiftes als Indiz oder sogar

Beweis dafür zu nehmen, dass Putin oder Russland dahinter stecken, ist einfach lächerlich.

Sherlock Holmes würde bei einer solchen Behauptung jedem nur den Vogel zeigen. Da sieht man aber, dass sich die Berufspolitiker in ihrer Freizeit kaum mit James Bond, Edgar Allen Po oder Miss Marple amüsiert haben und deshalb diese einfache „Logik" nicht in ihr gegenwärtiges Handlungs- und Denkportfolio einfließen lassen können. Diese „gefakten" Fake-Drehbücher gaben und geben noch heute die besten Vorlagen dafür, welche Wirtschaftsstrategien gegenwärtig in der Realität verfolgt werden.

Und ob aus wissenschaftlichen Fachbüchern, Sachbüchern oder Drehbüchern - lernen kann man immer etwas.

Besonders absurd werden die Schuldzuweisungen, wenn man bedenkt, dass Putin taktisch und strategisch als Geheimdienstler ausgebildet wurde. Sozusagen als *007* oder besser *001* auf dem Chefsessel eines Staates sitzt.

Selbst, wenn der Skripal-Mord aus der Feder der Russen stammte, konnte er bestenfalls dazu dienen, darauf zu verweisen, dass eigentlich niemand mehr in einem solchen „unsichtbaren" Krieg gewinnen kann. Dann hätte dieses „Skripalopfer" in jedem Fall den Zweck erfüllt, darauf hinzuweisen, dass auch der „Sozialismus" mittlerweile verstanden hat, dass Angriff die beste Verteidigung darstellt und dass gegen geplante Hetze und Provokationen auch nur eine Politik der Abschreckung helfen kann.

Und Putin sehe ich irgendwie immer noch als einen

Vertreter des sozialistischen Gesellschaftssystems. Oder meinst du nicht?"

Katharina: *„Das weiß ich wirklich nicht. Aber ich glaube, dass viele in Russland noch dieses Vertrauen in ihn setzen."*

Romy: „Es ist heutzutage einfach generell unsinnig, weiter Feindbilder aufzubauen, Menschen gegen Menschen zu hetzen, aber vor allem, sich gegeneinander hetzen zu lassen, wo doch jedes Kind weiß, dass nur das Motto: „Gemeinsam sind wir stark." vorwärts führt."

Katharina: *„Glaubst du das wirklich?"*

Romy: „Eigentlich ist das, was ich glaube, vollkommen unerheblich. Aber man sollte sich einfach davor hüten, ein vermeintliches Motiv, einen Anlass und die Konsequenzen für die Welt in einen Topf zu werfen. Welcher Grund auch immer dieser Provokation zugrunde liegt, er sollte m.E. nicht dazu führen, dass die Menschen weltweit, die gegenwärtig die größte Chance auf eine glückliche Zukunft besitzen, diese wegen eines „Spielchens" von wenigen riskieren. Niemand sollte heute mehr, mit all dem vorhandenen Wissen, auf diese „Provokationen" hereinfallen, um damit dem Aufruf zur Vorbereitung eines nächsten Massenmordes, denn nichts anderes wäre ein neuer Krieg, ein dritter Weltkrieg zu folgen. Es wäre ein Spiel, welches weltweite emotionale Affekthandlungen und aggressive Auseinandersetzungen auslöst, bei dem es wieder nur wenige Gewinner geben würde, dafür aber unendliches Leid und Elend bei Familien, Müttern, Vätern und Kindern, der Zivilbevölkerung, die diese strategischen und taktischen Spiele einer intellektuellen Schicht von „Turbodenkern" auszutragen hätten.

Vielleicht sollten sich mehr Menschen fragen, warum die Briten nicht zuerst einer neutralen und öffentlichen Analyse des eingesetzten Nervengiftes zugestimmt, besser dieses proaktiv beauftragt haben, bevor sie diplomatische internationale Konflikte vom Zaun brachen?

Wäre dies nicht normal gewesen, wenn man sich in so vielen internationalen Allianzen bewegt? Wer sich vor Transparenz scheut, hat immer etwas zu verbergen. So einfach ist das."

Katharina: *„Aber ist es nicht nachweislich ein russisches Nervengift?"*

Romy: „Wie ich bereits schon sagte: Was heißt schon „nachweislich" in der heutigen Zeit. In einem High-Tech-Zeitalter, bei dem Biotechnologien, BigData und Künstliche Intelligenz die Forschungen bestimmen?

Hast du vielleicht die Prüfberichte im Fall Skripal gelesen? Hast du die Messinstrumente gesehen? Oder kannst du, als Journalistin, nachvollziehen, durch welche Hände dieses Nervengift gegangen ist?" Romy überlegte und setzte dann fort:

„Vielleicht ist die Kette derjenigen, die dieses Nervengift transportierten, bereits so lang und so alt, dass es gegenwärtig überhaupt niemand mehr seriös nachvollziehen kann. Oder es kommt aus diesem Forschungslabor in nur sechs Kilometern Entfernung. Gibt es nicht immer wieder Hinweise, dass dort geheime Forschungen stattfinden, was ja für militärische Zwecke üblich ist? Und an welchen Entwicklungen arbeitet man denn dort gegenwärtig?

Vielleicht hat ja bereits ein „Wissens-Arbeiter" oder ein Forscher aus der Produktion vor Jahrzehnten eine Probe der chemischen Substanz als „Andenken" mitgenommen?

Oder ein Überläufer hat die Formel oder eine Probe als „Eintrittsgeld" gezahlt, als er als Doppelagent angeworben wurde oder ihm eine Spitzenposition in London oder Texas in irgendeiner der zahlreichen gut bezahlten Geheimorganisationen angeboten wurde? Kann das wirklich noch irgendjemand beurteilen?

Und danach ist dieses Nervengift durch so viele Hände von Spitzeln, Geheimdienstlern, Abweichlern, Verrätern gewandert oder vielleicht in einem *„Lager für taktische militärische Provokationen"* aufbewahrt worden. Mich wundert ehrlich gesagt immer noch, dass sich Regierungen auf solche argumentativen „Leernummern" einlassen. Und dass die Weltbevölkerung auf solche Kampagnen „anspringt". Maffia-Bosse und andere professionelle Kriminelle lachen sich doch über so viel Naivität in öffentlichen Debatten nur schlapp."

Katharina: „Aber um solche Argumentationsketten vor allem aber Handlungsstränge aufzubauen, muss man doch schon ziemlich verquer denken?"

Romy: „Überhaupt nicht. Es ist doch wie bei einem

gut geplanten Überfall auf der Straße. Nehmen wir mal die organisierte rumänische Kriminalität als Beispiel. Ein kleiner Junge beschmutzt die Jacke eines Passanten mit Eis, ein zweiter kommt hinzu und hilft „solidarisch", die Klamotte zu säubern, der dritte klaut dann das Geld, da der Passant mit dem Saubermachen beschäftigt ist und sich „vertrauensvoll" auf die Reinigung mit den beiden „netten" Jungs konzentriert, der vierte Beteiligte übernimmt das Diebesgut an der nächsten Ecke und entsorgt die Börse in den nächsten Papierkorb, um die Herkunft zu verschleiern. Ein fünfter Beteiligter sammelt das Geld zentral ein, denn es gibt ja noch mehr solcher „Teams" und kauft sich dafür dann irgendwann einen Porsche. Alles klar? Meinst du, das Prinzip der Straßenkriminalität, um sich finanziell und materiell zu bereichern, funktioniert in der „großen" Politik oder in der Wirtschaft im Kampf um materielle Ressourcen und geopolitische Vorrangstellungen anders? Da gibt es überhaupt keinen Unterschied."

Katharina: *„Und was hat das jetzt mit dem angeblichen Mord an der Familie Marx zu tun? Wir sind ziemlich weit davon abgekommen."*

Romy: „Gar nicht. Wir befinden uns unmittelbar inmitten des britischen Empires. Heute wie gestern. Beim Fall Skripal verschmelzen drei Interessengebiete – Wirtschaft, Medizin und Politik. Es geht um Emotionen, wie Angst, Wut und Hass, aber auch Glauben, Hoffnung, Vertrauen im Kontext von Macht und Wettbewerb mit den Mitteln des wissenschaftlich-technologischen Vorsprungs. Hierzu haben die Wissenschaftler viele Methoden entwickelt, wie Gefühle entstehen und auch manipuliert werden können, wie diese Einfluss auf das Imunsystem nehmen, und auch Krankheiten hervorrufen bis dahin, wie man Menschen als Störfaktoren „entsorgt". Durch einen Fall, wie der von Skripal, wird die Bevölkerung vor allem in Panik und Hysterie versetzt. Man könnte es auch als „Kopflosigkeit" bezeichnen. Diese negativen Gefühle werden durch die Medien weiter aufgeheizt. Und die setzen dann die Politik unter Druck, wobei damit der nächste entscheidende Indikator ins Spiel gebracht wird: die Zeit.

Emotionaler Druck und fehlende Zeit erwarten schnelles Handeln. Dadurch werden Affektreaktionen ausgelöst. Niemand überlegt lange. Es wird spontan auf die Provokationen reagiert, vorgefertigte Meinungen und Bewertungen werden aus Schubladen geholt und breit über mediale Kanäle gestreut, die sich schnell zu vermeintlichen Fakten und Wahrheiten manifestieren. Und jeder will dazu ja auch vermeintlich kompetente Kommentare abgeben.

Deshalb werden als erste Wahl und der Einfachheit halber, direkte politische Feinde als Schuldige aus dem Ärmel gezogen. Damit kann man nie falsch liegen.

Und weil ja alle bereits „wissen", dass sich zum Beispiel „die" Russen schon immer aggressiv und übergriffig verhalten haben und dies zu vergangenen Mustern passt, sind die darauf aufbauenden Argumentationsketten ein Kinderspiel.

Auch wenn nicht so ganz klar ist, woher diese Quellen stammen, wer „diese" angeblichen Muster zuerst erkannt, analysiert, beschrieben, bewertet und verbreitet hat, sie aber in jedem Fall erkennen lassen, dass die russischen Menschen ganz schlimme Kriegstreiber sind, ist die Ursache für den Konflikt klar. Niemand fragt mehr nach der Logik, dem wirklichen Motiv oder prüft einmal, ob die aus dem Köcher gezogenen angeblichen „Muster" überhaupt so existieren oder nicht ganz andere Muster bedient werden. Und wenn dann die Büchse der Pandora mit Schuldzuweisungen, Mutmaßungen, Ängsten geöffnet ist, glauben die Menschenmassen, um ihr Leben rennen zu müssen. Oder sie folgen dem Schlachtruf nach Vergeltung oder einem Präventivangriff, denn wie bekannt, ist ja Angriff die beste Verteidigung. Und sie schlagen sich, überzeugt davon, das Richtige zu tun, die Köpfe ein. Vielleicht sollte man sich aber nicht erst nach Millionen Toten und Milliarden Euro und Dollar investierter Aufrüstungsetats fragen, wer daran und warum eigentlich Interesse hatte. Putin? Russland? Der in einem großen Land für Wohlstand sorgen will, Verbesserungen bei Infrastrukturen, im Bildungssystem, im Gesundheitswesen, Beseitigung von Konflikten und Schlichtungen von Provokationen im eigenen Land? Das wäre doch unlogisch, oder? Jedes Geld für Panzer oder Raketen fehlt für Investitionen in einen starken demokratischen Sozialstaat.

Es ist das generelle Prinzip des Spiels mit den menschlichen Emotionen, das hier zum Einsatz gebracht wird und vor allem zum Machterhalt des Systems, vor allem vom Westen, genutzt wird. Wer schneller das Vertrauen, die Sympathien, die Glaubwürdigkeit der Menschen hinter sich vereinen kann, hat gewonnen. Dabei muss man sehr schnell sein und so gehört auch die Überrumplungstaktik zum gängigen Methodenkanon.

Wie bei einem perfekten Verbrechen geht es weiterhin darum, schnell Spuren zu verwischen, die zum eigenen Projektteam führen würden und falsche Spuren zu einem anderen Team zu legen. Wichtig ist dabei, möglichst keine Verbindungen zwischen den verschiedenen Teilnehmern in diesem kriminellen Netz, in dieser strategischen Organisation zu hinterlassen. Was beim Straßendiebstahl, den vielen Zwischenhändlern und dem Porschefahrer gilt, muss natürlich auch für Doppelagenten und mögliche Auftraggeber wie Geheimdienste, Regierungs-, NATO- oder UN-Vertreter gelten oder bei neuen „alten" Quelle des Nervengiftes - keine Erkennbarkeit von Beziehungen oder Verbindungen. Dann ist alles o.k. und die „Strippenzieher" können ganz in Ruhe ihre Ziele ungestört weiter verfolgen."

Katharina: „Aber, wenn eigentlich der Sinn solcher krimineller Handlungen nicht darin besteht, Menschen zu beseitigen, die dem System gefährlich werden könnten, sondern „nur" als Provokation zu dienen, dann hinkt in diesem Fall ja das Porschefahrerbeispiel, oder?"

Romy: „Letztendlich geht es bei allen Fällen um Wirtschaftskriminalität. Mittlerweile steigt bei allen diesen Unterfangen zunehmend die Gefahr des „Auffliegens", für den Porschefahrer gleichermaßen wie das Forschungsinstitut mit medizinisch-militärischer Ausrichtung. Trotz oder gerade wegen ausgeklügelter Netze und wechselnder Handlanger, hofft man aber immer noch, dass Täuschungsmanöver helfen, auch wenn die Chancen dafür gering sind. Um vom wirtschaftlichen Desaster, z.B. beim BREXIT, den Missständen, kriminellen Handlungen und dem strategisch geplanten systemischen Rollback abzulenken, wird ein neues Fass aufgemacht. Und das muss möglichst die Stimmungslage in der Welt aufgreifen - Chaos, Unsicherheit, Angst - und diese zum eigenen Vorteil weiter ausbauen.

Es gibt heute so viele Möglichkeiten, jemanden aus dem Leben zu reißen und es dabei vollkommen natürlich, normal und zufällig erscheinen zu lassen, dass es keinen Sinn macht, fett und breit seinen Fingerabdruck am Tatort zu hinterlassen."

Katharina: „Aber ich habe dich so verstanden, dass man auch zeigen kann, dass man der Täter war, wenn man eben provozieren möchte, um Druck zu erzeugen und Macht zu demonstrieren. "

Romy: „Natürlich verhält es sich im einfachen kriminellen Milieu so. Aber wie arm muss eine Regierung sein, wenn sie solche „Spielchen" benötigt? Welche Cleverness, politische Intelligenz oder militärische Überlegenheit wird damit signalisiert, an eine Türklinke eine giftige Substanz zu schmieren? Kann man dafür nicht jeden Handlanger mit Handschuhen für nur wenige Pfund engagieren? Aber natürlich entspricht das dem Muster „Terror". Nicht umsonst wurden wir anscheinend in den letzten Monaten für „Bekennerschreiben" nach Terrorakten und Anschlägen sensibilisiert.

Für alle anderen Missetaten gab es ärztliche Atteste.

Aber die richtig großen, die „Big Deals", und dazu möchte ich einmal den ersten und zweiten Weltkrieg zählen, die laufen eben anders. Bereits zweimal musste doch die Welt erkennen, dass es nationalsozialistische Interessengruppen waren, die ihren eigenen Krieg angezettelt hatten und damit auch ihren eigenen ökonomischen Markt, vor allem militärischer High-Tech-Güter, angekurbelt und ihre Machtpositionen ausgebaut haben. Allerdings denke ich, dass es dabei noch nicht einmal sicher ist, dass die, die am lautesten schrien, wie Hitler, wirklich die strategischen Köpfe waren. Aufgrund der psychophysischen Manipuliationsmöglichkeiten ist selbst das anzuzweifeln und man sollte eher an die Finanzaristokratie denken. Mit inszenierten Konflikten hat diese emotional heterogene aber große Menschengruppen „ideologisch geclustert", damit diese dann gegeneinander kämpften.

Währenddessen saß die alte Machtelite gemütlich bei einem XXL-Glas-Bourbon, einer Zigarre im Sessel und verfolgten das Geschehen aus irgendwelchen Hinterzimmern heraus. Heute nutzen sie Einsatzzentralen mit Hightech-Ausrüstung, um aus der Ferne Krieg zu spielen. Schlau eingefädelt. Erinnert irgendwie an die früheren Gladiatorenkämpfe in den Amphitheatern. Oder die durch Hollywood szenisch umgesetzten „Hungerspiele"[12]. Das Volk bekämpft sich untereinander, obwohl es gemeinsam stark genug wäre, eine neue, lebenswertere und gerechtere Gesellschaft aufzubauen.

---

[12] Hungerspiele = Die Tribute von Panem, The Hunger Games, dystopische Romantrilogie der US-amerikanischen Schriftstellerin Suzanne Collins. Nach Kriegen und Naturkatastrophen entsteht aus Nordamerika die diktatorische Nation Panem.

Und die wenigen Reichen profitieren von diesem emotionalen Ungleichgewicht, nutzen die Angst der Massen und spielen mit ihnen auf der Basis ihrer wissenschaftlich ausgereiften Spieltheorie weiter."

Katharina: *„Aber das erklärt mir immer noch nicht, wie du nun darauf gekommen bist, dass Karl Marx ermordet wurde? Was hat er mit Skripal zu tun?"*

Romy: „Weil mit den wissenschaftlichen Erkenntnissen über medizinische Zusammenhänge, neue Technologien, dem Erstarken der Industrialisierung jeder Mensch zu einer Bedrohung wurde und werden kann, der diese Innovationen als gesellschaftspolitisch verändernde Treiber erkennt und damit das eigentlich längst überholte Konstrukt Kapitalismus ins Wanken bringt.

Und Karl Marx war jemand, der die Menschen überzeugen konnte und etwas von den ökonomischen Theorien verstand. Also musste er an seiner Arbeit gehindert werden. Und nachweislich ist er in seinen letzten Lebensjahren in London immer kränklicher geworden."

Katharina: *„Aber es ist doch normal, dass man irgendwann einmal krank wird. Und sicher wird er sich auch nicht geschont haben."*

Romy: „So einfach ist es aber eben leider nicht. Wir leben in einer Welt, in der sich gerade ein gesellschaftspolitischer Super-Thriller abspielt."

Katharina: *„Natürlich wissen wir, dass sich die Welt-*

lage gegenwärtig nicht besonders einfach gestaltet und es überall Konflikte gibt. Aber meinst du wirklich ernsthaft, dass der Skripal-Fall indirekt mit einem Jahrhundert-Super-Thriller in Verbindung steht und damit auch mit einem möglichen Mord an Karl Marx? "

Romy: „Wenn die Diskussion um die Herkunft eines Nervengifts zum Ausgangspunkt für einen Krieg werden könnte, ist das doch verrückt, oder? Eine biologische Waffe, die aus den Forschungslaboren von Medizinern und Biologen aus aller Welt kommen kann. Und wo es wohl niemanden gibt, der die Richtigkeit oder die Falschheit dieser Aussage verifizieren oder falsifizieren kann. Das wäre, als wenn man die Herkunft der Aspirintabletten untersuchte, die zu 3000 Todesfällen jährlich führen und worunter sich sicherlich auch bedeutende Persönlichkeiten befinden[13] - aus welcher Apotheke kamen diese, wer hatte sie verschrieben, wo wurden sie hergestellt?

Wo kann man in diesen Fällen denn die eindeutigen Beweise finden? Welche Diplomaten werden dafür ausgewiesen? Uns begegnet das perfekte Verbrechen millionenfach und täglich. Und darauf sind die „Waffenexperten" natürlich am stolzesten.

Katharina: „ Worauf? "

Romy: „Na, dass eben ein Mord als Krankheit, Unfall, Unglück heute bis zur Perfektion getarnt werden kann. Mir erklärte einmal ein Psychologe sehr überzeugend, als ich ihm die vermeintlichen Ursachen für Paranoia

---

[13] https://www.telegraph.co.uk/news/2017/06/13/daily-aspirin-behind-3000-deaths-year-study-suggests - Ergebnisse einer Oxford Studie.

und Schizophrenie aus eigenem Erleben schilderte: „Sie werden Ihre Erkenntnisse nie verifizieren und nie beweisen können". Natürlich hatte er Recht. Er wusste warum. Weil ich nie die vermeintlich identifizierten „Projektmitarbeiter" zu einem Geständnis bewegen würde, weil ich niemals Zugang zu den ABC[14]-, E[15]- und P^2 [16]-Waffenlaboren dieser Welt erhalten würde, und selbst wenn, dann nicht kompetent genug wäre, die notwendigen Bewertungen und Messungen hinsichtlich chemischer Strukturen, biologischer oder radiologischer Wirkungen vorzunehmen. Ich wäre auf die Unterstützung von Experten angewiesen, die mir vertrauensvoll „ihre" Fakten über diese „Waffen" zur Verfügung stellen würden.

Und was bliebe mir?

In letzter Konsequenz nur ein unsicheres subjektives „Bauchgefühl", möglicherweise Vertrauen und Glauben. Aber würde dies heute reichen, wo die Zukunft der Welt auf dem Spiel steht? Wo niemand mehr sagen kann, wo, in welcher Menge und zu welchem Zweck diese Waffen

[14] Massenvernichtungswaffen - A:Atomar, B:Biologisch, C:Chemisch; neu: CBRN-Waffen für Chemisch, Biologisch, Radiologisch, Nuklear. A-Gefahren wurden mittlerweile in Radiologische R und nukleare N-Bedrohungen eingeteilt, Massenvernichtungsmittel umfassen heute auch Schusswaffen, Kleinwaffen, Pestizide, Herbizide, Schädlingsbekämpfungsmittel. Bei Biologischen Waffen - infektiöse Pathogene wie Ebola, Lassa-Fieber, Brucellose, Pest, Pocken etc., Chemische Kampfstoffe wie das Entlaubungsmittel Agent Orange mit krebserregenden Nebenwirkungen, es wurde bereits im Vietnamkrieg eingesetzt (als Spätfolgen 100.000 Kinder mit angeborenen Fehlbildungen).

[15] vgl. https://www.e-waffen.de.

[16] P^2- = psychophysische Waffensysteme - wirken auf den Organismus und die Psyche des Menschen ein und können Gedanken, Gefühle, Verhalten von Menschen ändern, Einwirkung vollzieht sich durch die Strahlung von schwach bis hochfrequent pulsierten elektromagnetischen Feldern, wie auch durch akustischen Ultraschall und Infrarotwellen. vgl. auch www. psychophysischer-terror.com/psychophysische-waffen.com.

für den unsichtbaren Krieg entwickelt und positioniert werden?

Kann denn heute jemand wirklich „mit Sicherheit" sagen, woher Waffen kommen, wo und wann sie von wem eingesetzt wurden und zukünftig noch werden, sofern er nich selbst der Produzent und Inverkehrbringer ist?

Leider stehen wir heute damit einem perfekten Verbrechen gegenüber.

Das war im Fall von Karl Marx vor 135 Jahren nicht anders.

Und auch im Fall Skripal kann niemand sagen, woher das Gift kam, weil man einfach die Prozesskette nicht nachverfolgen kann. Weder ein RFID-Chip zeigt den historischen Verlauf einer logistischen Kette an, aus welchem Labor dieses Produkt stammt, noch gibt es Fingerabdrücke oder andere forensische Gutachten. Aber selbst wenn, könnten auch hier die Daten gefälscht worden sein. Jeder, der bisher in die USA gereist ist, hat alle seine Fingerabdrücke und einen Iris-Scan zur weiteren Verwertung bereits an die dortigen Behörden übergeben. Mit speziellen Drucksystemen ist es ein Leichtes diese Fingerabdrücke nun „nachzustellen" und auf welchem Objekt auch immer zu positionieren, um daraus die perfektesten Fake News zu konstruieren.

Aber dies geht natürlich auch viel einfacher und vollkommen analog, wie wir in vielen Krimis immer wieder gezeigt bekommen. Damit kann wohl niemand erklären, er wisse, wer der Attentäter gewesen sei und in welchem Auftrag ein Verbrechen erfolgt ist."

Katharina: *„Aber der Vorwurf lautete ja auch, unter*

der Prämisse, dass es sich um Novichok, also ein Gift handelt, dass in der ehemaligen Sowjetunion entwickelt und produziert wurde, und selbst wenn Russland nicht das Gift zum Einsatz gebracht hätte, dass damit trotzdem bewiesen wäre, dass das Land seine Waffen nicht unter Kontrolle hätte. Ist es da nicht sinnvoll, wenn es Sanktionen gegen Russland gibt? Stell dir mal vor, wenn dieses Gift plötzlich in Deutschland, in Belgien, Australien oder den USA auftaucht! Unvorstellbar. Nicht umsonst wird von einem neuen „Kalten Krieg" gesprochen, weil ja Regeln verletzt werden."

Romy: „Welche Regeln? Es handelte sich um Altbestände und letztendlich steht Aussage gegen Aussage. M.E. können wir hier einfach ein dramaturgisch vorbereitetes allerdings wenig ausgereiftes Kriegsszenario und Angstkonzept mit verfolgen, á la Hollywood.[17]

Wollte man jemanden um die Ecke bringen, gäbe es heute, allein schon aus medizinischer Sicht, Möglichkeiten ohne Ende. Da reicht schon ein überdosierter Blutdrucksenker. Außerdem kann jeder Apotheker etwas Brauchbares anmischen. Allein in Deutschland kamen 1,6 Millionen Bürger wegen Medikamentennebenwirkungen in die Notaufnahme und jährlich sterben 30.000 Menschen auf Grund dieser Nebenwirkungen[18]. Das sind dann vermeintliche „Unfälle". Es gibt aber

---

[17] vgl. de/wikipedia.org/wiki/Nowitschok - veröffentlicht von Jonathan Tucker „War of nerves (S. 380) - die britische und US-amerikanischen Regierungen kennen die Struktur von Nowitschok, weigerten sich, diese offenzulegen und auf die Liste des Chemiewaffenkontrollabkommens CWC zu setzen.

[18] vgl. u.a. www.daserste.de/information/wirtschaft-boerse/plusminus/nebenwirkung-medikamente-gefahr-arzt-100.html.

auch Schätzungen, dass 1000 Tötungsdelikte pro Jahr unbemerkt bleiben, wovon ein Großteil wahrscheinlich echte Giftmorde sind[19]. Es gibt Cannabis, K.O.-Tropfen, Zyankali, aber zusätzlich auch noch Verkehrsunfälle, Tod durch Ertrinken oder einfach Herzversagen. Wenn ich also jemanden um die Ecke bringen will, dann geräuschlos. Kein Problem.

Oder ich will eine offene Provokation.

Aber dahinter stecken in der Regel diejenigen, die am lautesten nach Rache und Vergeltung schreien. Und das sind meistens immer die Gleichen – eben Serienmörder, Massenmörder, die es eben nicht lassen können.

Es ist doch längst bekannt, dass die Rezeptur des Nervengiftes weltweit kein Geheimnis mehr ist? Und das muss ja wohl auch so sein, sonst wüsste Theresa May eher nichts davon, oder? Irgendwer muss ihr ja davon erzählt haben? Und da müssen ja gut informierte Kreise sehr genau über die Zusammensetzungen von allen „russischen" chemischen Waffen Bescheid wissen, oder? Ob es im Darknet einen Katalog darüber gibt, in welchem Land der Welt, welche giftigen Cocktails mit welchen Wirkungen besonders erfolgreich zusammengemischt werden? Wenn also vor allem die Briten so sicher mitteilen können, dass das Gift aus einem russischen Geheimlabor stammt, nicht aus Saudiarabien, nicht aus Amerika, nicht aus den Niederlanden, wer sagt denn dann, dass sie es nicht bereits seit Jahrzehnten selbst nachgebaut haben? Die Rezeptur ist Theresa May ja anscheinend bestens bekannt.

---

[19] Heinemann, Pia: Die Zeiten von Zyankali im Pudding sind vorbei. 02.12.2012.- In: Welt (online) - www.welt.de/gesundheit/article111717134/Die-Zeiten-von-Zyankali-im-Pudding-sind-vorbei.html.

Meinst du, es gibt im militärischen Bereich nicht die gleiche Wirtschaftsspionage wie im normalen Wettbewerb, nur mit noch etwas ausgereifteren und raffinierteren Methoden und unter Einsatz noch besserer Technologien?

Das ist doch alles lächerlich, was hier im Moment abgeht.

Gerade die Briten haben mit Hightech ausgerüstete biomedizinische Labore und Forschungseinrichtungen. Da kann man heutzutage jede Substanz nachbauen. Oder in Amerika, Israel oder sonst wo auf der Welt genauso.

Bei den vielen russischen Überläufern der letzten Jahrzehnte waren sicher auch einige Experten für Biowaffen[20] dabei, meinst du nicht?

Social Engineering[21] ist dazu der Fachbegriff. Insofern sind diese Diskussionen reiner Mumpitz."

Katharina: „Das leuchtet ein."

Romy: „Und die politischen Organisationen und die Medien lassen sich auf solche Spielchen ein? Das finde ich allerdings schlimm. Fehlen ihnen die richtigen Argumente und Erklärungen, damit es auch jeder versteht? Wahrscheinlich spielen ja viele auch seit Jahrzehnten, wenn nicht sogar seit Jahrhunderten dieses Spiel mit.

[20] vgl. z.B. Vil Mirzayanov (Wil Sultanowitsch Mirsajanow) - Russischer Chemiker, Lebt in Princeton, Veröffentlichte 2009 in seiner Selbstbiographie technische Einzelheiten einschließlich der Nowitschok-Kampfstoffe. - Karel Knip „Unknown" newcomer Novichok was long known, RHC Handelsblad (Online-Ausgabe), 21.März 2018.
[21] Social Engineering = soziale Manipulation, Beeinflussung von Personen zur Preisgabe vertraulicher und geheimer Informationen bis hin zum Eindringen in fremde Wirtschafts- oder Computersysteme, Social Hacking.

Mittlerweile kann solch ein breites Portfolio an „To-
desprojekten" als Endziel einer Spionage oder einer
politisch ungewollten Entwicklung eingesetzt werden,
dass da wohl kaum noch jemand den Überblick behält.

Und wer will heute einen natürlichen Tod von einem
unnatürlichen Tod unterscheiden, wenn er sich im medizinischen Milleu abspielt? Wer will beurteilen, ob ein
Wissenschaftler verantwortungsvoll handelt, ob ein Arzt
ethischen Geboten folgt?

Sind die 30.000 Menschen, die jährlich an den Nebenwirkungen von Medikamenten sterben, Zufall, Ergebnis
eines wissenschaftlichen Experimentes, geplant oder
eben Schicksal? Wenn es die Möglichkeit schon seit
Jahrzehnten gibt, jedem Bürger elektronisch einen Me-
dikamentenplan an die Hand zu geben, um gefährliche
Wechselwirkungen auszuschließen, um solche Tode zu
verhindern, und die Gesundheitslobby und die Industrie
setzen solch ein Projekt bewusst nicht um, sind sie dann
Mörder?

Und auch bei Verkehrsunfällen kann heute wohl niemand mehr beweisen, ob es sich um einen Auftragsmord
gehandelt hat, bei dem einige Geldscheine im Vorfeld
oder nach erfolgreicher Ausführung den Besitzer ge-
wechselt haben, oder der LKW-Fahrer aus Rumänien
„aus Versehen" und wegen totaler Übermüdung den
linksdemokratisch engagierten und einflussreichen Politiker, der sich mit einem neuen ökonomischen Modell
beschäftigt hatte und gerade valide neue Gesetzesvorla-
gen ins Parlament einbringen wollte, von der Fahrbahn
gedrängt hat.

Mir scheint, dass das System zunehmend außer Kontrolle gerät. Nicht die KI oder die Digitalisierung, sondern die Auftragskiller im Sinne der Systembewahrer aus den verschiedenen Branchen bis hin zu angesehenen Experten, die ihre Expertise gegen die Bevölkerung einsetzen, bereiten mir Bauchschmerzen. Und dass das „kapitalistische System" immer verzweifelter auch vor immer blutrünstigeren und brutaleren Lösungen nicht zurückschreckt, um sich selbst zu erhalten und alles zu seinen Gunsten zu manipulieren.

Was meinst du denn, wie viele Menschen in den letzten Jahrzehnten zum Opfer von Anschlägen und gewaltsamem Tod geworden sind, weil sie sich gegen das System aufgelehnt haben, weil sie schmutzige Geschäfte, Netzwerke, kriminelle Machenschaften aufgedeckt haben, die alle nur aus wirtschaftlichen Interessen erfolgten oder weil sie sich gegen das kapitalistische System als Ausbeutungssystem gestellt haben?"

Laryngitis und die Rolle der Ärzte

Katharina: *„Und deshalb gehst du auch bei Karl Marx von einem unnatürlichen Tod aus?"*

Romy: „Richtig. Mir kam dieser Gedanke, als ich von der Diagnose seines Todes gelesen habe."

Katharina: *„Und?"*

Romy: „Auf dem Totenschein stand „Laryngitis".

Katharina: *„Und was ist das? Habe ich noch nie gehört."*

Romy: „Eine Kehlkopfentzündung."

Katharina: *„Na siehst du."*

Romy: „Warum na siehst du? Irgendetwas kann daran nicht stimmen. Stirbt man denn an einer Kehlkopfentzündung? Die ersten Symptome sind Husten und Heiserkeit. Da schont man seine Stimme, vermeidet das Sprechen, trinkt warmen Tee mit Honig und irgendwann geht die Entzündung wieder zurück."

Katharina: *„Vielleicht hat er das ja aber nicht gemacht, hat seine Stimme nicht geschont und erst, als es schlimmer wurde, ist er zum Arzt gegangen, und dann war es eben zu spät und nicht mehr heilbar."*

Romy: „Das wäre natürlich eine Theorie. Kurz vorher sind seine Frau und seine geliebte Tochter gestorben.

Sicherlich können solche Ereignisse ein Immunsystem schon ziemlich schwächen und Krankheiten haben leichtes Spiel. Männer gehen ja sowieso nicht gerne zum Arzt und die familiäre Unterstützung fehlte. Trotzdem finde ich es komisch, da ich glaube, dass er von seiner Sache überzeugt war und dafür geglüht hat. Ich kann mir nicht vorstellen, dass er sich, ohne einen konkreten Grund einfach so aufgegeben hätte. Sicherlich hätte er doch alles unternommen, um wieder gesund zu werden, oder? Und da er als politischer Führer auf das Sprechen angewiesen war, wird er diese Erkrankung auch in die professionellen Hände eines Arztes gelegt haben. Ansonsten hätten seine Freunde, wie Engels oder andere Weggefährten ihn doch bestimmt zum Arzt geschickt, wenn er nicht mehr sprechen konnte? Das ist schon sehr merkwürdig. Aber noch komischer ist, dass die Familie Marx ja angeblich einen Hausarzt[22] hatte. Dieser brachte bereits seine Frau Jenny unter die Erde und verordnete Karl Marx zum Beispiel, aus gesundheitlichen Gründen, nicht zu ihrer Beerdigung zu gehen."

Katharina: *„Wenn Karl Marx so krank war, dann hat der Arzt doch damit gezeigt, wie vorausschauend er mögliche kritische Verläufe durch Überanstrengung*

---

[22] Horatio Bryan Donkin (01.02.1945 in Blackhealth, Kent; gest. 26.07.1927 in London), britischer Arzt und Neurologe, ab 1880 Mitglied der F.R.C.P (R.C.P. = Royal College of Physicians und F. = Fellow (im Hochschulbetrieb zur Körperschaft gehörendes Mitglied). Veröffentlichte 1893 sein Werk „The diseases of childhood", verlegt in London und New York, ab 1898 Kommissioner des Gefängniswesens, 1911 Ritterschlag, „Behandelte" Eleanor, Jenny und Karl Marx.

vermeiden wollte. Aber was ist deine Theorie dazu?"

Romy: „Ich denke, dass er nicht an einer Laryngitis gestorben ist. Früher hat sich wohl kaum jemand mit medizinischen Fachbegriffen, diagnostischen Verfahren oder Symptomen beschäftigt. Zumal ja Marx nachweislich in der Öffentlichkeit bereits über einen gewissen Zeitraum als kränklich „verkauft" wurde. Wenn jemand nicht zur Beerdigung seiner Frau erscheint, dann muss es ihm, in der Wahrnehmung der Öffentlichkeit, schon wirklich schlecht gehen. Was der Arzt Marx, aber auch Freunden und Bekannten erzählt und welche Medikamente er ihm verabreicht hat, damit der prophezeite Tod dann auch irgendwie eintraf, wird heute wahrscheinlich nicht mehr überprüfbar sein. Außerdem glaube ich, dass sich niemand wirklich mit dem Totenschein beschäftigt oder auch nur zweifelnd „nachgefragt" hat, warum denn seine Kehlkopfentzündung nicht abheilte. Auf dem Totenschein stand ein lateinischer Begriff, ein renommierter und nach öffentlichem Ansehen ehrenwerter Arzt, sicherlich ein enger Berufskollege des familiären Hausarztes, beide waren Mitglieder des royalen Colleges, bestätigte einen natürlichen Tod.

Woran oder besser, warum sollte man da zweifeln?

Wenn Marx nicht vorher, in coram publico bedroht wurde und er auch in seinem direkten Umfeld nicht darauf verwiesen hatte, dass er um sein Leben fürchtete, warum sollte dann jemand eine Prüfung seines Ablebens beauftragen oder generell seinen Krankheitsverlauf, an dessen Ende ein natürlicher Tod stand, kritisch betrachten oder in Zweifel ziehen? Zumal seine geliebte Frau kurz vorher gestorben war und damit noch ein weiterer „offizieller" Grund bestand, dass es mit der Gesundheit von Karl zunehmend den Bach runter ging."

Katharina: *„Du meinst, dass sein Hausarzt da auch mit drinsteckt?"*

Romy: „Also es ist doch nicht nachvollziehbar, wenn es einen Hausarzt gab, der sich allerdings der Neurologie verschrieben hatte, was sich gerade in dieser Zeit als ein neues interessantes Forschungsgebiet herauskristallisierte, dass es keinen anderen Arzt, zum Beispiel einen Hals-, Nasen-, Ohrenarzt im medizinisch so gut versorgten London gegeben hätte, der sich professionell der Heilung einer Laryngitis annahm? Letzendlich wäre eine Heilung mit der reinen Stimmschonung möglich gewesen. Und mit wem sollte Marx denn geredet haben, wo seine Frau tot war und ihm sein Arzt das Haushüten verordnet hatte, er also auch in dieser Zeit anscheinend keine großen Reden in der Öffentlichkeit mehr hielt, die seine Stimme überanstrengen konnten?

Und falls die Laryngitis dann wirklich chronisch geworden wäre, hätte der Arzt ihn nicht in eine Klinik eingewiesen oder irgendwie anders behandelt?

Immerhin ließ ihn Victoria, die älteste Tochter der englischen Königin, zwei Jahre vor dem Tod von Jenny und der Todesfolge der gesamten Familie, aufsuchen[23].

Er war also weder ein Unbekannter im aristokratischen England, noch fehlte es ihm an Beziehungen.

---

[23] Sir Mountstuart Elphinstone Grant Duff suchte Anfang 1879 Kontakt zu Marx und berichtete seiner Auftraggeberin Victoria am 01.02.1879 darüber, vgl. www.marxists.org/archive/marx/bio/media/marx/79-01-31.htm.

Über ihn wurde „berichtet". Also wie konnte er dann, einfach so, an einer Laryngitis sterben? Hatte er, nachdem er einen zu reflektierten, gebildeten, vor allem aber wissenden Eindruck bezüglich der „mad expenditure on armaments"[24] beim „Geheimagenten des Königshauses", bei Sir Mountstuart, hinterlassen hatte, damit sein Todesurteil unterschrieben?"

Katharina: *„Komm auf den Punkt."*

Romy: „Meinst du, man ruft dann einen Chirurgen, damit der kommt, um den Totenschein auszustellen[25]? Hätte dann nicht selbstverständlich der Hausarzt, der Arzt des Vertrauens diesen unterschrieben? Und vor allem - warum wurde der Tod erst zwei Tage später am 16. März 1883 von seiner Tochter, Eleanor Marx[26], gemeldet?

Weißt du Katharina, was mich dabei besonders wundert? Wie ist sie zu ihrem „Spitznamen" Tussy Marx gekommen? Immerhin hat sich das Wort *Tussi*, als solch ein fieses Schimpfwort für Frauen durchgesetzt, das bis heute nicht seine Wirkung hinsichtlich der Einschätzung

---

[24] „mad expenditure on armaments" - engl. für wahnsinnige Rüstungsausgaben.

[25] Dr. W. D. Seyman (M.R.C.S.) (vgl.Wikipedia) - Member of the Royal College of Surgeons of England, Berufsverband der Chirurgen von England und Wales (gegründet im 14. Jh. als Gilde der Chirurgen der Stadt London. Chirurgische Tätigkeiten wurden damals auch von Barbieren ausgeübt, 1540 Vereinigung zur Company of Barber-Surgeons, 1745 Trennung der Berufszweige, 1800 Company of Surgeons, Bestätigung durch den König, vgl.auch https://www.rceng.ac.uk.

[26] Eleanor Marx (genannt Tussy, 16.01.1855 - 31.03.1898) - jüngste Tochter von Jenny und Karl Marx, deutsch-englische Sozialistin, nannte sich ab Sommer 1884 Eleanor Marx Aveling.

von Frauen verfehlt. Diese Abschätzigkeit geht ja bereits auf Thusnelda[27] zurück. War Eleanor vielleicht zu „oberflächlich" und ein „eitles Dummchen"? Hatte sie Entscheidungen im Zusammenhang mit dem Todesfall ihres Vater getroffen, die ihr diesen Namen[28] einbrachten? Ursprünglich wollte sie Schauspielerin werden. Sehnte sie sich vielleicht nach Applaus, nach der großen Bühne, aber auch dem Anschluss an die „feine" aristokratische Gesellschaft? Vielleicht hatte ihr der Vertreter des „Royal College" eine *elitäre* und erfolgreiche Zukunft versprochen? Vielleicht bat man sie, für das Königshaus in den Kreisen der Sozialisten zu spionieren mit der Aussicht auf gesellschaftliche royale Anerkennung?

Anscheinend hätte sie der Weltgeschichte eine andere Prägung geben können. Immerhin galt sie als sehr klug, hübsch, mit unerschöpflicher Energie.

Ich denke, dass sie sich wohl einfach auf die falschen Versprechungen eingelassen hatte. Denn warum litt sie plötzlich an Magersucht, wurde im Schlaflabor behandelt, weil ihr Schlaf gestört war oder besser „wurde"? Warum entwickelte sie plötzlich Suizidgedanken und

---

[27] Thusnelda (geb. um 10 v. Chr., gest. nach dem 26. Mai 17), Tochter des Cheruskerfürsten Segestes und Gemahlin des Cheruskerfürsten Arminius. Arminus markierte als Sieger der Varusschlacht (Schlacht im Teuteburger Wald) einen entscheidenden Wendepunkt in der Geschichte der Auseinandersetzungen zwischen den Germanen und dem römischen Reich. (vgl. Wikipedia). Danach trug allerdings Thusnelde dazu bei, auf Grund ihres Verhaltens - sie ließ sich von Arminius entführen - dass sich die Konflikte zuspitzten und plötzlich Schlachten einen emotionalen „Anstrich" aus familiären und ehelichen Spannungen bekamen. Noch 2000 Jahre später nutzt die rechtsextremistische Szene die Varusschlacht als Fanal eines nationalen Befreiungskampfes, Arminius gilt als Vorbild des gegenwärtigen Kampfes gegen Einwander. Die USA wird als „neues Rom" bezeichnet.
[28] vgl. Tussy Marx. Das Drama der Vatertochter. Eine Biographie. Kiepenheuer & Witsch, 398 S.

nahm sich bereits im Alter von 43 Jahren das Leben?

Gibt es nicht vergleichbare Schicksale in unserer heutigen Zeit?

M.E. handelt es sich bei ihr um ein typisches Mordopfer im Rahmen der gerade erst begonnenen neurologischen Forschungen - mit dem Einsatz von ABC oder E-Waffen. Schlafstörungen, Schlafentzug, Müdigkeit, Depression, kontextbezogene negative emotionale Einflüsse im sozialen Umfeld - Stress, Eifersucht, Erniedrigung, Einsamkeit durch den organisierten Ehebruch ihres Partners Edward Aveling[29] mit einer Schauspielerin - all diese Elemente bilden ein komplexes und erfolgreiches Portfolio, um einem Menschen langsam aber sicher die Lebensfreude zu nehmen. Dies muss besonders bitter für sie gewesen sein, wurde ihr damit doch ihr ursprünglicher Lebenstraum immer wieder vor Augen geführt. Zum Ende unterstützte man ihre „eigene Entscheidung" mit etwas „Blausäure". Sie gehört meines Erachtens gleichermaßen zu den Opfern einer Mordserie mit „natürlichem" Anschein wie Karl Marx. Und all diese „psychologisch-neurologischen Tests" wurden mit großer Sicherheit von Horatio Bryan Donkin wissenschaftlich begleitet. Letztendlich blieb sie als Tussy und Vatertochter[30] eine tragische Randfigur der Geschichte, die sich „angeblich" auf Grund einer Nervenkrankheit das Leben nahm."

Katharina: „Lass uns aber erst mal noch einen Schritt zurückgehen. Du erwähntest einen Chirurgen? Woher

---

[29] vgl. https://de.wikipedia.org/wiki/Edward_Aveling.
[30] www.deutschlandfunk.de/tussy-marx-das-drama-der-vatertochter-eine-biographie.700.de.html?dram:artikel_id=80767.

kam denn der?"

Romy: „Na, den Totenschein hat ein Chirurg ausge-stellt. Ein Dr. W. D. Seymann. Ein Mitglied des Royal College of Surgeons of England. Dieses College arbei-tete im Auftrag der Monarchie und war der Königsfami-lie und deren Interessen dementsprechend treu ergeben. Und Horatio Donkin gehörte auch diesem College an."

Katharina: *„Und du meinst, es gab einen Geheimauf-trag, nicht nur Marx, sondern die gesamte Familie zu ermorden?"*

Romy: „Davon gehe ich aus. Vielleicht nicht die ge-samte Familie, aber in jedem Fall die mit dem „Sozi-alisten-Gen" verseuchten und gesellschaftspolitischen Multiplikatoren. Wobei man so gleich noch ein weiteres Ziel verfolgte. Wie ich ja bereits bei Eleanor andeutete, legte man aus meiner Sicht, damit den Grundstein für das „industrielle Morden" mit entsprechenden medizi-nischen und psychologischen Experimenten. Als sehr wahrscheinliche Hypothese ist davon auszugehen, dass mit den wissenschaftlich-methodischen Erkenntnissen die elitären aristrokratischen Kreise endlich nachhaltig wirkungsvolle Maßnahmen gefunden hatten, sich im „industriellen" Maßstab von „ideologischen" und klas-senuntreuen Feinden zu befreien. Dabei ging man aller-dings anscheinend noch nicht ganz so professionell vor, so dass ein weiterer Arzt einbezogen werden musste, um jeglichen Verdacht an einem unnatürlichen Tod erst gar nicht aufkommen zu lassen. So konnten sich beide

Ärzte gegenseitig ein stichhaltiges Expertenalibi geben. Vielleicht stammte der Chirurg ja von dem ursprünglichen beruflichen Zweig der Barbiere ab, der familiär erfahren hatte, wie existenzbedrohend Erfindungen, wie die des Rasierhobels sein konnten und begeisterte sich deshalb besonders für die royalen Bewahrungsabsichten der Monarchie. Sicherlich war er erprobt im Umgang mit dem Messer, um vielleicht auch den notwendigen Schnitt durch die Kehle fachgerecht als Luftröhrenschnitt, Tracheotomie, auszuführen. Dass leider dabei ein Herzstillstand eintrat, gehört eben zu den Risiken solcher notwendigen Eingriffe. So konnte der königliche Chirurg Horatio ein Alibi im Sinne einer medizinisch fachkundigen Versorgung der Familie Marx geben und gleichzeitig das bedauerliche Ableben von Karl Marx bestätigen.

Allerdings schien Eleanor die „Geschichte" nicht wirklich zu glauben und musste erst für diese Wahrheit „gewonnen" werden. Sie kannte ihren Vater und auch seinen gesundheitlichen Zustand. Vielleicht musste sie erst mit einem Deal davon überzeugt werden, mitzuhelfen, den Tod ihres Vaters zu vertuschen, da dieser vielleicht im Rahmen eines Streits zu Tode gekommen war. Immerhin benötigte man zwei Tage, um sich eine stichhaltige Story zusammenzureimen, die auch Eleanor, als gute Schauspielerin, der Öffentlichkeit verkaufte."

Katharina: „*Du meinst, dass der Begriff Tussi sich deshalb so eingebürgert hat, weil sowohl mit der Thusnelda vor 2000 Jahren aber auch der Tussy Marx sich der geschichtliche Verlauf generell für die Menschheit entscheidend negativ gestaltet hat?"*

Romy: „Irgendwie schon. Denn jede Entscheidung zieht andere Entscheidungen nach sich. Und so hat jeder Mensch, und in diesem Fall waren es eben zwei Frauen, Einfluss darauf, wie sich die Welt weiter dreht."

Katharina: „Und dass Marx in London zu Tode kam und irgendwie die gesamte Familie, hängt damit zusammen, dass man sich dort als medizinische und psychologisch-neurologische Waffenhochburg für Europa spezialiert hatte?"

Romy: „Aus meiner Sicht ist das sehr wahrscheinlich. Es ist davon auszugehen, dass man sich nicht umsonst bemüht hatte, Karl Marx, den Aufrührer und Kommunistenanstifter nach London zu bekommen. Er musste ja dieses Exil wählen, weil er in den anderen Ländern nicht mehr geduldet wurde. Die rechtlichen und monarchischen Netzwerke griffen zu dieser Zeit bereits sehr gut. Übrigens wurde auch Van Gogh nach London geschickt, um dort endgültig aus seinem Job gemobbt zu werden, bei dem er zu tief in Patente[31] und industrielle Verfahren Einblick gewonnen hatte, um dann historisch als Erfinder und medizinisches Testobjekt totgeschwiegen und nur noch als Maler „gefeiert" zu werden.

Es ist davon auszugehen, dass die britischen Methoden

---

[31] Arbeit bei Coupil & Chi, Alphons Coupil erwarb 1867 Patent für die „Woodburytypie", Photoglyptie, eine Art Lichtdruckverfahren. Präparate wurden ursprünglich in Berlin erfunden, erst in England, dann in Paris patentiert. Hohe wirtschaftliche Bedeutung für den Kunstdruck - Böger, Astrid: Vicent van Gogh: Wirtschaftsspion, medizinisches Versuchskaninchen, geniale Schnittstelle zum Universum? Essay. - unv. 09.01.2017.

zur Manipulation gesellschafts- und wirtschaftspolitisch *störender Personen* unter Einsatz „biologischer und chemischer Waffensysteme" oder einfach unter Nutzung *innovativer Medikamente* bereits schon vor zweihundert Jahren fortschrittlicher waren als im Rest Europas.

Es ist weiterhin davon auszugehen, dass England von der transatlantischen Achse profitierte, wo bereits sehr früh undurchsichtige wirtschaftliche Verflechtungen im Mittelpunkt standen. Immerhin besteht das „Royal College" aus einem weit verzweigten Netzwerk unterschiedlichster wissenschaftlicher Forschungsrichtungen und beheimatet interdisziplinäre Fachexpertisen, die alle dem monarchischen Gesellschaftsmodell verpflichtet waren und auch heute noch sind. Und Adelshäuser, andere Monarchien, aber auch Großindustrielle, „die Eliten" konnten sich darauf verlassen, ihre gesellschaftspolitischen „Problemfälle" nach London senden zu können, um sie dort, auf „neutralem Territorium", fern der preußischen oder sonstiger Regierungsobrigkeiten geräuschlos, unauffällig und vollkommen „natürlich" entsorgen zu lassen. Eben auf dem Müllhaufen der Geschichte. Aber das ist eine ganz andere Story."

Katharina: „Aber warum sollte die britische Monarchie denn solche Maßnahmen entwickeln, ergreifen und solch ein System aufrecht erhalten?"

Romy: „Weil sich bis heute an der Auseinandersetzung der Systeme nichts geändert hat. Eine große Weltbevölkerung steht einer kleinen Anzahl von Menschen gegenüber, die sich selbst mit dem Anrecht auf eine

Herrschaftsrolle sehen. Und die Verteidigung dieser Macht erfordert den Einsatz aller zur Verfügung stehenden Mittel. Und sicherlich sind die „unsichtbaren" Waffen dabei die effizientesten.

Als Karl Marx in London lebte, wurde er dort zunehmend kränklicher, so dass er kaum noch seine ökonomischen Theorien weiter vervollständigen konnte. Erst litt er an einer Hautkrankheit, die ihn stark behinderte, dann kamen wohl andere Erkrankungen dazu, über die niemand so richtig etwas weiß. Hautkrankheiten kann man gut mit Kontaktgiften[32] oder über spezielle Substanzen auslösen, wie wir ja jetzt gerade auch in London beim Anschlag auf den Doppelagenten Skripal erlebt haben."

Katharina: *„Du sprichst darüber, als wenn du selbst solche Erfahrungen gemacht hättest."*

Romy: „Irgendwie schon. Als ich mich mit der Entwicklung intelligenter Textilien[33], aber auch Umwelt-

---

[32] Kontaktgift = Gift wird über die Haut, dermal aufgenommen. Bekannteste: Pflanzenschutzmittel DDT, E605 oder Parthion („Schwiegermuttergift") [1944 von Gerhard Schrader in Deutschland erfunden, dann Patente 1945 von den Alliierten entwendet, ab 1947 von u.a. Monsanto, dann in Europa ab 1948 von der Bayer AG vermarktet, als Gift bis 1952 in den USA eingesetzt, dann auch in Dtschl. verwendet für viele Suizide und Morde, erster offizieller Mord von Christa Lehmann (Worms), viele Liebschaften mit amerik. Soldaten, auffällig durch Diebstahl bei Farbenwerken Hoechst], desweiteren Fluorwasserstoffsäure, chemische Nervenkampfstoffe, Phosphorsäureester wie Sarin, Soman, Tabun, pflanzliche Stoffe Eisenhut oder Amphibiengift etc..- Hongbo Zhai, Howard I.Maibach (Hrsg.): Dermatotoxicology. 6.Aufl. CRC Press, Boca Raton, Fl. 2004, ISBN 0-415-28862-2.

[33] Intelligente Textilien, Smart textiles: Verschmelzung von Erkenntnissen aus der Hochtechnologie mit textilen und Bekleidungsfunktionen wie

konzepten sehr intensiv beschäftigte, bekam ich plötzlich so etwas wie Porphyrie[34]. Jedenfalls diagnostizierten mir die Ärzte diese Erkrankung, mit dem Hinweis, daran wohl früher oder später zu sterben[35].

Wann diese Blasenbildung auf meiner Haut erstmals plötzlich auftauchte und in welchem Zusammenhang, kann ich natürlich nicht mehr mit Bestimmtheit sagen, aber ich kann mir aus heutiger Sicht schon vorstellen, dass die Ursache im Arsenal medizinischer Waffen zu finden ist. Das Forschungsgebiet, die intelligenten Textilien bargen ja die große Gefahr, alle bisherigen ökonomische Modelle in fast allen Branchen durcheinander zu wirbeln, standen sie doch auch im engen Zusammenhang mit militärischen Programmen, vor allem in den USA in Verbindung mit physio-psychischen Waffensystemen. Jedenfalls raubte mir diese Diagnose Lebensenergie und veränderte natürlich auch mein Verhalten."

Sensoren zur Detektion von Umweltgiften oder unsichtbaren Gefahren wie Strahlung, Luftverunreinigungen etc.- vgl. auch Böger, Hartmann: Mode und High-Tech. Anziehbare Computer erobern den Laufsteg. - ISBN-13: 978-3939519614.

[34] Porphyrie = Gruppe von Stoffwechselerkrankungen, die mit der Störung des Aufbaus des roten Blutfarbstoffs Häm einhergehen, typische Symptome einer kutanen Porphyrie u.a. Blasenbildung der Haut, nur unbedeckte Bereiche der Haut sind betroffen. - starke schmerzhafte Lichtempfindlichkeit mit entstellenden Haut- und Gewebeschäden. - Ursachen erworbener Porphyrie: Vergiftungen mit Blei, Qucksilber, bestimmten Pflanzenschutzmitteln., gleiche Symptome wie genetisch bedingte Porphyrie. - vgl. https://de.wikipedia.org/wiki/Porphyrie.

[35] Hannelore Kohl, Ehefrau von Helmut Kohl, litt an einer solchen Lichtallergie, ausgelöst nach einem ärztlichen Behandlungsfehler, durch Verabreichung eines Antibiotikums, der zu einem lebensbedrohlichen Zustand und wochenlangem Krankenhausaufenthalt führte, litt unerträgliche Schmerzen und begann als Konsequenz Suizid. Es wurde keine Autopsie durchgeführt. - https://de.wikipedia.org/wiki/Hannelore_Kohl.

Katharina: „Jetzt weiß ich endlich, warum du so viele Narben auf der Haut hast. Zum Glück bist du ja nicht daran gestorben."

Romy: „Ja, zum Glück. Eine befreundete Ärztin, die sich mit alten Heilverfahren, wie TCM[36] auskennt, hat mich geheilt. Insofern gehe ich aber auch davon aus, wenn man weiß, dass die Dosis das Gift macht, dass ich genau durch so ein Gift erkrankt bin.

Und wie wir wissen, sind die Erkenntnisse der Traditionellen Chinesischen Medizin bereits über 2000 Jahre alt. Nicht umsonst haben die Adelshäuser, als große Welteneroberer und Kolonialisten, ihre wissenschaftlichen Botaniker losgeschickt, die die Kenntnisse und Erfahrungen von Pflanzen mitbrachten. Ob sie sich dessen bewusst waren, dass sie als wissenschaftliche Agenten eingesetzt wurden? Wohl eher nicht. In jedem Fall wurde dieses Wissen als Herrschaftswissen kultiviert, weiterentwickelt, wovon auch die großen Pharmaunternehmen bis heute profitieren. Und wie wir wissen, können Pflanzensäfte heilen, aber auch töten. Und leider besitzt der Mensch nicht mehr ausreichend „qualifizierte" sensibilisierte Sinne, um die Gefahren selbst zu erkennen.

Nicht von ungefähr entwickelte sich der Begriff „Giftmischer" als Synonym für Pharmazeut oder Apotheker. Und deshalb besteht in der gegenwärtigen westlichen Welt auch bei vielen kein großes Interesse daran, Wissen und Erkenntnisse über die schon seit Jahrtausen-

[36] TCM = Traditionelle chinesische Medizin, Theorie und Praxis von der vormedizinischen Heilkunde des 1. Jahrtausends v. Chr. bis zur heutigen Medizin in China, für die westliche Welt - alternativ- und komplementärmedizinische Verfahren. Wird bereits von der WHO bei 28 Krankheitsbildern „wieder" empfohlen.

den bekannten Heilwirkungen zu verbreiten, denn dadurch würde die Gesundheitsindustrie ihre modernen Geschäftsmodelle verlieren. Denn viele Erkrankungen gäbe es vielleicht gar nicht."

Katharina: „Und du meinst, es geht gar nicht um die biologischen und chemischen Waffensysteme, die aus den High-Tech-Laboren kommen und jetzt auch bei Skripal bemüht werden?"

Romy: „Nein, diese werden natürlich für Kriegsabsichten eingesetzt, um das Volk mit komplizierten High-Tech-Waffen abzulenken. Viel wichtiger für die herrschende Klasse ist es aber, die *Massen* „unbemerkt" unter Kontrolle zu bringen, ohne dass auch nur irgendjemand Verdacht schöpft. Und natürlich sind dabei Krankheiten wie Krebs, Schlaganfall, Herzinfarkt, Diabetes oder Hauterkrankungen wie Neurodermitis viel besser geeignet, um sowohl über die Erkrankung selbst, als auch über die Angst in der Bevölkerung die Machtstellung von Ärzten, Pharmakonzernen, der Gesundheitsindustrie weiter auszubauen und damit auch auf politische Entwicklungen Einfluss zu nehmen. Aber das führt jetzt zu weit."

Katharina: „Aber wenn ich dich richtig verstanden habe, werden heute schon einzelne Menschen infiziert, vergiftet oder verstrahlt, damit sie nicht zur Gefahr für den Kapitalismus werden?"

Romy: „Oder als Testobjekte genutzt, um die Wirkung

verschiedener Substanzen, Präparate, Maßnahmen zu
testen. Bereits in Kriegen, wie dem Vietnamkrieg[37] wurden biologische und chemische Kampfstoffe eingesetzt.

Und auch Seuchen[38] kommen bereits aus den Laboren der medizinisch-technischen und pharmazeutischen
Waffenproduzenten. So ist das.

Und nach meiner Porphyrie war ja nicht Schluss.
Ich bekam dann Gebärmutterhalskrebs[39], den man mir
glücklicherweise wegoperierte. Carcinoma in situ, im
Frühstadium. Aber die Vorfälle von plötzlichen Erkrankungen oder dem Spiel mit der Gesundheit verfolgen
mich bis heute.

Und ich habe den Eindruck, besonders wenn ich einer
wirtschaftlichen Schweinerei auf die Spur gekommen
bin, einer Intrige oder ich eine innovative Entwicklung
vorantreiben wollte, schlug das „korrigierende Gesundheitssystem" erbarmungslos zu. Ich bin mir sicher, dass
dies auch nicht aufhört, wenn ich mich weiter im Sinne
des gesellschaftlichen Fortschritts für ein soziales Um-

---

[37] Durch die US-Armee wurden im Vitnamkrieg 35 Millionen Tonnen
Entlaubungsgift eingesetzt. 3 Millionen Menschen sind in Folge schwer
erkrankt, an Leukämie, Prostatakrebs, Wirbelsäulenspalt, Nervenleiden,
Diabetes, Parkinson. Mehr als 150.000 Kinder sind mit Behinderungen
geboren. - In: „Agent Orange" - Bis heute eine tödliche Waffe. - https://
www.welt.de/vermischtes/article139913254/Agent-Orange-Bis-heute-
eine-tödliche-Waffe.html.- Aufruf vom 22.09.2018.

[38] Versuchung des Wassers mit Milzbrand, mit Pest verseuchte Flöhe,
Verseuchung von Lebensmitteln mit Bakterien etc. - vgl. auch https://
de.wikipedia.org/wiki/biologische_Waffe.- Aufruf vom 22.09.2018.

[39] A.d.A. Im Alter von Mitte 30, durchschnittliches Alter der Patienten 53
Jahre, keine spürbare Symptomatik, Ursache: Virusinfektion, HPV, Übertragung durch direkten Haut- oder Schleimhautkontakt. Andere mögliche
Ursachen auch Rauchen und Passivrauchen, schwaches Immunsystem
oder Einnahme der „Pille". - https://www.onmeda.de/krankheiten/ge-
baehrmutterhalskrebs.html.- Aufruf vom 22.09.2018.

denken einsetze, sofern ich damit die Aufrechterhaltung des gegenwärtigen ökonomischen und finanziellen Systems in Gefahr bringe."

Katharina: *„Du meinst, das geht bis heute so weiter?"*

Romy: „Ja. Erst vor gar nicht langer Zeit gab mir mal jemand die Hand. Er war Mitglied einer Vereinigung von Gesundheitsökonomen in Deutschland. Er kam mir gleich etwas suspekt und eigenartig vor. Aber ich wollte mich nicht von diesem ersten Eindruck irreleiten lassen, da ich generell anderen Menschen gern ohne Vorbehalte und Misstrauen gegenübertrete. Nachdem er mir allerdings die Hand geschüttelt hatte, litt ich wochenlang an Hautproblemen, einer Art Ekzem, einer juckenden entzündlichen Hautkrankheit. Zum Glück blieb diese Erkrankung flächenmäßig auf die Hand beschränkt. Aber es behinderte mich eben. Ich konnte mich weniger gut auf meine Projekte konzentrieren.

Betrachte ich das Ekzem, aber auch Krätze und andere Möglichkeiten, die Haut erkranken zu lassen als eine sehr wirkungsvolle biologische Waffe, dann hat diese in den letzten Jahrzehnten ihre Wirkung sicher nicht verfehlt. Gegenwärtig gehören Ekzeme zu den häufigsten Hautkrankheiten.

Ich weiß jetzt nicht, an welcher Hautkrankheit Karl Marx genau litt, aber in jedem Fall schränkte die Erkrankung auch ihn ein, frei und produktiv zu schaffen.

Mit einer 100%igen Wahrscheinlichkeit hat oder bekommt angeblich nun jeder Mensch in seinem Leben eine Art Dermatitis oder Ekzem[40]. Und nicht nur die ato-

[40]Dermatitis = entzündliche Reaktion der Haut, auch Ekzem, Krankheits-

pische[41] Dermatitis hat in den letzten 30 Jahren bereits deutlich zugenommen.[42] Auch künftig soll die Häufigkeit laut Prävalenz[43] weiter ansteigen. Gesundheitsökonomen und Statistiker haben dies als neuesten „Fortschritt" für die Bevölkerung errechnet. Aber warum gehen sie von solch einer hohen und steigenden Zahl Erkrankter aus? Woher nehmen sie ihr Wissen, über die Gewohnheiten von Menschen, die diese zum Opfer einer Dermatitis oder anderer Erkrankungen machen? Warum wollen sie die hygienischen und anderen Lebensumstände in die Zukunft festschreiben, durch die Menschen an solchen Ekzemen erkranken? Und warum können diese Umstände dann nicht einfach beseitigt werden?

Vor allem als Berufskrankheiten muss man ihre sehr hohe Bedeutung ernst nehmen, da sie einen großen volkswirtschaftlichen Schaden verursachen.

Als ich diesen Ökonomen, der mir so kräftig die Hand gedrückt hatte, bei einer späteren Gelegenheit im Rahmen eines Workshops wiedertraf, schaute er mich erst kurz erstaunt und danach kaum noch an. Er zeigte im Gegensatz zum ersten Treffen keinerlei Interesse, sich mit mir austauschen zu wollen. War er erschrocken darü-

gruppe fällt in der ICD10 (Internationale statistische Klassifikation der Krankheiten und verwandter Gesundheitsprobleme unter L 20-L 30.

[41] atopisch = allergisch; genetisch determiniert oder Reaktion auf Kontakt mit natürlichen oder künstlichen Umweltstoffen mit gesteigerter Bildung von Immunglobulinen.

[42] vgl. u.a. auch https://www.arznei-telegramm.de, Fakten und Vergleiche für die rationale Therapie. 4/2003.

[43] Prävalenz = in der Epidemiologie Kennzahl für die Krankheitshäufigkeit, Aussage darüber, welcher Anteil von Menschen einer bestimmten Gruppe zu einem bestimmten Zeitpunkt in einer Krankheit erkrankt oder einen Risikofaktor aufweist, so wird z.B. in Österreich die „Gesamtlebenszeitprävalenz" der erwachsenen Bevölkerung auf 10% geschätzt, an Alkoholismus zu erkranken.

ber, dass ich in dieser Runde der Gesundheitsökonomen plötzlich auftauchte? Sorgte ihn, dass er dies trotz seiner „Übertragung" nicht verhindern konnte?

Hatte er vielleicht bereits eine Abmahnung durch seine Auftraggeber erhalten, dass er mich nicht nachhaltig in den Krankenstatus befördert hatte? Als ich mir seine Haut etwas aufmerksamer betrachtete sah ich, dass seine Hände übervoll mit entzündlichen Stellen waren. Gehörte er also auch bereits zur Zielgruppe? Bis 9.400 anerkannte „Opfer" gibt es jährlich in Deutschland, die auch als „Berufserkrankte" eingestuft werden. Allerdings wird dabei die Aussage getroffen, dass diese Krankheit nicht ansteckend sei[44], womit ich wohl ausschließen kann, dass es reiner Zufall war, dass mir der Ökonom dieses schmerzhafte Jucken übertragen hatte. Und auch auf Grund seines Berufes „Ökonom" konnte man doch wohl eher ausschließen, dass er sich täglich gefährlichen chemischen oder biologischen Substanzen aussetzte?

Letztendlich führen Hautkrankheiten dazu, dass ein nicht unerheblicher Teil der Menschen invalidisiert, umgeschult, berentet werden muss. In jedem Fall können viele Berufstätige nicht mehr ihrer Arbeit nachgehen. Das verursacht enorme Kosten für das Gesundheitssystem, womit ich einen Staat enorm schwächen kann."

Katharina: *„Aber warum meinst du denn, dass dir* *der Kollege aus* *dem gesundheitsökonomischen Verband*

[44] Ekzem - nicht-infektiöse Hautinfektion - ausgelöst durch Außenreize, wie lang anhaltender Stress, Milben oder reizende Stoffe, Haut ist mit Beulen bedeckt, gerötet, nässende Feuchtigkeitsbläschen, Krusten, offene Stellen - sehen „besorgniserregend" aus, nicht ansteckend - https://de.wikipedia.org/wiki/Ekzem.

dieses Handekzem oder diese Dermatitis verpasst hat?"

Romy: „Ich hatte gerade einen Vortrag auf einer Messe gehalten, vor einem größeren Publikum mit anderen Industrievertretern. Und den hielt ich mit dem Tenor, pro Vernetzung, pro Migration, pro Gesundheitskarte[45] für Flüchtlinge und auch mit dem Hinweis, dass alle Interfaces und technischen Lösungen bereits seit Jahrzehnten existieren, um ökonomisch sinnvolle und kurzzeitig umsetzbare Maßnahmen einzuleiten und dass der Konzern sicher gleich mit einem solchen Projekt beginnen würde, denn eigentlich wäre technisch alles ganz einfach.

Natürlich war mir mittlerweile aber klar geworden, dass die Führung meines Konzern das nicht wollte, weder diesen Vortrag von mir, weder, dass so viele Menschen zuhörten, noch, dass sich vielleicht die Erkenntnis verbreitete, dass es doch technisch eigentlich alles kein Problem sei. Besonders wurde sicherlich als unangenehm empfunden, dass ich meinte, dass die Flüchtlingskrise eigentlich keine „Krise" sein bräuchte, hätte man einfach nur vernünftig vorhandene Technologien eingesetzt, die längst bekannt sind und die zum Beispiel jeden Reisenden, vollkommen normalen Bürger, an den Grenzen der USA erwarteten[46]. Diese komplexe Erfassung biometrischer Daten durfte ich selbst bei meiner Einrei-

---

[45] Chipkarte - auch Smartcard. Erste Patentanmeldung im Jahr 1968 durch zwei deutsche Erfinder, Jürgen Dethloff und Helmut Gröttrup, in den USA als Nachanmeldung 1978 registriert. - https://de.wikipedia.org/wiki/Chipkarte. - Aufruf vom 22.09.2018.

[46] Einreise erfolgt nur nach Erfassung der biometischen Daten, Iris-Scan und Fingerprint aller 10 Finger. Bereits 2015 begannen die Tests. - https://motherboard.vice.com/de/article/aekmyb/usa-experimentelle-biometrische-grenzkontrollen-302. - - Aufruf vom 22.09.2018.

se in Fort Lauderdale nach einer Kreuzfahrt erleben. Auf dem Schiff waren vor allem Deutsche, Europäer und einige Amerikaner. Also eigentlich kein wirkliches Gefährderpotential. Warum erfassten die Amerikaner also so umfassend alle persönlichen Daten? Und niemand konnte sich dagegen währen.

Während jeder Mensch sein persönliches Passwort für Datentransfers geheim halten oder ändern konnte, gab es bei den biometrischen Codes nun kein Entrinnen mehr. Bereits bei einem Missbrauch der Daten ist der Mensch nun weltweit vollkommen der Willkür der Informationsbesitzer ausgeliefert, ein Leben lang. Was macht die US-Regierung nun mit meinen Fingerabdrücken, meinem Iris-Scan? Was hatte sie vor?

Und bei meinem Messevortrag sprach ich noch nicht einmal darüber, dass der Einsatz vorhandener Technologien auch die Fluchtursachen in den Herkunftsländern einfach beseitigen können würde und dass es ohne die Idee von provozierten Stellvertreterkriegen zur geopolitischen Neustrukturierung der Welt auch keine Migrationsherausforderungen gäbe, da in aller Welt alle Menschen in ihrer Heimat sinnvolle Aufbau- und Entwicklungsarbeit leisten könnten und würden.

Je nach Vertreter der Industrie schauten mich diese unterschiedlich schräg an. Vor allem der Pharmavertreter hätte mich wohl gefressen, wenn er gekonnt hätte. Parallel liefen ja bereits Bestrebungen in meinem Konzern, mich loszuwerden. Die Kombination einer wirtschaftlichen und effizienten Synergie aus vorhandener Technik - Ökonomie - Medizin kam wohl bei einigen Industrievertretern nicht so gut an. Anscheinend waren ihnen meine Ansichten über notwendige Projekte und Konzepte zu sozialdemokratisch, zu links orientiert, da sie alle Menschen gleichermaßen positiv berücksichtigten."

Katharina: *„Willst du mir jetzt sagen, dass du deine Hauterkrankungen mit der von Marx vergleichst?"*

Romy: „In gewisser Weise schon. Aus meiner Sicht sind die Ursachen die gleichen. Natürlich bin ich überhaupt nicht bekannt. Aber um ein System zu verändern, reichen vielleicht schon kleine Inspirationen. Und wenn sich diese Gedankenprozesse in Gang setzen, können sie vielleicht zur latenten Gefahr werden. Und steter Tropfen höhlt den Stein. Wenn man also als eine Störgröße im System identifiziert wurde und die Industrieführer nicht wissen, in welche Richtung sich das noch entwickeln kann, oder vielleicht sogar, welche Systembedrohungen daraus irgendwann entstehen könnten, dann „spendiert" man schon einmal eine Hautkrankheit aus dem chemischen oder biologischen Waffenarsenal „spendieren". Das fällt nicht auf und ist nicht nachweisbar. Falls jemand einen solchen Verdacht äußert, wird er mit dem Einverständnis der Öffentlichkeit in die geschlossene Abteilung einer psychiatrischen Klinik eingewiesen. Dort können dann in Ruhe weitere Experimente vorgenommen werden, die in jedem Fall ohne politische Auswirkungen bleiben. Und mit Glück wird man eine Zeit später als wirklich chronisch Nervenkranker entlassen, so wie Eleanor. Als ernsthafter Reformer wird man dann sicher nicht mehr von der Gesellschaft fwahrgenommen.

In der Zeit von Marx kam natürlich keiner auf die Idee,

über eine exogene Quelle als Ursache für seine Erkrankungen nachzudenken oder sich zu wundern. Die Krankheit war eben da und verschlechterte sich schleichend."

Katharina: *„Aber noch einmal, warum schlussfolgerst du denn dann, dass dir die Hautkrankheit genau von diesem Gesundheitsökonomen übertragen wurde?"*

Romy: „Ich gehe davon aus, dass es sich um eine „Auftragsarbeit" von meinem direkten Arbeitgeber, der Health Division meines Konzerns gehandelt hat, da sich meine dortigen Führungskräfte zunehmend durch meine „einfachen" ökonomischen Modelle genervt sahen.

Und ich kann andere Quellen an diesem Tag für die Übertragung ausschließen. Ich hatte nichts intensiv berührt, was solch eine heftige Reaktion hätte auslösen können. Ich esse unterwegs nie etwas, sondern streife planlos durch die Messehallen, insofern fällt aus, dass ich mir etwas in einem Restaurant geholt hätte. Ich nahm zwar ab und zu einen Flyer von einem Messestand, aber auch das wieder nur punktuell, wahllos, unkalkulierbar. Da ist es nicht realistisch, anzunehmen, dass dort irgendwo ein Kontaktgift aufgebracht gewesen wäre.

Wenn der Auslöser ein einfacher Reizstoffkontakt war, dann war dieser Gesundheitsökonom der einzige, der im Nachhinein mein volles Misstrauen verdient.

Normalerweise gibt man sich nach Vorträgen nicht die Hand. Zuhörer kommen auf einen zu, stellen eine allgemeine oder konkrete Frage, erbitten manchmal eine Visitenkarte oder überreichen selbst eine. Nur an diesem Tag blieb auch die Visitenkartenübergabe aus, weil ich selbst nicht wirklich an Netzwerken interessiert war, da mir mein Chef diese offiziell und unter Androhung einer Abmahnung verboten hatte. Ich wollte mir den Trödel ersparen, wieder Kontaktwünsche oder Anfragen für Kooperationen abschmettern zu müssen.

Dieser Ökonom war allerdings der einzige, und deshalb erinnere ich mich daran so gut, weil er so hartnäckig war und unbedingt meine Hand ergreifen wollte. Ich empfand es bereits als komisch, als er mich auf eine gewisse Art drängend und aufdringlich ansprach, komischerweise auf meine Führungskraft verwies, eher mit dem Tenor, nicht wirklich gut mit ihm klar zu kommen und der Intonation: „Ich fühle mit ihnen und weiß, was ihnen gerade passiert."

Mir ging es zu diesem Zeitpunkt auf der Messe allerdings gut. Ich bekam Applaus für meinen Vortrag, fühlte mich ausreichend selbstbewusst, die anderen Podiumsgäste lobten mich, ich hatte nicht das Gefühl zu leiden oder beim Auditorium einen leidenden Eindruck hinterlassen zu haben. Warum also sprach er in einem so mitfühlenden und bedauernden Ton zu mir? Wusste er mehr als ich über die Intrigen in meinem beruflichen Umfeld, um sich als vermeindlich Verbündeter zu positionieren? Er machte den Eindruck, als wenn er etwas befangen redete. Er wirkte ängstlich, nervös. Ich fand es jedenfalls mehr als eigenartig, als er dann meine Hand packte und diese sehr lange festhielt. So als wolle er sie gar nicht mehr loslassen. Und wir kannten uns vorher nicht. Insofern gehe ich davon aus, dass durch die Erwärmung oder die Reibung eine Substanz übertragen wurde. Entweder seine Hauterkrankung war doch ansteckend und es handelte sich nicht um eine klassische Dermatitis, oder er übertrug mir eine giftige Substanz. Er als Eingeweihter konnte eine Seife dabei gehabt haben, um sich das Gift zügig auf der nächstgelegenen Toilette wieder abzuspülen. Ich, die ich ahnungslos war, lief den ganzen Tag „damit" herum. Und es gab eben ein klares Motiv: eine Warnung, mich aus den ökonomischen Fragestellungen im Gesundheitswesen herauszuhalten. Ich hatte ja klar zum Ausdruck gebracht, dass das, was sich die Ökonomen gegenwärtig da zusammenrechneten meines Erachtens vollkommener Mumpitz sei, wenn man davon ausging, dass Software bei millionenfacher Skalierung einfach nichts mehr kostete und sich auch die Hardware mittlerweile im Billigbereich befand. Mein Konzern, der Zugang zu jedem deutschen und zu vielen europäischen Haushalten auf Grund seiner telekommunikativen Strukturen hat, könnte einfach einen neuen Service für jeden Bürger im staatlichen oder kommunalen Auftrag etablieren, um die Gesundheitsversorgung zu vereinfachen. Aus ökonomischer Sicht und natürlich auch aus technischer Sicht wären telemedizinische Anwendungen, medizintechnische Mini-Laborgeräte, diagnostische Fernberatung, therapeutische Textilien längst keine Herausforderungen mehr.

Aber egal.

Jedenfalls kann ich mir vorstellen, dass diejenigen, die die wirtschaftlichen Verflechtungen im Sinne der Abhängigkeiten von Kapital und Klassen konzipiert haben, nicht amüsiert sind, wenn jemand daherkommt und meint, dass alles wäre ganz einfach anders zu lösen. Jetzt kann ich mich nicht mehr an jedes Marxzitat erinnern, aber in jedem Fall fand er die ökonomischen Verhältnisse auch mehr als veränderungswürdig. Und in den letzten 200 Jahren scheint sich ideologisch und damit strukturell kaum etwas verändert zu haben, auch wenn es um uns herum im Moment mehr glitzert."

Katharina: „Aber hast du denn nicht gleich gemerkt, dass man dir da mit irgendeiner Substanz Schaden zufügen wollte?"

Romy: „Nein, natürlich nicht. Wenn da ein von außen wirkendes Kontaktallergen eingesetzt wurde, dann gibt es erst eine spätere Immunreaktion. Und durch die zeitliche Verzögerung kannst du weder nachweisen noch beweisen, wann du wie in Kontakt mit dem Reizstoff gekommen bist. Bei mir war es reine Intuition, dass ich eins und eins zusammengezählt habe. Beweisen kann ich ja aber leider trotzdem nichts. Insofern habe ich diese „Erfahrung" auch vergessen und mich nicht weiter damit belastet.

Dass man jetzt im Fall Skripal diesen Kampfstoff gefunden hat, zeigt nur zu deutlich, dass er extra gut platziert wurde. Ohne den Wunsch, daraus eine Provokation ableiten zu können und damit internationale Verwicklungen auszulösen, hätte es nie so eine öffentliche und demonstrative „Präsentation" gegeben. Normalerweise finden solche Anschläge, Gesundheitsattentate bis hin zum Mord, doch eher ganz im Stillen, und sicherlich öfter als wir annehmen, statt.

Insofern passt dieses Skripal-Beispiel natürlich exzellent, um zu zeigen, wie die emotionalen Mechanismen und „unsichtbaren" Waffensysteme lautlos ineinander greifen, Nur hat man versäumt, eine neue Begrifflichkeit zu schaffen. Aber ich denke, der Begriff der psychophysischen Waffensysteme passt da schon ganz gut.

In einem Zusammenspiel aus physischer Einflussnahme und psychischen Reaktionen darauf oder umgekehrt, kann man jeden Menschen gut steuern. Die jetzt ausgelöste Panik über einen einzigen angeblichen Mordversuch, zeigt deutlich, wie dieses „Waffensystem" erfolgreich methodisch und konzeptionell wirkt, um zum Beispiel die NATO, die EU, die UNO oder andere politische Gremien damit zu beschäftigen, zu schnellen politischen Lösungen zu kommen, wie man auf solche Provokationen reagieren könnte und ob der aufgeheizte Zustand der Bevölkerung bereits ausreicht, um einen internationalen Konflikt auszulösen und die Aufrüstung wieder „offiziell" in Gang zu setzen.

Inoffiziell hat diese natürlich nie aufgehört. Sie hat nur weiter die kreativen zivilen Forschungsergebnisse sinnvoll in den militärischen Methodenkanon eingereiht.

Obwohl jeder sieht, dass dieser „Skripal-Fall" nur Theresa May oder dem Empire nutzt, um von den negativen Folgen des BREXITs, der damit verbundenen globalen Spannungen, den Auseinandersetzungen in der EU und den wirtschaftlichen negativen Konsequenzen für die Bevölkerung abzulenken, greifen erfolgreich die psychologischen Tricks aus der wissenschaftlichen Methodenkiste.

Wenn ein angesehener Politiker z.B. in einem deutschen Nachrichtenmedium[47] überzeugend von den schlechten historischen Erfahrungen beim Einsatz von

---

[47] Norbert Röttgen im Deutschlandfunk, 19.03. 2018 , 7.15 Uhr.

unerlaubten Substanzen durch Russland spricht und dabei an den Zuhörer appelliert, doch aus der Geschichte zu lernen, dann hat er zwar falsche Behauptungen aufgestellt, unbewiesene und unbegründete Thesen verbreitet, damit aber „vertrauensvoll" eine große Zahl von Menschen davon überzeugt, dass diese Behauptungen keine Fake News sind, sondern erwiesene Tatsachen: die Russen sind die Schuldigen. So funktioniert eben ein psychologischer Krieg. Da wird behauptet, dass die Russen sich weigerten, das Nervengift zu untersuchen und dazu noch „höhnisch" lachten, während auf einem anderen Sender noch Tage zuvor sachlich erläutert wurde, dass dem Wunsch der russischen an die britische Regierung nicht entsprochen wurde, das Gift selbst in Augenschein nehmen und prüfen zu können. Da wird über politische Führungsstrukturen, Geheimdienste und kriminelle Strukturen organisierter Banden als undurchschaubare wirtschaftliche Vermischung gesprochen, während direkt vor der Haustür DAX-Konzerne ihr Unwesen treiben. Aber Angriff ist nun einmal die beste Verteidigung. Und Propaganda gehört als bewährtes Mittel zu vielen historischen Auseinandersetzungen. Nur, dass dieser populistische Virus nun mittlerweile auch schon Politiker der CDU ergriffen hat, die eigentlich auf christliche Werte und demzufolge ihre Worte achten sollten, erschreckt.

Warum wird nicht einmal die Frage nach den möglichen Motiven aufgeworfen, die Theresa May an diesem „Schauspiel" haben könnte? Immerhin kommt sie aus dem „Umfeld" von Banken, hat in zahlreichen „Schattenkabinetten" gearbeitet und kennt sich bestens damit aus, finanzielle Interessen und geheimes Vorgehen erfolgreich miteinander zu verbinden. Vielleicht erkennt sie die zunehmende Bedrohung einer weltweiten demokratischen Bewegung, die sich möglicherweise sogar perspektivisch ganz von der klassischen Ökonomie der letzten Jahrhunderte verabschieden möchte?"

Katharina: *„Und hast du diesem Giftüberträger von Gesundheitsökonom mitgeteilt, was du von ihm hältst oder eine Anzeige erstattet?"*

Romy: „Mach dich nicht lächerlich. Du weißt, dass so etwas natürlich nicht möglich und vollkommen unsinnig ist. Ich kann nicht sagen, dass ich weiß, dass mich dieser Mann vergiftet hat, selbst, wenn ich es weiß. Außerdem gehe ich, schon allein auf Grund seiner Persönlichkeitsstruktur eher davon aus, dass er selbst zum Opfer wurde.

Vielleicht stellte er ja sinnvolle Berechnungen für das Gesundheitssystem im Rahmen seiner Arbeit an und wurde dann familiär oder auch mit Krankheiten oder anderen Szenarien der Erpressung unter Druck gesetzt?

Oder er wurde und wird noch bezahlt, um diesen Gesundheitsökonomieverband zu infiltrieren? Man wird nie nachvollziehen können, was ihm erzählt wurde, wenn er nicht selbst ein Geständnis ablegt. Ich denke mal, dass ihn vielleicht bereits sein schlechtes Gewissen genug quält. Außerdem glaube ich nicht, dass er von allein auf die Idee gekommen ist, mir diese Hautkrankheit zu „übertragen".

Generell ist es aber auch müßig, darüber nachzudenken, denn es führt am eigentlichen Ziel vorbei. Meines

Erachtens stehen nicht die Fragen im Vordergrund, ob oder wer mich vergiften oder mir eine solche gesundheitliche Einschränkung verpassen wollte und letztendlich auch hat, sondern vielmehr, welches Motiv dahinter steckte und was man", Romy korrigierte sich, „also was wir daraus lernen können.

Ich gehe stark davon aus, dass man auch bei Marx die „Hautkrankheit" als chemisch-biologische Waffe und medizinische Einflussgröße genutzt hat, um in den gesellschaftspolitischen Verlauf der Zukunft regulierend und steuernd einzugreifen. Außerdem ist natürlich auch komisch, dass im Land Brandenburg die Fehlplanungen bei Hautärzten im Vergleich zu allen anderen Fachärzten am größten sind und weiter steigen. Laut KVBB weist die Statistik über die Entwicklung der Vertragsärzte von 2005 bis 2007 ein Minus von 13,5% an Hautärzten aus, dafür aber ein Plus von 40% an Anästhesisten[48]. Geht man davon aus, dass man zukünftig im Land Brandenburg mehr bei Operationen sedieren oder narkotisieren muss, als deren Hauterkrankungen zu versorgen? Allein bei uns in der Region haben in den letzten Monaten sieben Hautärzte ohne Nachfolge aufgegeben.

Es ist eben zu verlockend, wenn man, ohne großartig Spuren zu hinterlassen oder einen Verdacht auszulösen, politische Gegner auf so einfache Art in Bedrängnis bringen oder sogar vernichten kann. Gerade für Denker bedeuten gesundheitliche Probleme oftmals das Aus, da sie jegliche Kreativität und positive Ideen auf Grund der Schmerzen oder anderer negativer körperlicher Ein-

---

[48] Rettkowski, Karin und Franziska Kietz: Medizinische Versorgung im LK Oder-Spree. 22.05.2018, KVBB, UB 4 Qualitätssicherung / Sicherstellung.

schränkungen verhindern. Und Krätze z.B. ist bereits seit dem 17. Jahrhundert als parasitäre Hauterkrankung bekannt.

Schmerzen sind sinnvolle und wichtige, komplexe subjektive Sinneswahrnehmungen, die man für „zu" engagierte und neugierige Angestellte, Politiker, Querdenker parat halten kann, um diese auf einfache Art und Weise an ihrem „kontraproduktiven" Wirken zu hindern und dieses zu stoppen. Diese kann man beliebig, von unangenehm bis unerträglich steigern und damit Menschen in den Wahnsinn treiben. Schmerzen sind weitaus effizienter, als sich auf rechtliche Rahmenbedingungen zu verlassen. Trotz immer diffuser werdenden und komplexeren juristischen Werken bieten sie letztendlich keine endgültige Garantie, sich politischer Gegner nachhaltig zu entledigen. Schmerzen schon.

Und Karl Marx berichtete ja, dass ihm diese Hautkrankheit so zu schaffen machte, dass sie ihn bei seiner Arbeit wirklich behinderte.

Jedenfalls hat mir auch lange Zeit die Hand furchtbar gejuckt. Die Pusteln waren teilweise blutig und eitrig. Und nicht nur, dass ich damit beschäftigt war, darüber nachzudenken, wie ich diese Symptome schnellstmöglich wieder loswerden würde, konzentrierten sich meine Gedanken natürlich, wenn auch nur kurze Zeit, auf diesen „Drecksbären" und seine Auftraggeber. Das kannst du ja leider nicht verhindern. Zum Glück bin ich sehr schnell wieder von diesem „Wut- und Traurigkeits-Trip" runtergekommen und habe diese Erfahrungen als wertvolle Lektionen auf mein Lebenskonto eingezahlt. Aber so etwas kann dir eben überall und immer passieren. Und bestimmt kann nicht jeder solche Erfahrungen letztendlich positiv verwandeln."

Katharina: „Um jetzt noch einmal auf Marx zurückzukommen, er brauchte also nur irgendwo etwas angefasst zu haben oder irgendwie sind Substanzen in seinen Körper gelangt und schon erkrankte er? Das erscheint einleuchtend, wenn auslösende Stoffe für Allergien und Ekzeme bereits schon seit Jahrhunderten bekannt sind."

Romy: „Ja, nur damals machte es keinen Sinn, diesen Mord Russland in die Schuhe zu schieben, da die Motive hier noch sehr klar erkennbar waren. Ich gehe stark davon aus, dass man bei Karl Marx und seiner Familie systematisch die Erkenntnisse langjähriger medizinischer Forschungen ausprobierte und zum wirkungsvollen Einsatz brachte. Gifte und Giftmischer können eben auf eine lange Tradition verweisen. Und immer wurden diese gern für Intrigen gegen politische Gegner genutzt. Als Marx im August 1874 einen Antrag auf die britische Staatsbürgerschaft stellte, wurde dieser abgelehnt, weil er als ein notorischer Agitator und Verteidiger kommunistischer Prinzipien galt und man ihn beschuldigte, nicht loyal gegenüber dem Adel und den royalen Exzellenzen in seiner Heimat zu sein. Und obwohl der königliche „Spion" Sir Mountstuart Elphinstone Grant Duff in einem privaten Brief an Prinzessin Victoria über das Treffen mit Karl Marx seine sachliche Art des Umgangs mit Fakten lobte, änderte dies nichts[49].

---

[49] a.a.O. A Private Letter to British Crown Princess Victoria About Meeting Karl Marx by Sir Mountstuart Elphinstone Grant Duff, htttps://www.marxists.org/archive.

Und gleichzeitig galt als bekannt, dass der preußische Geheimdienst in dieser Zeit in London nach deutschen Exilanten suchte. Da kannst du schon fragen, warum Marx gerade dann und dort starb?

Aber wir haben ja gesehen, dass auch im Dritten Reich Menschen hingerichtet und erschossen wurden, außerhalb des Kriegsrechtes. In den Berichten stand häufig lediglich, dass sie bei einem Attentat oder Unfall ums Leben gekommen wären.

Die Leute sind doch nicht blöd gewesen. Sie haben schon immer gelogen. Und sie versuchten, Dinge so hinzudrehen, dass es von außen aussah, als wenn sie an schlechten Situationen, Kriegen, Konflikten unschuldig seien und mit unmoralischen Handlungen nichts zu tun hätten. Ist ja logisch. Kein Verbrecher wird dir gleich sein Verbrechen gestehen. Erst einmal heißt es da: leugnen, leugnen, leugnen. Ermittler in den Behörden hätten auch heute noch, gerade beim organisierten Verbrechen vielfach kaum eine Chance, Täter zu überführen, wenn sie nicht psychisch durch die Ermittler weich gekocht werden und dann ihre Tat selbst gestehen würden. Rein aus der Struktur der Netzwerke, dem Management und den Projektablaufplänen sind solche wirtschafts- und gesellschaftspolitisch begründeten Machenschaften eine Blackbox.

Und insofern stellen die gegenwärtigen globalen Entwicklungen für die meisten Menschen auch ein Buch mit sieben Siegeln dar.

Nur, wer die Methoden, Vorgehensweisen und die Denkprozesse von Verbrechern kennt, kann sich auch in deren verbrecherische Strategien hineindenken."

Katharina: *„Also mit der Hautkrankheit habe ich das jetzt verstanden. Aber was war noch einmal mit seinem Tod? Denn an dieser Hautgeschichte verstarb er ja nicht.“*

Romy: „Nein, er verstarb im Alter von 64 Jahren, was nicht wirklich alt war, an dieser „Laryngitis“. Also einer Entzündung des Kehlkopfes. So stand es jedenfalls auf seinem Totenschein. Damit diese einen tödlichen Verlauf nahm, musste er wohl schon eine Weile nicht mehr geredet haben können. Diese Krankheit wird in der Regel durch eine Virusinfektion ausgelöst. Die Kehlkopfschleimhaut entzündet sich. Normalerweise löst sich allerdings eine solche Infektion durch Stimmschonung, Dampfinhalationen wieder auf. Auf jeden Fall stirbt man daran nicht plötzlich.“

Katharina: *„Das fände ich aber schon recht gruselig, wenn bis heute niemand mitbekommen hätte, dass Marx ermordet wurde.“*

Romy: „Finde ich auch. Zumal es ein ganz anderes Licht auf die historischen Entwicklungen wirft. Aber man kann da leider nicht wirklich an unglückliche Zufälle glauben. Dass der Tod von Karl Marx durch einen Chirurgen, der Mitglied des „Royal College of Surgeons“ in England war, also Dr. W. D. Seymann, bestätigt wurde, vereinfacht die Sache natürlich nicht.“

Katharina: *„Meinst du, dass es ihn verdächtig macht, weil er zum britischen königlichen College gehörte und* *deshalb sicher adelstreu und bestimmt auch kein Kommunistenfreund war?"*

Romy: „Das ist sicher auch ein Aspekt. Aber vielmehr wundert es mich, wenn bei Marx angeblich eine Entzündung des Kehlkopfes die Todesursache war, mit den Begleiterscheinungen, Husten und Heiserkeit, als normale Symptome, warum dann nicht der Hausarzt von Karl Marx ihn diesbezüglich behandelte. Oder wenn es dann wirklich tödlich endete, seinen Tod feststellte? Warum bescheinigt ein Chirurg seinen Tod mit einer solchen Diagnose? Und warum meldete Eleanor Marx diesen erst zwei Tage später? Wie bereits gesagt, mir kommen da ganz andere Bilder in den Sinn: Vielleicht wurde ihm einfach die Kehle durchgeschnitten, um ihn zum Schweigen zu bringen und medizinisch wurde dann erklärt, dass man mit einem Luftröhrenschnitt versucht hatte, Karl Marx noch vor dem Erstickungstod zu bewahren, weil durch die Entzündung, also die Laryngitis sein Hals so geschwollen war? Sonst hätte man die durchtrennte Kehle nicht argumentieren können und da hätte auch ein Chirurg aus Forschersicht sicher noch Freude daran. Ich kann mir gut vorstellen, dass man sich einig war, dass Karl Marx mit seinen Theorien, Schriften über den Kommunismus und vor allem bezüglich der ökonomisch relevanten Modellen nicht weiter Unruhe ins kapitalistische System bringen sollte."

Katharina: „Und du meinst, die Monarchie hat den Arzt beauftragt, Karl Marx umzubringen?"

Das System wehrt sich

Romy: „Das muss weder die Monarchie direkt in Auftrag gegeben haben, noch muss es der Arzt gewesen sein, der den todbringenden Schnitt ansetzte. Politische Morde sind in den letzten Jahrtausenden immer Auftragswerke gewesen und viele davon wurden nie eindeutig aufgeklärt. Politizide oder auch Demozide, wie sie genannt werden, sind längst keine Seltenheit in der Geschichte. Allein über 350 Attentate[50] großer Persönlichkeiten werden offen diskutiert und reichen natürlich bis in die Gegenwart hinein. Aber wie es bei der gut organisierten Kriminalität, bei Intrigen und Komplotts so ist, steht nicht nur ein Einzeltäter hinter solchen Taten. Zumal wenn die Morde nützlich für eine große Gruppe oder ein Netzwerk sind. Und nicht umsonst legt man immer viel Wert darauf, dass Verbrechen wirklich auch nur einem Einzeltäter, vielleicht einem psychisch Kranken und Verwirrten oder einer bereits in der Gesellschaft anerkannten kriminellen Bande oder religiösen Feindbildern zuzuweisen.

Die neuen Technologien in den falschen Händen sind deshalb so gefährlich, weil immer mehr Menschen als gesteuerte „Werkzeuge" des Systems eingesetzt werden können, ohne dass dabei persönliche Beziehungen aufgedeckt werden oder überhaupt wissentlich existieren. Die Verbindungen finden immer verschleierter statt, die Netzwerke werden immer undurchsichtiger.

Und Krankheiten, vor allem psychische sind da eine zentrale Waffe. Es liegt nahe, dass man bereits bei Elea-

---

[50] https://de.wikipedia.org/wiki/Liste_bekannter_Attentate.

nor Marx Methoden zur Ausprägung einer unheilbaren Nervenkrankheit anwendete. Zuvor beschäftigte man sich im Schlaflabor mit ihren EEG-Signalen[51] und testete verschiedene Kombinationen aus sozio-psychologischer Beeinflussung[52], elektro-magnetischen Wellen[53] und Psychopharmaka. Wahrscheinlich fing man gerade an, die Kombinationen verschiedener Mittel zu testen, um daraus dann ein perfektes Verbrechen generieren zu können. Das Zusammenspiel so unterschiedlicher potentieller medizinischer „Unfälle" macht den Reiz aus und kann immer besser von der Straftat als auch von den eigentlichen Auftraggebern abgekoppelt werden. So ist es fast unmöglich, an die „Hintermänner", die eigentlichen Auftraggeber, heranzukommen. Vor allem, wenn ein großes technisches Netzwerk dahinter steckt. Denn letztendlich ist die einzige Schwachstelle, die ein solches System auffliegen lassen kann, der Mensch, dem die Nerven durchgehen, der Angst bekommt, der unter Druck oder Folter seine Partner, Auftraggeber, die Organisation oder das Netz verrät. Oder der sich moralisch verantwortlich fühlt und mitmenschlich, mutig den kriminellen Handlungen entgegentritt.

[51] EEG = Eletroenzephalographie - Aufzeichnung der elektrischen Aktivität des Gehirns.

[52] Sozialpsychologie = Teilgebiet der Psychologie und Soziologie, Erforschung der Auswirkungen der tatsächlichen oder vorgestellten Gegenwart anderer Menschen auf das Erleben und Verhalten des Individuums, Individualpsychologie z.B. auch zur Völkerpsychologie, zehnbändiges Hauptwerk von Wilhelm Maximilian Wundt 1900-1920. - vgl. auch https://de.wikipedia.org/wiki/Wilhelm_Wundt#Kulturpsychologie_(Völkerpsychologie).

[53] Elf-Wellen, deren Frequenz unter 100 Hz liegt, in dem Bereich, in dem auch Gehirn und Organe (bis 50 Hz) des Menschen miteinander kommunizieren und arbeiten, ist eine Beeinträchtigung leicht. - https://de.wikipedia.org/wiki/Extremly_Low_Frequency.

Wenn Taten mittlerweile aus der Ferne[54], also mittels Technologien gesteuert werden können, wie es ja bei Cybercrime und psychologisch-physiologischen Waffensystemen der Fall ist, dann sinkt das Risiko rapide, aufzufliegen. Vor allem wenn sich ein Projekt, nennen wir es mal *Tod des Störfaktors Mensch* aus ganz vielen Indikatoren und Einflussgrößen zusammensetzt. Jeder Produzent seines Produktes wird wahrheitsgemäß behaupten, er wäre kein Mörder. Zum Mörder werden erst diejenigen, die verhindern, dass das Zusammenspiel der Produkte als tödlicher Cocktail erkannt wird.

Ich vermute mal stark, dass sich der Arzt damals nicht wirklich die Finger schmutzig gemacht hat. Weder mit der Hauterkrankung noch mit der Tötung. Er wird in seiner Rolle nur diesem Mord einen natürlichen Anstrich verliehen haben."

Katharina: *„Aber wer ist denn dann der Auftraggeber für diese Morde?"*

Romy: „Auch hier gibt es sicherlich besondere Nutznießer, die sich an diesem Komplott beteiligt haben und diejenigen, die die nationale Sicherheit durch Aufrührer wie Marx in Gefahr sahen. So wie jetzt Russland im Fall „Skripal" verdächtigt wird, geht es in England bereits

[54] Ferndiagnose und -wartung nutzen...und gleichzeitig gegen Angriffe geschützt sein? oder Telekardiologie: Innovative Technologie optimiert Betreuung und Nachsorge. Übertragung wichtiger „Herzdaten" über Mobilfunknetz, Internet oder Telefonleitung an den Arzt, im Implantat eingebaute Antenne sendet die Daten über die Körperfunktionen sowie technische Parameter...In: Telekardiologie. Pressemitteilung der Aktion Meditech, Februar 2008. - Hindricks, G.et. al.: Was bringt die Telekardiologie für Patient und Arzt? Ein aktueller Review und Ausblick in die Zukunft. Dt. Ärzteblatt 2008; 105: A156-159.

seit Jahrhunderten zu - eine Vermischung aus Geheim-
dienstinteressen, starren Regierungsstrukturen, einflussreichen Kapitalgebern, die ihre kolonialen Netzwerke
über die ganze Welt gespannt haben und diese auch in
Zukunft weiter verwerten möchten."

*Katharina: „Und meinst du, dass es noch andere
internationale Verflechtungen in Beziehung zu dieser
Mordserie der Familie Marx gibt?"*

Romy: „Abgesehen davon, dass er Mitglied bei den
royalen also königlichen Chirurgen war, taucht der
Name Seymann auch immer wieder im Zusammenhang
mit der Familie Goldstein auf. Ich will in keinem Fall
jetzt das Fass von jüdischen Intellektuellen und Eliten
aufmachen, aber immerhin handelt es sich um einen Namen aus dem jüdischen Kreis, vor allem in Deutschland
und den USA und repräsentiert zahlreiche bedeutende
Persönlichkeiten mit großem gesellschaftspolitischen
Einfluss, so möchte ich es einmal neutral bezeichnen.

Und wo Ansehen und Macht sind, befinden sich auch
Geld, wissenschaftliche Kenntnisse und Technologien.
Dort sind in der Regel die neuesten High-Tech-Errun-
genschaften zu finden.

Insofern muss man sich doch fragen, warum Karl Marx
so antisemitisch eingestellt auftrat, obwohl er aus einer
Rabbiner Familie stammte und selbst jüdische Wurzeln
besaß?"

*Katharina: „Vielleicht hatte er ja bei seinen For-
schungen zur Ökonomie des Kapitalismus Konstellati-*

onen erkannt, die in irgendeiner Weise mit dem Glauben oder jüdischen Netzwerken zu tun hatten? Oder er wurde auf solche hingewiesen? Man hört doch immer wieder von der Finanztüchtigkeit der Juden, die erst den Zins und Zinseszins einführten und dadurch zu ungeheurem Reichtum gelangten. Da Karl Marx sein Leben lang sehr reflektiert agierte, kommt diese Einstellung sicherlich nicht von ungefähr."

Romy: „Ich bin mir nicht sicher, ob nicht der Wandel Eleanors, die mit ihrem Vater und seinen Idealen und Zielen aufwuchs und sehr engagiert als Sozialistin auftrat, sich dann intensiv mit dem jüdischen Proletariat beschäftigte, ihre „jiddischen" Wurzeln wiederentdeckte und stolz behauptete „Ich bin eine Jüdin." auch dazu führte, dass sie plötzlich nervenkrank wurde und in letzter Konsequenz zügig ablebte. Die Verbindung „sozialistisch" und „jüdisch" scheint mir eine noch explosivere Mischung darzustellen."

Katharina: *„Du meinst, dass man es erst gut fand, dass sie diese jüdischen Wurzeln bei sich wiederentdeckte, als sie sich dann aber dem einfachen Volk, den Arbeitern zuwandte, das nicht mehr tolerieren konnte?"*

Romy: „Möglich wäre es doch. Wenn es mit heutigen Technologien, z.B. Subliminals[55] möglich ist, die un-

---

[55] Subliminals = unterschwellige Darbietung bzw. Wahrnehmung von Reizen, Begriff aus der Psychologie. Unterschwellig wird die Schwelle zum Bewusstsein nicht überschritten, Menschen bemerken diese Reize nicht, Möglichkeiten durch sehr kurze Informationsübertragung oder ungünstiges Signal-Rausch-Verhältnis oder schlechten Darbietungszeitpunkt, andere ablenkende Reize in der Nähe. -vgl. https://de.wikipedia.org/wiki/

terschiedlichen religiösen Inhalte, z.B. über Medien ins Unterbewusstsein der Menschen zu übertragen, um damit Gedanken direkt zu beeinflussen, wäre es doch auch denkbar, dass man Eleanor „technologisch-telepathisch" oder auf andere subtile Art und Weise für ihre Vorfahren sensibilisierte und sie auf ihre genetischen Wurzeln aufmerksam machte. Durch ihre starke kommunistische Grundeinstellung, ihre positive Einstellung gegenüber den jüdischen Arbeitern und ihre moralische Haltung, entwickelte sie sich allerdings nicht in die Richtung, die man sich wünschte, sondern wurde plötzlich zu einer Gefahr für das System. Man hatte sie nicht von der Richtigkeit kapitalistischer oder monarchischer Verhältnisse überzeugen können.

Weißt du Katharina, auch mein Vater wurde eines Tages plötzlich extrem religiös, allerdings christlich. Ich weiß nicht, was der Anlass dafür war, warum und wann dies passierte. Jedenfalls fluchte danach noch mehr, als er es bereits vorher getan hatte, besonders auf den „Scheißstaat" und er engagierte sich bei kirchlich organisierten politischen Protestveranstaltungen gegen diesen. Nach Einsicht seiner Stasiunterlagen nach der Wende erwähnte er Pläne, wo die Aufrührer in Konzentrationslager überführt werden sollten. Sein Glücksgefühl, im „Goldenen Westen" und der „Freiheit" endlich angekommen zu sein, hielt allerdings nur kurze Zeit. Schnell traf ihn die soziale Kälte mit voller Wucht. Er wurde aus seinem gesellschaftlichen Traum gerissen und seinem alten Team gemobbt und arbeitslos. Ihn überkam eine Bitterkeit, die sich nun mit lauter und eindringlicher Kapitalismuskritik paarte. Was nun folgte war eine De-

Subliminal_(Psychologie).

pression. Er kehrte immer mehr in sich. Dann erhielt er plötzlich ein ärztliches Gutachten, dass dringend seine Augen operiert werden müssten. Nach den dann durchgeführten zwei Augen-OPs, die eigentlich so nie hätten stattfinden dürfen, „drehte er durch". Sein Gehirn konnte mit den zu schnell aufeinander folgenden operativen Eingriffen im Kopf, den dafür notwendigen Vollnarkosen und der Sauerstoffunterversorgung nicht umgehen.

Als erstes Resultat führte dies zu einem multiplen Organversagen bei ihm. Ich reiste aus Spanien an, weil man mir mitteilte, dass mein Vater im Sterben läge. Zwar überlebte er diese medizinischen Fehlgriffe, wurde in weiterer Folge aber psychisch schwer krank. Er musste in eine psychiatrische Klinik eingeliefert werden. Irgendwann entließ man ihn wieder, aber sein sensibler Charakter hatte diesen Aufenthalt in der „Irrenanstalt" mit all seinen erschreckenden emotionalen Sinneseindrücken nicht überlebt. Sein Humor, sein Wortwitz und sein intellektuell scharfsinniger Geist verschwanden für immer. Er bekam zahlreiche Medikamente. Oft erschien er paranoid und schizophren gleichermaßen. Dann folgte die Demenz, er wurde zum Pflegefall und zum Heimbewohner.

Nach der Wende konnte er das kapitalistische System und vor allem seine Enttäuschungen darüber nur schwer ertragen. Und all seine Träume, genährt durch die permanente Medienbeschallung vom „American way of life" zerplatzten förmlich unter der neuen Systemherrschaft wie Seifenblasen. Und überall, wohin er kam, schimpfte er über die nun erfahrenen Zustände. Sein kritischer Verstand, seine Intelligenz, seine Sensibilität für Zwischennuancen waren ihm wohl zum Verhängnis geworden. Solange er als Provokateur in der DDR in den kirchlichen Bewegungen aktiv war, um die sozialistischen Strukturen als fehlerhaft oder auf einem Irrweg zu entlarven, ließ man ihn gewähren und war anscheinend zufrieden mit dem Produkt „Systemstörer".

Doch als er nach der Wende begann, nun seine vorhergehende politische pro-westliche Ideologie kritisch zu hinterfragen, das Parteiensystem der BRD als Farce zu kritisieren, den Bürokratismus abzulehnen, also nun als „Störer" des Kapitalismus agierte, entsprach dies anscheinend nicht mehr den Vorstellungen der Beobachter. Es schien der Zeitpunkt gekommen, bei dem nach Aufklärung rufenden und Transparenz anmahnenden Kabarettisten nun mit weiteren schärferen medizinischen und psychologischen Manipulationen steuernd einzugreifen."

Katharina: *„Meinst du nicht, dass das mit den Augenerkrankungen deines Vaters nur Zufall war?"*, unterbrach Katharina Romy, die mit ihren Gefühlen kämpfte.

Romy: „Man sagte mir im Krankenhaus zuerst, dass es sich wohl leider um einen Kunstfehler der Ärzte gehandelt hätte, aber machen könne ich da sowieso nichts. Die Beweislast läge bei mir. Damals hatte ich ja auch noch nicht das „Big Picture" im Blick. Wie hätte ich dem Chirurgen einen Fehler nachweisen können, wenn er nicht selbst Versäumnisse eingeräumt hätte? Und wieviel absurder wäre es gewesen, wenn ich mit dem Vorwurf gekommen wäre, dass der zweite Eingriff wohl zu einem planvollen Krankheitsverlauf meines Vaters führte, zu einem Testszenario gehörte, um ihn gesellschaftspolitisch konform als politischen Störfaktor zu „neutralisieren" oder die Manipulationsabläufe weiter zu optimieren? Allein bei dieser Anschuldigung hätte man mich doch auch gleich weggesperrt, da kannst du sicher sein."

Katharina: *„Bestimmt. Ich glaube, dass dir so etwas auch heute noch blühen würde. Zum Glück handelt es ja nur um gedankliche Spekulationen, oder?"*

Romy: „Eher „oder". Es war schon komisch, dass ich bei einer nochmaligen Aussprache mit dem zuständigen Arzt, bei dem ich mir den „Kunstfehler" noch einmal bestätigen lassen wollte, da meine Recherchen auch ergeben hatten, dass zwischen den Augenoperationen immer einige Wochen, wenn nicht sogar Monate liegen sollten, dieser mir gegenüber erklärte, dass eigentlich mein Vater den zweiten Eingriff am anderen Auge selbst in aggressiver Weise gefordert hätte, trotzdem er ihn darauf hingewiesen hätte, dass dies eigentlich nicht gängige Praxis und mit erheblichen Risiken verbunden sei. Insofern hätte er nur dem Patientenwunsch entsprochen. Was willst du da machen?

Sicherlich hätte er auch noch die Unterschrift meines Vaters auf der Einverständniserklärung zur OP mit zahlreichen kleingedruckten Hinweisen zu möglichen Risiken in seinen Akten gefunden. Da mein Vater bereits körperlich angeschlagen und geistig verwirrt aus der Klinik entlassen wurde, so dass man ihn sogar wenig später in eine geschlossene Anstalt einweisen musste, hätte er wohl kaum glaubwürdig den wirklichen Verlauf des medizinischen Entscheidungsprozesses schildern oder den Ausführungen des Arztes widersprechen können, oder?"

Romy schluckte kurz und tupfte an einem kleinen Tränenrinnsal, das aus dem rechten Augenwinkel über ihre Wange lief. In solchen Momenten wurde ihr erst bewusst, wie eng sie ihre familiäre Bindung empfand. Hilflos stand sie diesem Tun gegenüber, für das sie bis heute kaum nach Erklärungen gesucht hatte. Gab es Zusammenhänge zwischen der medizinischen Vita ihres Vaters, der Vita ihrer Mutter und auch ihrer? Entsprachen diese immer wieder den gleichen angewandten psychologischen Musterabläufen?

Romy: „Und so, wie ich meinen Vater mein Leben lang erlebt habe, war er Fremden gegenüber eher ein angepasster, schüchterner, ruhiger und sehr sensibler Mensch. Ich bin mir sicher, dass er nie ärztlichen Anweisungen widersprochen hätte. Wenigstens nicht, bevor er anscheinend psychologischen Manipulationen ausgesetzt wurde. Oder der Arzt log einfach."

Romy griff zum Wasserglas vor ihr, trank etwas und bemühte sich, diesem emotionalen Ausbruch, der in letzter Zeit bei ihr häufiger mit feuchten Augen verbunden war, auch gegenüber ihrer Freundin, keinerlei weitere Bedeutung beizumessen.

Katharina: „Was war denn dein Vater für ein Typ?"

Romy: „Über die genannten Eigenschaften hinaus? Blond, blauäugig, kräftig, strebsam, diszipliniert, intelligent, bescheiden. Meinst du das? Worauf willst du hinaus? Eigentlich habe ich noch nie darüber nachgedacht meinen Vater zu typisieren. Und dann müsste ich es auch gleich mit meiner Mutter tun, denn die sah nämlich ganz gegenteilig im Sinne eines antisemitischen Stereotyps mit ihrer markanten Nase extrem jüdisch aus."

Katharina: „Vielleicht haben diese Muster, Tests, Untersuchungen und deine Vermutungen ja auch damit etwas zu tun?"

Romy: „Wie auch immer. Mir scheint aber, dass hier generell sehr komplexe Ansätze zum Einsatz kommen, wie gezielte psychologische Beeinflussungen z.B. über Medien oder mit NLP-Verfahren, also neuro-linguistische Programmierungen und andere Methoden. Diese werden dann so mit „analogen" Maßnahmen kombiniert, dass sie die Menschen zum Beispiel in religiöse Abhängigkeiten treiben, in die Angst, zum Hass gegenüber anderen Rassen, in die Depression, den Wahnsinn oder sogar den Suizid stürzen. Vielleicht spielen hier auch genetische Manipulationen eine Rolle. Aber an dieser Stelle möchte ich mich mit Vermutungen zurückhalten.

Allerdings denke ich schon, dass die Juden, die in den Konzentrationslagern während des Nationalsozialismus umkamen, vor allem einer Strategie der Völkerpsychologie[56] zum Opfer fielen und damit auch medizinischen,

[56] Völkerpsychologie = Wissenschaft vom Geistig-Seelischen im Leben

psychologischen und soziologischen Experimenten. Und so wie die Juden, wurden damit auch viele Nazis zu psychologisch gesteuerten Bauernopfern einer perfiden Kriegsführung. Nicht umsonst wurde immer wieder über Aufseher und Wärter in KZs berichtet, die als vollkommen emotionslose Befehlsempfänger agierten oder von „gefühllosen Deutschen", die als brave Soldaten vor allem funktionierten: pünktlich, diszipliniert, gewissenhaft, rechtshörig, autoritätsgläubig.

Sichtbar vordergründig hatte man sich anscheinend ein geopolitisches Spektakel ersonnen, das in einem psychologischen „Spiel" Christen gegen Juden und nun auch aktuell wieder Islamisten, als Vertreter der dritten abrahamitischen Religion, aufeinanderhetzte.

Strategisch gut geplant."

Katharina: „Gab es nicht auch in Israel zahlreiche

---

der Völker. Mit den Fragestellungen befassen sich die Ethnologie (Völkerkunde), Wissenschaftsgeschichte, Kulturantrophologie, Kulturpsychologie, Kulturvergleichende Psychologie und Kultursoziologie, Begriff um 1800 geprägt von Wilhelm von Humboldt, Denken beruht auf Sprache, bei jedem Volk andere „Weltansichten", Empirie Mitte des 19. Jh. - Moritz Lazarus (1851), deutscher Psychologe, Heymann Steinthal (Zeitschrift für Völkerpsychologie und Sprachwissenschaft - 1860), Wilhelm Wund (1832 - 1920 Leipzig), dt.Physiologe, Psychologe, Philosoph, Begründer der Psychologie als eigenständige Wissenschaft und Mitbegründer der ~ (Aufmerksamkeit, Bewusstsein, Pyschophysiologie, Emotionen; Neuropsychologie, Sprachpsychologie, Religionspsychologie, Kulturpsychologie eng verknüpft mit Erkenntnistheorie und Wissenschaftstheorie, Ethik, methaphysischer Voluntarismus - einheitlich konzipiertes System - 589 Schriften - (insg. 53.735 Seiten) - *Ziele und Wege der Völkerpsychologie*, Übersetzung vereinfachter Abschnitte durch amerikanische Psychologen, zahlreiche Missverständnisse und oberflächliche Bewertungen - Hauptwerke dazu, 10 Bände, fehlen. - erlitt akuten Blutsturz, den er nur knapp überlebte, einschneidendes Erlebnis. - vgl. https://de.wikipedia.org/wiki/Wilhelm_Wundt.

kommunistische Ansätze, wie die Kibbuze[57]? Also fort-schrittlich Denkende, die immer wieder das kapitali-stische Gesellschaftssystem hinterfragten und sozialis-tisches Denken präferierten?"

Romy: „Ja und genau das scheint mir der Punkt zu sein. Man muss also eher davon ausgehen, dass es bei den angezettelten Auseinandersetzungen bis hin zu der Inszenierung kriegerischer Konflikte vor allem immer darum ging, sozialistisch und kommunistisch denken-de, demokratische und sozial fortschrittliche Menschen gegeneinander aufzuhetzen, um dieses Gedankengut zu spalten und zu unterdrücken."

Katharina: „Du meinst, dass die Ausprägungen „Antisemitismus" und „Nationalsozialismus" gegen-wärtig wieder als emotionale „Krankheiten" auf den Vormarsch „gebracht wurden", um vernünftige Ent-wicklungen zu verhindern, das Friedensprojekt Europa aus dem Gleichgewicht zu bringen, europäische Pro-zesse des Miteinanders, einer erstarkenden sozialen Be-wegung, ehrlichem, demokratischem Denken ein Ende zu bereiten? Vielleicht sogar einen bevorstehenden Systemwechsel zu verhindern?"

Romy: „Meines Erachtens liegt das auf der Hand. Da-

---

[57] Kibbuz = planmäßige, ländliche Kollektivsiedlung in Israel, gemein-sames Eigentum, basisdemokratische Strukturen, säkulare Kibbuzbewe-gung, lässt sich mit der ursprünglichen Idee des Sozialismus verbinden, Kommunismus wird auch auf Kibbuzim angewendet, Ziel: Aufbau eines jüdischen Arbeiterstaates auf eigenem Boden, Schaffung einer klassen-losen Gesellschaft, Betonung auf Gleichheit und Gemeinschaft, erstes Kibbuz 1910 von einer zionistischen Gemeinde in Weißrussland ggr..

bei darfst du nicht die Idee von Demokratie mit einer scheindemokratischen Fassade verwechseln, die schnell durch rechte populistische oder neoliberale Strömungen, Meinungsmacher jeglicher Richtungen und psychologische Angriffe zum Einsturz gebracht werden kann."

Katharina: „Viele stimmen dir sicher zu, dass die Bevölkerung nicht wirklich demokratisch in politische Entscheidungen eingebunden ist."

Romy: „Mittlerweile muss man sich ernsthaft fragen, inwieweit die psychologischen Experimente[58], umgesetzt als empirische Wissenschaft im Alltag, angewendet werden, um Angst und Hass zu schüren, um fortschrittliche Entwicklungen durch eine erneut beginnende Aufrüstungsspirale einzudämmen. Sollen potentielle Systemreformatoren und -veränderer provoziert und so gesteuert werden, dass sie sich in idealer Weise einfach gegenseitig auslöschen?"

Katharina: „Du bist nun aber wieder sehr krass. Oder willst du sagen, dass man versucht, auch den Rassenkonflikt wieder aufleben zu lassen, um dann den Genozid am jüdischen Volk fortzusetzen?"

Romy: „Oder generell die fortschrittlich denkende Menschheit etwas zu dezimieren. Ich bin mir da nicht sicher. Es erscheint aber diskussionwürdig, dass man

---

[58] Seit dem 19. Jahrhundert bis in die Gegenwart wurde ein breites Spektrum an psychologischen Versuchen entwickelt, die mittlerweile nicht mehr nur analysieren, sondern steuernd auf das Verhalten und die Haltungen von Menschen einwirken. - vgl. auch https://de.wikipedia.org/wiki/Liste_der_klassischen_Experimente_in_der_Psychologie.

gegenwärtig vor allem daran interessiert ist, die Faulen von den Fleißigen, die Dummen von den Klugen, die Armen von den Reichen, die Steuerbaren von den Querköpfen zu separieren. Übrigens stammen die grundlegenden wissenschaftlichen Betrachtungen zum Genozid aus der Feder eines polnisch-jüdischen Juristen und Friedensforscher, der dann für die UNO arbeitete[59], die sich dann wieder dieser wissenschaftlichen Erkenntnisse, nur in eine andere Richtung bediente. Natürlich nur hypothetisch. Aber egal. Ist vielleicht auch gar nicht so wichtig.

Doch wenn wieder die Juden in den Mittelpunkt, auch von „Verschwörungstheorien" gerückt werden, dann sollte man berücksichtigen, dass es nicht „die" Juden gibt. Vielmehr sind Millionen Menschen jüdischer Abstammung über die ganze Welt verstreut. Gegenwärtig leben diese vor allem aber in Israel und den USA, 13,5 bis 15 Millionen. Wissenschaftler haben nun herausgefunden, dass ungefähr dreizehn Millionen Juden einer genetischen Linie entstammen, die etwas andere Ausprägungen aufweist, als die anderer Menschen. Damit wäre die gegenläufige Rassentheorie in der Welt, vertraut man den publizierten wissenschaftlichen Veröffentlichungen.[60]

---

[59] Raphael Lemkin (1900 geb. im Russischen Kaiserreich - 1959 New York) - prägte den Begriff Genozid 1943, übersetzte ihn 1944 ins Englische, deutsche Übersetzung ist Völkermord. Persönlich Betroffener, verlor gesamte Familie im Holocaust.

[60] Ostrer, Harry: Legacy: A Genetic History of the Jewish People. Oxford University Press, 2012. Dreizehn Millionen Juden sind durch gemeinsames biologisches Erbe miteinander verbunden, aber auch Verbindungen zu nichtjüdischen Gruppen in Europa, im Mittleren Osten und Palästinensern, laut Ermittlungen mittels DNS-Chip und „Microarray-Technik". - In: Wewetzer, Hartmut: Genetische Abstammung. Abrahams Kinder.

In Europa gehören zu diesem Zweig beispielsweise wohl auch viele jüdische Italiener. Vielleicht gibt es ja wirklich eine genetische Familie, die analytischer denken und vernetztere Sichtweisen entwickeln kann, auf bestimmte Art evolutionär weiter entwickelt und somit einem großen Teil der Menschheit an geistiger Reife voraus ist?"

Katharina: „Womit wir wieder bei deiner Mafiahypothese oder generell dem organisierten Verbrechen wären, bei Menschen, die sich über die einfache Politlogik und hinsichtlich der öffentlichen Diskussionen zu wirtschaftlichen Verbrechen und Verschwörungstheorien nur amüsieren. "

Romy: „Ja richtig. Zum Mafiaboss taugt eben nicht jeder. Da muss man schon relativ komplex aber auch psychologisch clever denken."

Katharina: „Hatte dir nicht die Polizei auch schon einmal dieses kriminelle Denkvermögen unterstellt? "

Romy: „Lass mich bitte da erst einmal raus. In jedem Fall konnte diese „geballte genetisch bedingte Intelligenz" entweder in eine negative oder auch in eine positive Richtung entwickelt werden. Nun lautet meine Hypothese dazu, dass in den letzten Jahrhunderten die Wissenschaftler verstärkt versuchten, diese „andersdenkenden" Menschen zu steuern, zu manipulieren, natürlich aber auch, deren möglichen Einfluss auf systemum-

https://www.tagesspiegel.de/wissen/genetische-abstimmung-abrahams-kinder/1860976.html.

stürzlerisches Gedankengut auf den Rest der Menschheit zu verhindern.

Im 18. und 19. Jahrhundert wurden dann viele naturwissenschaftliche Phänomene bekannt, die technologische Erfindungen mit sich brachten. Die Wissenschaftsdisziplinen entwickelten sich rasant. Auch die „Auserwählten" trugen intensiv mit ihren Forschungsergebnissen als Ingenieure, Ärzte, Chemiker, Pharmazeuten zum Fortschritt bei. Je nach sozialen Rahmenbedingungen verfolgten sie Gemeinwohl- oder egiostische Interessen.

Doch immer, wo man ihre Kapazitäten als „Leistungsträger" erkannte, versuchte man sie mit psychologischen Manipulationen für die eigenen Interessen zu gewinnen.

So wurden diese „besonderen" Menschen, die für ihre geistige „Andersartigkeit" und ihre besonderen Talente wenig konnten, oft von verschiedenen Lagern instrumentalisiert oder dann, wenn diese sich nicht wie gewünscht steuern oder verwerten ließen, vernichtet."

Katharina: „Sind dann diese „evolutionären" Überflieger von Natur aus eigentlich positiv, wenn sie nicht widrigen sozialen Kontexten ausgeliefert werden, um daraus Kapital zu schlagen?"

Romy: „Sehr wahrscheinlich. Womit auch die Theorie bestätigt wäre, dass der Mensch an sich als ein friedliches und kollektiv orientiertes Wesen agiert. Allerdings rief der sichtbare wirtschaftliche, soziale, gesellschaftliche Erfolg der Vertreter dieser genetischen Linie besonders viel Neid und Hass hervor, Verwunderung über die oft nicht einfach verständlichen Denkmuster. Schnell war somit der Antisemitismus geboren, dem ja bereits Luther ins Auge blickte. Zwar setzte er sich zu Beginn noch für eine gewaltfreie Judenmission und gesellschaftliche Integration der Juden ein, gab dieses Vorhaben dann aber auf Grund der Gefährdung der Reformation wieder auf.[61]"

Katharina: *„Heißt es nicht, dass die drei Religionen, Judentum, Christentum und der Islam die Kinder von Vater Abraham wären? Hatten sich diese Kinder vor über 2000 Jahren diese narrativen Instrumentarien ausgedacht, um die Menschen zu beherrschen?"*

Romy: „Das glaube ich nicht. Ich gehe eher davon aus, dass diese Geschichten ersonnen wurden, um den Menschen kulturelle Werte nahe zu bringen, um den Wundern, die naturwissenschaftlich noch nicht erklärbar waren, den Schrecken zu nehmen oder sogar, um aufzuklären. Aber die Unterschiede hinsichtlich der geistigen Entwicklung zwischen den „Verkündern" und dem Volk waren einfach noch zu groß. Und durch die regionalen Unterschiede entwickelten sich die Religionen in andere Richtungen. Die technologischen Unterstützungsmöglichkeiten externer Beobachter schossen übers Ziel hinaus und die „Auserwählten" litten unter der Distanz zwischen der Mehrheit der Bevölkerung und ihnen. Sie fühlten sich permanent als Fremde, wobei ich jetzt nicht auf die vielen politischen und Auftragsmorde eingehen möchte, die im Namen dieser Religionen stattfanden

---

[61] Martin Luther und die Juden. - https://de.wikipedia.org/wiki/Martin_Luther_und_die_Juden. - Aufruf vom 25.09.2018.

oder um die Propheten umzubringen[62]."

Katharina: *„Externe Beobachter?"*

Romy: „Das ist mir nur so rausgerutscht und jetzt auch nicht wichtig. Früher sprachen die Menschen von Propheten oder Sehern, heute würden wir sie vielleicht als Telepathen[63] bezeichnen."

Katharina: *„Muss ich das jetzt verstehen?"*

Romy: „Nein, nicht unbedingt. Darüber können wir später noch diskutieren. Jedenfalls entfernten sich viele auf Grund der realen sozialen Einflüsse immer weiter von ihrer eigentlichen Mission. Sie wünschten sich, nicht als Fremde betrachtet zu werden, dazuzugehören.

Als „Auserwählte", sozusagen genetische Abweichler fiel ihnen das nicht leicht. Obwohl sie eine besondere Verpflichtung gegenüber den anderen Menschen besaßen, mit diesem „Geschenk", einer gewissen geistigen Überlegenheit sorgsam und sinnvoll umzugehen, überwogen irgendwann die psychologischen Manipulations-

[62] Elia, Jesaja, Amos und Jeremia - Propheten als unbequeme Mahner für das Volk - Propheten nach Jesus. - https://www.theologe.de/theologe20.htm. - Aufruf vom 28.10.2018.

[63] Telepathie - Gedankenübertragung, früher als Paraphpsychologie bezeichnet, seit der Kenntnis hinsichtlich Informationsübertragung mittels elektromagnetischer Wellen wissenschaftlich erklärbar, Gehirnwellen schwingen in unterschiedlichen Frequenzbändern, Beeinflussung durch visuelle, akustische Reize, Neurofeedback, Manipulation durch elektrische Wechselfelder möglich, Tests mit Brain-Computer-Interfaces, Gedankenübertragung durch transkranielle Magnetstimulation. - vgl. Telepathie-Experiment. - https://www.n-tv.de/wissen/Forschern-gelingt-Telepathie-Experiment-article13554596.html. 5.September 2014. - Aufruf vom 25.09.2018.

szenarien, die Emotionen beeinflussten, Verhalten und Haltungen veränderten und sie wurden selbst Teil des Machtsystems. So konnten vernünftiges, emphatisches Verhalten und analytische Fähigkeiten immer mehr durch den Wunsch nach Einfluss dominiert werden, da die „Auserwählten" irgendwann einmal müde wurden, permanent gegen eine „graue Masse" aus Ignoranz, Unverständnis, Hass, Neid und Ablehnung anzukämpfen, um zur Verbesserung der Welt aufzurufen. Viele wurden dann zu Opfern immer perfekter organisierter psychologisch-klinischer Methoden, erst um ihre Gehirne zu studieren und dann zu instrumentalisieren."

Katharina: „Na Romy, du kannst Geschichten erzählen. Soll das nun ein Märchen sein, oder meinst du das ernst?"

Romy: „Hypothesen sind erst einmal Gedankenkonstrukte, die wissenschaftlich noch nicht bewiesen sind. Wenigstens jetzt muss ich dir die Verifizierung noch schuldig bleiben. Allerdings finde ich diese Hypothesen in der gegenwärtigen Zeit um vieles Einleuchtender als die traditionellen Geschichten in den Religionen. Und sie decken sich vor allem mit vielen meiner Erfahrungen, mit Gehörtem, Erlebten."

Katharina: „Und nun richten sich Hass und Wut pauschal gegen die Reichen? Die, wenn sie jüdische Wurzeln haben, eigentlich genetisch zu den „Weiterentwickelten" gehören und immer nur so auf die Umstände reagiert haben, wie sie sie aus ihrer Perspektive erlebt haben? Für ihr ausgeprägtes vernetztes Denken, ihren analytischen Verstand konnten sie ja auch nichts?"

Romy: „Das ist wirklich ein sehr komplexes Thema. Ich denke nicht, dass es hier Sinn macht zu pauschalieren, denn der geringe Anteil an Erbgut, der eigentlich den vermeintlichen Vorsprung gegenüber den anderen Menschen ausmachen würde, könnte aus meiner Sicht heute mittlerweile locker durch moderne Erkenntnisse der Lernforschung, kognitive Methoden, sozialen Kontext und umfassenden freien Zugang zum Weltwissen nivelliert werden. Wenn diese Hypothese zutrifft, wäre somit verständlich, dass es Interessen gibt, eben nicht e-Teaching, e-Lernung, e-Training flächendeckend und für jeden gleichberechtigt zugänglich zu machen, da damit dann jegliche nicht nur genetische Vorteile verschwinden könnten, sondern sich damit auch ganz andere Wertschöpfungs- und Verwertungskreisläufe etablieren ließen, die damit ihrerseits wieder den Gedanken an eine gleichberechtigte und klassenlose Gesellschaft durch die Bevölkerung tragen würden.

Außerdem kann ich mir gut den Ehrgeiz von Neurologen, Psychologen, Gentechnikern, Biomedizinern vorstellen, diesen evolutionären Vorsprung einer genetisch überlegenen Rasse künstlich „nachzubauen", sogar zu überflügeln, aber nur so, dass sie diese Menschen, die wirklich bereits körperliche und geistige Überlegenheit besitzen weiterhin in ihrem Interesse steuern können. Hast du schon einmal von der Idee der Bioroboter gehört?"

Katharina: „Wovon?"

Romy: „Humane Computer, Artifical Intelligence, also hybride Wesen auf biologischer Grundlage, gepimpt mit Technik, wie Sensoren und anderen mikroelektronischen Bauteilen, genetisch aufgewertet und über elektro-magnetische Verfahren auch geistig steuerbar, billiger, nachhaltiger, länger und besser einsetzbar als KI-Rechner."

Katharina: „Lass uns darüber bitte ein anderes Mal reden. Das ist mir jetzt wirklich zu sehr Science Fiction."

Romy: „Science Fiction ist nur Fiction, wenn du den Zeithorizont verschiebst und diesen von realen technologischen Entwicklungen abkoppelst. Meiner Ansicht nach, wurde auf Grund wissenschaftlich-technischer Erkenntnisse planvoll die Rassentheorie eingeführt. Zur Systemerhaltung und zur Bewahrung alter Machtgefüge verdrehte man einfach die Tatsachen und definierte die eigentlich evolutionär höherentwickelten Menschen als „Untermenschen", während man daran herumbastelte, gezielt selbst ähnliche menschliche Prototypen zu entwickeln nach dem Vorbild z.B. von Ariern."

Katharina: „Untermenschen, Übermenschen, Bioroboter. Ehrlich gesagt macht mich das ganze Thema ziemlich nervös. Das könnten viele sehr schnell in einen falschen Hals bekommen."

Romy: „Ich will mich jetzt auch gar nicht mit diesem komplexen wissenschaftlichen Untersuchungsfeld oder genetischen Forschungen auseinandersetzen. Aber es würde erklären, warum so viele Experimente und Versuche mit Menschen durchgeführt wurden. Viele vor allem mit Strom und hinsichtlich der Leitfähigkeit des menschlichen Körpers. Gleichfalls wurde mit der emotionalen Steuerung viel experimentiert. Auch mit Implantaten. Immer standen dabei anscheinend die Erforschung der Steuerbarkeit des Menschen im Vordergrund, eben die Erschaffung eines Biocomputers, die perfekte humanoide Maschine. Dazu analysiert man nun bereits seit Jahrzehnten physiologische und psychologische Parameter, Umfeldsituationen, korrigiert, experimentiert, optimiert. Und in einem solchen RealLabor leben wir eben jetzt. Klingt doch logisch, oder?"

Katharina: „Erst einmal klingt es vor allem immer so, als wenn du über dein eigenes Schicksal reflektieren würdest. Kommst du darauf, weil du selbst in den letzten Monaten so verrückte Dinge erlebt hast?"

Romy: „Vielleicht. Allerdings wäre es verdammt schwer, solche Gedanken als generelle und allgemein verständliche Hypothesen zu formulieren, ohne gleich lautstark als „braunes Element" oder absurde Verschwörungstheoretikerin verunglimpft zu werden. Vielleicht würde es viele Menschen verunsichern, vielleicht würden sie sich diskreditiert fühlen, weil sie nicht solche persönlichen Erfahrungen sammelten, andere wären in ihrem Selbstwertgefühl verletzt."

Katharina: „Aber das Wunder um die Geburt Jesu und vor allem das Märchen der Auferstehung hat die Menschheit doch auch akzeptiert. Warum sollten dann nicht heutzutage Wissenschaftler auch die Theorie verifizieren können, dass es Menschen mit einem anderen genetischen Code gibt? Und sicher würden dann wohl auch einige wissen, warum? Und vielleicht wüssten sie auch, ob diese Veränderungen auf extraterrestrischen Ursprüngen fußen oder auf labortechnischen irdischen Optimierungen. Man hört doch in der letzten Zeit sehr viel über Artifical Intelligence und Cyborgs. Geschockt wäre ich natürlich auch, wenn ich erführe, dass du vielleicht ein halber Alien oder ein Frankensteinmonster wärst. Aber das würde unserer Freundschaft wohl keinen Abbruch tun. "

Romy: „Ich staune über deine Coolness. Die Hypothese liegt eben nahe, dass uns diesbezügliches Wissen bereits seit Jahrzehnten, wenn nicht sogar seit Jahrhunderten vorenthalten wird. Dass es intellektuelle Unterschiede zwischen den Menschen gibt, ist ja Geheimnis. Manchen Menschen fliegt alles zu, sie lernen leicht, begreifen schnell, andere quälen sich. Und bei der Intelligenzentwicklung spielen eben sowohl die Verebung als auch die Umwelteinflüsse eine Rolle. Ich denke aber, dass durch langjährige empirische Untersuchungen, also Beobachtungen, mittlerweile viele moderne Erkenntnisse der Lernforschung gesammelt wurden, und dass die Anwendung neuer Methoden im Bildungs- und Erziehungsbereich, wie z.B. die „Bewegte Schule" dazu beitragen würden, genetische Unterschiede verschwindend gering werden zu lassen.

Allerdings scheint man nun alles daran zu setzen, diesen freien Geist besser in der Flasche zu lassen, damit sich dieser evolutionäre Sprung nicht bei allen Menschen vollziehen kann. Man bemüht sich, den kritischen und ständig nach Erneuerung und neuen Erkenntnissen strebenden Geist zu reglementieren, zu kontrollieren und mit Hilfe religiöser Mythen zu dogmatisieren. „Religion ist „das Opium des Volkes"[64], schrieb einst Karl Marx. Irgendwie hatte ich diese Aussage, die er in seiner Schrift zur Kritik der Hegelschen Rechtsphilosophie äußerte, über die Jahre vergessen. Zum Opium, also zum Gift wurden die Religionen meiner Ansicht nach aber erst später, als sie das Maß und ihren ursprünglichen Zweck aus den Augen verloren, nämlich die Menschen bei ihrer Entwicklung zu unterstützen. Sie erkannten das große Manipulations- und damit Verwertungspotential von menschlicher Kreativität und Schaffenskraft. Warum sollte es nicht auch einen Genpool auf der Erde geben, der anders strukturiert ist, denkt man einfach mal

[64] „Der Mensch macht die Religion, die Religion macht nicht den Menschen. Und zwar ist die Religion das Selbstbewusstsein und das Selbstgefühl der Menschen, der sich selbst entweder noch nicht erworben, oder schon wieder verloren hat...Die Religion ist der Seufzer der bedrängten Kreatur, das Gemüth einer herzlosen Welt, wie sie der Geist geistloser Zustände ist...Die Aufhebung der Religion als des illusorischen Glücks des Volkes ist die Forderung seines wirklichen Glücks. Die Forderung, die Illusionen über seinen Zustand aufzugeben, ist die Forderung, einen Zustand aufzugeben, der der Illusion bedarf. Die Kritik der Religion ist also im Kern die Kritik des Jammerthales, dessen Heiligenschein die Religion ist".
Karl Marx: Einleitung zu Zur Kritik der Hegelschen Rechtsphilosophie. - In: Deutsch-Französische Jahrbücher 1844, S. 71f. - nach Digitalisat von Google Books, Abruf vom 25.09.2018.

universal? Und warum sollten diese Menschen nicht geistig weiter entwickelt sein? Diese Gedanken sind ja nicht neu. Nur dass sich daraus kein Herrschaftsanspruch ableiten sollte, sondern eine Verantwortung für die anderen. Ist das denn ein abwegiger Gedanke?

Die Frage bleibt doch, ob sie auf Grund ihrer geistigen Reife immer im Vorteil gegenüber den anderen sind? Sie sind es nämlich nicht, wenn Unvernunft, Willkür, Zwänge vorherrschen, bei denen diejenigen auch immer wieder auf Widersprüche stoßen, Ambiguitäten, die nicht sinnvoll erscheinen oder verständlich sind.

Wenn dann dieses geistige „Rohmaterial" in eine bestimmte Richtung gebildet, geformt und entwickelt wird, kann daraus ein Leistungsträger der Gesellschaft entstehen, aber auch ein Missbrauchsopfer für private oder bestimmte politische Interessen. Je nach Einflussnahme können so raffgierige, kaltherzige und machtgierige und vor allem resiliente „Aliens" gezüchtet werden, die sich auf Kosten der Menschheit bereichern, als Wirtschaftssklaven den Reichtum bestimmter Kreise mehren oder eben auch Reformer, Innovatoren, empathische Wesen werden, die sich für eine bessere Welt einsetzen.

Geht man nun von der Hypothese aus, dass es auf der Erde einen anderen genetischen Zweig gab, der höher entwickelt war und ist und der sich über die Jahrtausende vererbt hat, und diese Gene trafen auf unterschiedliche soziale und Bildungskontexte, dann kann man davon ausgehen, dass bestimmte Juden, die also an geistiger Reife vielen Menschen voraus sind, auf Grund unterschiedlicher kultureller Prägungen, nun begannen, vor allem in intellektuellen, vor allem wirtschaftlichen

Wettstreit zu treten. Juden bekämpften und bekämpfen Juden. Das andere Volk ist mehr oder weniger nur Schiebemasse. Insofern wäre der Rassengedanke, den die Nationalsozialisten zur Diskussion stellten, richtig.

Aber eben doch vollkommen anders. Denn dieser besondere genetische Zweig wäre über die Jahrtausende vor allem durch Nichtjuden instrumentalisiert worden oder stieß auf solche chaotischen Verhältnisse, für die sie Abwehrmechanismen entwickeln mussten.

Ganz einfach.

Immer auf der Suche danach, worin sich dieser evolutionäre Sprung begründete und wie diese „anderen Denkprozesse" wissenschaftlich nachbildbar wären."

Katharina: „Gibt es denn eine solche Theorie schon oder wie kommst du auf diese Ideen?"

Romy: „Ich glaube nicht, jedenfalls habe ich davon bewusst noch nichts gehört. Warum ich unbewusst aber von einer hohen Wahrscheinlichkeit ausgehe, dass diese stimmt, weiß ich auch nicht. Sie hat sich über die Zeit als Hypothese zunehmend in meinem Kopf manifestiert. Und sie klingt für mich bestechend logisch."

Katharina: „Du hast in deinem Leben ja aber auch schon viel gelesen, gelernt, erfahren. Irgendwie kam da wohl ein Mosaikstein zum anderen."

Romy: „Schon möglich. Ich frage mich also, ob die Strategie des globalen Spiels erst darin bestand, die Religionen zu schaffen, die heute um viele Ersatzreligionen, wie Ernährung, Sport, Mystik ergänzt werden, um die Menschen steuerbar zu machen, den Geist auf Themen zu fokussieren, die möglichst unpolitisch sind, ihn aber permanent fordern? Dann gesellschaftliche Verhältnisse zu manifestieren, die den Menschen wie in einem Hamsterrad täglicher Abläufe gefangen hält, nur noch bereit für Enterteinment, die persönlichen Religionen, für das Ziel des Reichwerdens oder für carritative Zwecke motiviert? So, dass die Menschen nur noch reagieren können und zunehmend den weiten Blick auf ihre sehr komplexe Umwelt verlieren? Sie mental so zu beeinflussen, dass man sie auch gegeneinander aufhetzen kann? Ging es immer nur darum, Menschen unterschiedlicher Herkunft gegeneinander auszuspielen, obwohl es dafür eigentlich keinen realen Grund gibt, bis auf die Tatsache, dass Geld- und anderer Adel, Finanzkapital, Militär und alte monarchische Kreise es so wollen, um ihre traditionellen Herrschaftsansprüche wieder herzustellen und nachhaltig totalitär zu sichern?

Irgendwie ein wirklich genialer Schachzug!

Und wird gerade gegenwärtig erneut in diese psychologische Trickkiste gegriffen, um nun, ausgerüstet mit neuen Medien, mit Telekommunikation, mit Radio und anderen elektro-magnetischen Wellen, mit Hollywoodstorys und Fake-News systematisch den Geist der Menschen so zu verkleistern, dass sie wieder gegeneinander zu kämpfen beginnen? Dass die Sprache immer mehr verroht? Jeder gegen jeden agiert?

Stahl und stiehlt man den Menschen ganz bewusst ihre Lebenszeit mit unsinnigen bürokratischen Abläufen, industriell überflüssigen Prozessen und alltäglichem

Stress, damit sie nicht in Ruhe und mit Verstand darüber nachdenken können, welche historischen Entwicklungen wirklich zu welchen Ergebnissen geführt haben und vor allem, ob sie weiter so leben möchten?

Und bereits vor über hundert Jahren konnte es die herschende Klasse nicht erfreuen, wenn ein Karl Marx den Wohlstand für alle propagierte, die Macht dem Volk übergeben wollte und das internationale Proletariat zur Einigkeit aufrief. Und noch weniger konnte es diese Menschen erfreuen, dass es weltweit sozialistische Bewegungen gab, die mit einem neuen ökonomischen System, einer Friedenspolitik und einem solidarischen Miteinander den Beweis antreten wollten, dass das alte System überholt war.

Und all die „notwendigen" Maßnahmen zur Beseitigung von Systemstörern, die mit dem Tod von Marx natürlich nicht verschwanden, sondern weiter auftauchten und sich als streitbare Geister konsequent über die Jahrzehnte für einen gesellschaftspolitischen Wandel einsetzten und denen auch die perfekt als alltägliche Zufälle getarnten wissenschaftlich eingesetzten Test- und Kontrollmethoden nicht entgingen, die in diesen Sinne nichts mit Verschwörungstheorien zu tun hatten, kennzeichneten immer wieder den ausgeprägten Willen das Geschäftsmodell „Klassenunterschiede" in keinem Fall aufzugeben.

Bei so vielen Toten gegenwärtig weltweit, scheint es mittlerweile nun auch nicht mehr auf einen mehr oder weniger anzukommen. Solange sich dadurch die früheren Machtverhältnisse wieder herstellen und dann stabilisieren lassen. Dabei ist nicht ersichtlich, ob die gegenwärtigen weltweiten Umbrüche bereits Ausdruck eines globalen Widerstandes sind oder noch zum Plan dazu gehören, die Welt wieder in einen militärischen Konflikt zu stürzen, um so nachhaltig die gewünschten geopolitischen Einflusssphären zu manifestieren. In jedem Fall scheinen jetzt nur noch Handlungen globalen Ausmaßes zur Rettung beitragen zu können - entweder für das Überleben eines längst vergangenen Klassen- und Machtsystems mit der Errichtung alter totalitärer und feudaler Verhältnisse im modernen, mit technologischen und digitalen Entwicklungen aufgepimpten Gewand im Sinne *Empire 2.0*, oder die Durchsetzung einer weltweiten demokratisch-sozialistischen und demokratisch-kommunistischen gerechten Welt, ohne steuernden Einfluss des Finanzkapitals, ohne die Verschärfung neoliberaler Auswüchse begleitet von veralteten ökonomischen kapitalistischen Gesellschaftsmodellen im Zuge eines wirklichen evolutionären Entwicklungsfortschritts. Damals, in den Anfängen des psycho-physiologischen Krieges im industriellen Maßstab stand vor allem erst einmal die personalisierte Steuerung im Vordergrund um Marx und seine Werke, die dem System ernsthaft im Wege standen, historisch nachhaltig zu „entsorgen". Und schon zu dieser Zeit schien man ein sehr komplexes „Drehbuch" konzipiert zu haben, dass sich in den Verschränkungen aus Realität und Fiction verlor.

Und weißt du, was ich daran so extrem, aber gleichzeitig wissenschaftlich auch genial finde?"

Katharina: *„Was denn?"*

Romy: „Wie dieses Ineinandergreifen immer besser bis fast zur Perfektion gelang. Komischerweise charakterisierte Orwell gerade in seinem großen Big Brother-Werk den „Goldsteinismus" als eine Ideologie, die als unsichtbare taktische Macht, als Köder agierte, um die sozialistische und kommunistische Idee zu vernichten.

Und Emanuel Goldstein, ein angeblich Oppositioneller, wird als eine Art „Köder" im System in Position gebracht, um nicht nur fortschrittliche Bewegungen zu infiltrieren, sondern es der „Gedankenpolizei" auch einfacher zu machen, die Abweichler aufzuspüren und sie dann zu vernichten. Und diese Szenarien finden sich bereits in der Zeit von Marx, aber natürlich auch bis in unsere heutige Gegenwart in unzähliger Weise."

Katharina: _„Du meinst also, dass Orwell[65] nicht eine_

[65] Georg Orwell (Eric Arthur Blair - 1903, Britisch-Indien - 1950, London) - engl. Schriftsteller, Journalist, 1921 - 1927 Beamter der britischen Kolonialpolizei in Birma, 1936 auf der republikanischen Seite Kampf im Spanischen Bürgerkrieg, schrieb vorrangig Dystopien wie „Farm der Tiere" (1945), eine satirische Fabel über den sowjetischen Kommunismus, „1984" (1949), Zukunftsvision vom totalitären Staat, sein Vater war Kolonialbeamter des Indian Civil Service und kontrollierte den legalen Opiumhandel in China. Er besuchte eine anglikanische Conventschule, ein privates Internat, die Eliteschule Eton, ab 1917 war er Kings's Scholar in Eton, dann beschloss er in den burmesischen Polizeidienst einzutreten, er nahm verschiedene Funktionen in der Kolonialhierarchie war. Geheimdienstberichte über ihn mit der Londoner Polizei 1929, weil er sich „angeblich" den kommunistischen Worker's Life angedient hatte. Scotland Yard bescheinigte ihm fortgeschrittene kommunistische Gedanken. vgl. Scotland Yard. Big Brother überwachte auch George Orwell.- In: dpa / Der Tagesspiegel. 4. September 2007. Orwell denunzierte allerdings 1949 38 Schriftsteller und Künstler im Interesse einer halbgeheimen Propaganda-Sonderabteilung des Britischen Außenministeriums (IRD - Information Research Department) zur Bekämpfung kommunistischer Infiltration, alle von Orwell Benannten hatten sich öffentlich prosowjetisch oder prokommunistisch geäußert. Bekannte sich lange Zeit als Sozialist, sah

düstere Zukunft beschrieben hat, sondern bereits die Erkenntnisse seiner Zeit und vor allem aber seine eigenen Erfahrungen verarbeitete?"

Romy: „Ja, mittlerweile glaube ich das ernsthaft."

Katharina: „Dann kann man das „Kehledurchschneiden" also als eine Methapher sehen, um ihm wirklich seine Stimme als Systemveränderer zu nehmen? Und vielleicht war ja der Chirurg doch der Mörder und er hatte sich vorher das Vertrauen von Marx nur erschlichen, um ihm zu rechter Zeit irgendein Gift zu trinken zu geben, das ihn schläfrig machte oder ihn eben gleich ins Nirwana schickte. Wenn dieser angebliche royale Freund im Haushalt von Karl Marx als eine Art Hausfreund ein und aus ging, sich dabei bereits lange auf das Ableben von Marx vorbereitend, um dann „zufällig" zur Stelle zu sein, als Marx an einer Erstickung zu sterben drohte, dann wäre auch das Ausstellen eines Totenscheins durch ihn in der Öffentlichkeit nicht als sonderbar aufgenommen worden. Vielleicht hatte es auch sein, auf Neurologie spezialisierter Hausarzt mit seinen Experimenten an Marx übertrieben und er benötigte durch den Chirurgen ein Alibi, der dann den Totenschein für zwei Tage vorher ausstellte, damit am nächsten Tag zügig die Beerdigung, ohne Obduktion, erfolgen konnte. Durch diese Schnelligkeit zwischen der Bekanntgabe am 16. März 1883 und der Beerdigung am 17. März 1883 blieb wohl

---

den demokratischen Sozialismus ohne Imperialismus und einem geeinten Europa als einzige Entwicklungschance, litt dann jahrelang an Tuberkulose und starb auch daran. - vgl. auch https://de.wikipedia.org/wiki/Georg_Orwell#cite_note-20.

kaum Zeit, sich über die Todesursache zu wundern oder diese in Zweifel zu ziehen. Entweder dienten die zwei Tage dazu, Eleanor ins Boot zu holen und mit irgendwelchen verlockenden Zukunftsaussichten zu ködern oder eben den Chirurgen. Oder sogar beide? Vielleicht musste man auch den ursprünglichen zeitlichen Plan des krankheitsbedingten Dahinscheidens von Karl Marx aus aktuellen Gründen plötzlich nach vorne verschieben, wodurch spontan neue Herausforderungen auftauchten, die für das medizinisch perfekt getarnte Verbrechen so eigentlich nicht vogesehen waren und zu einigen Widersprüchen führten?"

Romy: „Ich sehe, du hast die Prinzipien der Kriegslist, der Taktik und der Strategie verstanden.

Mich hat einmal jemand, noch während meiner Zeit an der Universität, mit dem Auto angefahren. Erst vor kurzem, also Jahre später, habe ich auf den von der Polizei ausgestellten Bericht geschaut. Und so konnte ich mich auch erst jetzt wundern, wer mich da „zufällig" angefahren hatte und daraus meine Schlüsse ziehen. Ich frage mich, ob nicht bereits damals auch bei mir in dieser Situation das altbewährte Muster griff, jemanden, der auf die geopolitischen Entwicklungen potentiell einen störenden Einfluss nehmen könnte, aus dem gesellschaftspolitischen Spiel mittels physischer „Beeinflussung" zu nehmen und damit weiter der jahrzehntelangen Strategie zu folgen, denn: „Planung ersetzt den Zufall durch Irrtum"?

Unter dem Schock des Unfalls, den Schmerzen, dem psychischen Druck hatte ich damals keine Nerven dafür, mich mit dieser Person zu beschäftigen. Zumal Verkehrsunfälle ja einfach als normal empfunden werden. Jeder Mensch kann mal für einen Augenblick unaufmerksam oder unkonzentriert sein und dadurch zum Verursacher werden. Kein Grund, daraus einen Kriminalfall zu konstruieren. Sicherlich war es damals für mich auch gut so, dass ich nicht weiter darüber nachdachte. Ich hegte natürlich keinen Verdacht, der einen Zufall anzweifeln ließ. Heute bin ich mir sicher, dass auch dieser Auffahrunfall ein gezieltes Manöver darstellte, um mich, wenigstens für einige Zeit, außer Gefecht zu setzen, mich psychisch und physisch ins Aus zu schicken und mich damit von meinen Gesundheitsprojekten, die ich zu dieser Zeit leidenschaftlich in der Region verfolgte, abzubringen.

Was irgendwie damit ja auch gelang. Denn auf Grund meiner Rücken- und Bandscheibenbeschwerden, der Krankschreibung, meiner notwendig gewordenen Physiotherapie aber auch den damit verbundenen beruflichen Rückschlägen ließ ich meine wissenschaftlichen Vorhaben ruhen und letztentlich landeten alle in einer Schublade oder im Mülleimer ungenutzter Erkenntnisse.

Inwieweit diese einige Jahre später mit maximalen Gewinnabsichten an ganz anderen Stellen im Markt wieder auftauchten, ist dabei eine ganz andere Geschichte.

Allerdings kann ich z.B. im Fall Skripal überhaupt nicht nachvollziehen, wenn es sich schon um einen öffentlich bekannten Doppelagenten handelt, dass man dort nicht vorsichtiger mit politischen Reaktionen, wie dem Ausweisen von Diplomaten oder mit medialer Hetze umgeht. Es sei denn, es gehört genau so und nicht anders zum Plan dazu.

Und auch in diesem Sinne ist wohl eher davon auszugehen, dass die Briten diese Vergiftung selbst eingefädelt haben, um die Russophobie und vor allem die Zeiten des Kalten Krieges wieder anzuheizen."

Katharina: „Deine Argumente erscheinen mir logisch. Aber ich denke, dass niemand so richtig auf deine Aussagen hören wird. Aber versuchen solltest du es. Wenn ich also deiner Hypothese zustimme, dass Karl Marx ermordet wurde, hast du bestimmt auch Erklärungen für seine Frau und die Tochter, denn du hast ja von dem Mord der ganzen Familie gesprochen. Oder waren dies nicht doch eher Zufälle?"

Romy: „Das glaube ich nicht. Ich finde es eher auffällig als zufällig. Erst starb seine Frau Jenny, am 02. Dezember 1881, dann seine geliebte Tochter am 11. Januar 1883 und dann er selbst am 14. März 1883. Und Eleanor bringt sich selbst 15 Jahre später um. Du meinst, das wären alles Zufälle? Ich folge eher der Hypothese, dass es dabei um eine Art „Sippenhaftung" ging, um das Vernichten gefährlichen Gedankengutes, das anscheinend mit der DNA weitergegeben worden war. Man wollte, nein man musste, die gesamte Familie einfach ausmerzen. Man wollte die Ideologie, die von dieser Familie ausging, vollständig ausrotten. Und sehr wahrscheinlich stand jedes Mitglied per sé schon unter Beobachtung, weil es zu einer Art „Testfamilie" gehörte.

Dabei scheint mir der Fakt nicht unerheblich, dass Karls Frau Jenny auch als eine starke Multiplikatorin für die Ideen des Sozialismus auftrat und sich der kom-

munistischen Theorien als kundig erwies. Somit stellte
sie auch für politische Wegbegleiter eine ebenbürtige
Ansprechpartnerin dar. Das hatte vor allem damals die
besondere Brisanz, dass der Adel vermeintlich noch
starken gesellschaftspolitischen Einfluss besaß, Jenny
aber, als eine geborene *von Westphalen,* aus einem adligen Haushalt stammend, zur Nestbeschmutzerin mu-
tierte. Auf Grund ihrer Herkunft konnte sie sicher noch
überzeugender, und vor allem aus eigenem Erleben heraus noch glaubwürdiger gegen das bestehende System
argumentieren."

Katharina: *„Aber Jenny starb doch an Krebs, oder?"*

Romy: „Ja, aber auch hier finde ich einige Merkwür-
digkeiten. Ihr Arzt war ja auch Horatio Bryan Donkin.
Also der Hausarzt, der auch Karl Marx und die gesamte
Familie betreute. Dieser stieg, zufälligerweise, genau im
gleichen Jahr, als Jenny an Krebs erkrankte, als Mitglied
der F.R.C.P.[66], also das Royal College of Physicians und
als dortige Lehrkraft ein.

Hatte er sich vielleicht durch die „Experimente im
Hause Marx" sein Fellowship „verdient"?

Bei einer Krebserkrankung[67] besteht ja vor allem das
Problem, dass der Erkrankte oft keine Schmerzen ver-

[66] F.R.C.P. = Fellow of the Royal College of Physicians, Angehöriger des
britischen Ärzteverband Royal College of Physicians.
[67] Bezeichnung „Krebs" bereits im Corpus Hippocraticum, Sammlung
60 antiker medizinischer Texte - 6.Jh. vor Chr. bis 2 Jh. nach Chr., nach
äußerlichen Tumoren, die wie Krebskörper aussahen, Großteil der Krebsarten - 90-95% der Fälle werden aufgrund von Umweltfaktoren ausgelöst. - P. Anand et. al.: Cancer is a preventable disease that requires major
lifestyle changes.- In: Pharm. Res.25 (9), 2008.-doi:10.1007/s11095-008-
9661-9.

spürt und heute häufig erst bildgebende Verfahren und „Schnellschnitte" Sicherheit darüber geben können, ob es sich um Krebs, entartetes Gewebe, einen bösartigen Tumor handelt.

Wie und was bei Jenny diagnostiziert wurde, weiß ich nicht. Aber klar ist, dass die Ursachen meistens in Umweltgiften, Umweltstrahlungen, falscher Lebensweise, „besonderem" Sexualverhalten oder eben ganz anderen, also exogenen Faktoren liegen können. Diese müssen als Auslöser aber noch nicht einmal existieren, wenn sie in ein perfektes Verbrechen passen sollen. Eigentlich reicht die Diagnostik des Arztes, der mit betrübter Stimme verkündet, dass eine Krebserkrankung vorliegt. Wie leicht sind Laborproben oder Bilddateien ausgetauscht, Laborwerte im Computer angepasst. Da vor allem Krebs ja als Krankheit „eingeführt" wurde, die der Patient in der Regel nicht selbst identifizieren kann, ist es ein Leichtes, geht es um Fragen des politischen Seins oder Nichtseins, in diesen medizinischen Kontext gestalterisch einzugreifen. Ob als gefakte Diagnose oder als Ergebnis einer im Vorfeld empfohlenen therapeutischen oder pharmazeutischen Behandlung einer Vorerkrankung ist dabei nebensächlich. Fakt ist, die notwendigen Voraussetzungen sind einfach zu schaffen, ohne dass es für den Patienten jemals nachvollziehbar ist. Wie seit Jahrhunderten beruht das Verhältnis Patient - Arzt auf einer reinen Vertrauensbasis. Und nur sehr schwer wird man *schwarze Schafe* herausfiltern können, die Krebs im Sinne eines „*Condition branding*[68]", einer bewussten

---

[68] Bis in die 70er Jahre waren Pharmazieunternehmen bestrebt, nach Mitteln zu suchen, um Krankheiten zu heilen. Nun stehen sie im Verdacht, Krankheiten zu befördern, um Medikamente vertreiben zu können, ihren

Förderung von Krankheiten einsetzen und damit auch politische Morde oder wirtschaftskriminelle Handlungen unterstützen.

Um allerdings von den perfiden und bereits gut etablierten medizin-technisch begleiteten Prozessen abzulenken, scheut man bewusst nicht die Diskussionen um viele falsch negative Ergebnisse[69] bei der Diagnostik.

Und vor über einhundert Jahren wird es ein Leichtes gewesen sein, Jenny über giftige Substanzen, Drogen, vermeintliche Heilmittel bestimmte Symptome zu „verpassen", sie einer Strahlung auszusetzen oder mit krebserregenden Viren oder Bakterien[70] zu infizieren. Und diese Symptome dann als Ergebnisse einer Krebserkrankung zu diagnostizieren, stellte erst recht keine Hürde mehr dar[71].

Für die Ärzte, die sich auf dieses Komplott einließen, war es dann weiterhin ein Leichtes, dem Heilungsverlauf des Patienten oder der Patientin eine positive oder eine

Profit zu erhöhen, ganz im Sinne kapitalistischer Logik. - vgl. auch *How to brand a disease -- and sell a cure* / Wie man eine Krankheit brandet (vermarktet) und dann deren Heilung verkauft. - Urspung der Public Relations in Amerika Edward Bernays (1928) mit dem Anspruch nicht nur zu verkaufen, sondern die Bedingungen für den Verkauf selbst zu kreieren.- edition.cnn.com/2010. - Aufruf: 15.10.2018.

[69] Falsch negativ = ein diagnostischer Test attestiert ein falsches Ergebnis - entweder der Patient ist krank und wird für gesund erklärt oder er ist gesund und ihm werden Tumore oder andere Erkrankungen bescheinigt.

[70] Viren und Bakterien verursachen Tumore. Vorsicht! Wenn Sie sich mit diesen vier Keimen anstecken, droht Krebs. - https://www.focus.de/ gesundheit/vorsicht-tumor-infektion-wenn-sie-sich-mit-diesen-keimen-anstecken-droht-krebs_id_7885884.html.- Aufruf: 15.10.2018.

[71] Heute gelten ganz allgemein als Auslöser für Krebs, Alkohol, Rauchen, veschmutzte Luft, mehr als 2 Mio. Krebsfälle werden auf Bakterien und Viren zurückgeführt, also mehr als 15% auf Infektionen. Die angeblich vier wichtigsten Auslöser sind Helicobacter Pylori, Hepatitis B und C, Humane Papilloma-Viren (HPV).

negative Richtung zu geben. Man konnte so als Therapien getarnte medizinische oder klinische Experimente durchführen und dabei den gesamten Cocktail an chemischen, biologischen, radiologischen Subtanzen und exogenen Indikatoren in unterschiedlichen Mischungen im realen Versuch testen, die dann zu einer Verschlimmerung und Manifestierung einer Krankheit oder zu einer Heilung führten. Bei Jenny führte das Experiment zum Tod.

Und es lässt sich vermuten, dass auch Jenny Longuet[72], die „Lieblingstochter" von Karl Marx, die wahrscheinlich an Blasenkrebs[73] gestorben war und dass gerade zwei Monate vor dem Tod ihres Vaters, im Alter von 38 Jahren, sich diese Krankheit auch nicht nur „zufällig" zugezogen hatte.

Das solche medizinischen Versuche immer umfangreichere Ausmaße annahmen, beschrieb vermeintlich auch später Maxim Gorki in seiner 1887 verfassten Erzählung „Die Eheleute Orlow[74]", in der er zwar vordergründig über die Konflikte von Eheleuten schrieb, indirekt aber das politisch weitaus gravierendere The-

[72] Jenny Caroline Longuet, geb. Marx (1.Mai 1844, Paris - 11.Jan.1883) - älteste Tochter, publizierte unter dem Pseudonym J. Williams, heiratete den Sozialisten Charles Longuet, 6 Kinder, Sohn Jean-Laurent-Frederick (1876 London - 1938), Sozialist und Bürgermeister, verstarb bei einem Autounfall, Edgar Marcel , Sozialist und als französischer Arzt tätig.

[73] Blasenkrebs, Harnblasenkarzenom, Diagnose durch Harnblasenspiegelung und Biopsie, Computertomographie udn Urographie, „Krebs der späten Lebensjahre"(https://www.krebsgesellschaft.de, Aufruf 21.09.2018), - ursächlich chronische Entzündungen, Parasiten, Tabak, chemische Substanzen, Strahlenexposition, Medikamente. (vgl. auch https://de.wikipedia.org/wiki/Blasenkrebs).

[74] Die Eheleute Orlow. Deutsch von Irene Müller. S. 130 - 190 in: Maxim Gorki: Erzählungen. Dritter Band. 535 Seiten. Aufbau-Verlag, Berlin 1954.

ma der Cholera-Epidemie andeutete und dabei auch nur vorsichtig den trinkenden Ehemann äußern ließ, dass es einen Skandal gäbe, wenn er über das berichtete, was er in der Krankenbaracke erlebte, nämlich, dass man die Gesunden sterben ließ und sich an Mitteln für die Gesundung der Kranken versuchte. Auch hier wurde eine wahre Beobachtung durch die Suchterkrankung des ehrlichen Zeugen ad absurdum geführt und zwar die Problematik schriftstellerisch aufgegriffen, aber dem Leser selbst überlassen, inwieweit er daraus globalpolitische Schlüsse einer medizinisch gesteuerten Kriegsführung ableitete.

Und Marx wandte sich sicher nicht an einen Badearzt und erkundigte sich nach alternativen Heilungsmöglichkeiten und natürlichen Verfahren, wenn ihm nicht die unverständlichen Diagnosen und Behandlungsempfehlungen aus dem königlichen College suspekt erschienen wären, er instinktiv Misstrauen entwickelte und Hoffnungen in andere medizinische Verfahren gesetzt hätte. So versuchte er anscheinend seinen Erkrankungen und seinem tödlichen Schicksal, als Opfer medizinischer Experimente, durch Kuraufenthalte in Karlsbad und in Bad Neuenahr zu entgehen.

Und die Diagnose „Krebs" bei Jenny, im Jahr 1880[75]

[75] Am 18. Februar 1900 wird in Berlin erst das Comité der Krebssammelforschung gegründet, Verläuferin der Deutschen Krebsgesellschaft. Im Fokus stehen Sammelforschung, Massenbeobachtung, Statistik, die heutige Idee der Krebsregister, Anfang der organisierten Krebsforschung in Deutschland, Mitbegründer - der Geheime Medizinalrath Dr. Ernst von Leyden, Direktor der I. Medizinischen Klinik der Charité. von Leyden war ab 1854 Militärarzt, war Freimaurer und bis 1871 Mitglied der Königsberger Loge „Zum Todtenkopf und Phoenix", ggr. 1772, zählt heute zu den bedeutendsten und bekanntesten Logen Deutschlands. - Otto Hieber: Geschichte der Vereinigten Johannis-Loge zum Totenkopf und

stelle ich mir nicht so einfach vor. Selbst in der Gegenwart ist diese für die Betroffenen schwer zu durchschauen. Oft ist es so, dass Ärzte erst einmal eine ganze Reihe anderer möglicher Erkrankungen ausschließen müssen. Erst wenn die Ärzte mit hochentwickelter Medizintechnik und ausgefeilten Analyseverfahren hinsichtlich anderer Ursachen nicht fündig werden, prüfen sie auf die Diagnose Krebs.

Und immer noch äußert sich die Krankheit in ganz verschiedenen Ausprägungen und Krankheitsbildern. So können keine generellen Aussagen zu Lebenserwartung und Heilungschancen getroffen werden. Gegenwärtig sind mehr als 100 verschiedene Krebserkrankungen bekannt, die sich hinsichtlich der Behandlungsmöglichkeiten, Überlebenschancen etc. stark unterscheiden[76].

Das bietet natürlich leider auch viel Gelegenheiten für Missbrauch. Wenn noch heute als typische Anzeichen von Krebserkrankungen chronischer Husten und anhaltende Heiserkeit, Veränderungen im Stuhlgang, unerklärlicher Gewichtsverlust, Wunden, die nicht abheilen genannt werden, dann vermittelt dies einerseits, welch ein großes Spektrum an unbekannten Ursachen dahinter stehen kann und zeigt andererseits aber auch, welches Potential darin liegt, mit eher simplen gesundheitlichen Anfälligkeiten, plötzlich über eine diagnostizierte Krebserkrankung bei ausreichender krimineller Energie, planvoll unbequemen Menschen zum plötzlichen geistigen und körperlichen Verfall oder zum Tod

Phönix zu Königsberg 1897, Selbstverlag. - vgl. auch https://de.wikipedia.org/wiki/Ernst_von_Leyden. Aufruf vom 21.09.2018.

[76] Aktuelle Statistik wichtiger Krebsarten vgl. auch https://www.krebsdaten.de/Krebs/DE/Content/Krebsarten/krebsarten_node.html. - Aufruf 15.10.2018.

zu verhelfen."

Katharina: „Früher war das bestimmt noch einfacher. Und du hast Recht, dass damit auch der Verdacht nicht ganz absurd daher kommt, dass man mittels einer Krebsdiagnose, Jenny das Leben genommen hat, die auch für das System zunehmend gefährlicher wurde. Ich bin froh, dass wir heute so gute medizinisch-technische Entwicklungen bei der Diagnostik und Therapie nutzen können."

Romy: „Sei dir da aber nicht zu sicher. Heute haben wir zwar hochmoderne biomedizinische und medizintechnische Analysetechniken, die eingesetzt werden können, um eigentlich nachvollziehbare und transparente Ergebnisse erzielen zu können. Mittlerweile werden und wurden aber viele dieser Entwicklungen aus dem diagnostischen Bereich von Erfindern und kleinen mittelständischen Unternehmen von Konzernen oder Investoren aufgekauft, in industrielle globale Strukturen oder Fonds überführt, um entweder gar nicht genutzt zu werden oder eben im Sinne spezieller Interessen.

Früher waren die Ärzte die Götter in Weiß. Sie haben eine Diagnose erstellt und die Patienten glaubten daran.

Heute muss ein Arzt, sofern er kriminell werden möchte, einfach nur komplizierte Diagnosen oder Krankheiten „verkaufen", auch wenn es diese gar nicht gibt, oder zumindest nicht bei der „Zielperson", die zu einem „Zielpatienten" werden soll. Er kann einfach, in dieser sehr technikgläubigen Zeit, Ergebnisse der Apparatemedizin, Werte und Fakten, überzeugend präsentieren.

Leider kann auch hier der Patient nicht hinter die Algorithmen schauen und die lateinischen Beschreibungen und Erläuterungen der Ergebnisse richtig verstehen. So können Grenzwerte für Erkrankungen, Parameter für Bewertungen nach Lust und Laune nach oben oder unten korrigiert werden und zu einer wichtigen Einnahmequelle im Spiel mit der Gesundheit des Volkes werden.

Und wenn zum Beispiel heute eine Koloskopie, also eine Darmspiegelung bei einem Patienten durchgeführt wird, kann dieser niemals mit Sicherheit sagen, was gefunden wurde, warum es angeblich dort gefunden wurde, was vielleicht aber auch bei dem unter Narkose vorgenommenen Eingriff in den Darm eingebracht oder was daraus entfernt wurde.

Ich habe mich zum Beispiel immer gewundert, warum es zwar seit 1995 ein klinisches Krebsregister im Land Brandenburg gab, dass sich allerdings nur als Verein mit selbständigem Engagement und mit sehr geringer Unterstützung durch die Krankenkassen finanzieren konnte, während es in München sowohl technisch, als auch finanziell oder organisatorisch es überhaupt keine Probleme gab, ein Tumorregister bereits im Jahr 1977[77] ins Leben zu rufen. Demzufolge gab es bei uns auch kaum einen qualifizierten, verifizierten digitalen Austausch über Tumorerkrankungen.

Und warum fasste das Robert Koch Institut[78] erst im Jahr 2010 den Entschluss ein zentrales Tumorregister ins Leben zu rufen? Waren mittlerweile die meisten fort-

---

[77] https://www.tumorzentrum-muenchen.de/arzte/das-tzm.html.
[78] RKI (Robert-Koch-Institut) - ggr. 1891, als Königlich Preußisches Institut für Infektionskrankheiten, mit einer wissenschaftlich-experimentiellen und einer klinischen Abteilung. - vgl. Rusch, Barbara: Robert Koch - Vom Landarzt zum Pionier der modernen Medizin. Bucher Verlag, München 2010.

schrittlichen Kräfte bereits durch angebliche Krebsfälle verstorben? Oder musste man dies nun tun, weil die allgemeinen technologischen Fortschritte und das Verwundern über den Nichteinsatz in Ländern wie Brandenburg nicht mehr länger erklärbar waren? Außerdem bestand die dringende Notwendigkeit, mit technologischer aber auch politischer Überlegenheit den engagierten Ärzten dieses Mittel ihrer direkten Kontrolle zu entziehen? Ob als Datenbank oder Wissensbank, die Möglichkeiten einer digitalen Auswertung und vergleichenden Betrachtung der Ergebnisse gab es also bereits seit den 70er Jahren. Warum wurde ein solch wichtiges Instrumentarium, welches auf Krankheitsverläufe, Medikationen und andere Herausforderungen einer Krebserkrankung positiv einwirken kann, da es Vergleiche zulässt, Erfahrungen bereitstellt, und auch besser weiter an Ursachen und Symptomen forschen lässt, einem großen Teil der Bevölkerung vorenthalten?

Aber vielleicht war diese gleichzeitige Transparenz und Nachvollziehbarkeit von Krebserkrankungen auch nicht gewollt? Systemisch bedingt?

Vielleicht hatte man vor allem kein Interesse daran, dass besonders in den ostdeutschen Gebieten hinterfragt worden wäre, warum Erkrankungen so plötzlich auftauchten, wo die Ursachen dafür zu suchen sein sollten, oder ob es vielleicht zufälligerweise auch mehr „fehlerhafte" Diagnosen und Eingriffe gab.

Wenn heute ein Arzt zum Beispiel einen Test zur Darmkrebsfrüherkennung routinemäßig empfiehlt und dann dem Patienten irgendwann mitgeteilt wird, dass er Blut im Stuhl hat, was vielleicht auf eine Krebserkrankung hindeuten könnte, dann ist das erst einmal ein Schock, den niemand emotional so einfach wegsteckt. Schon hier beginnt sich das Leben dieses Patienten zu verändern, sein Verhalten, seine Pläne, oft begleitet duch Angst. Dabei muss der Patient darauf vertrauen, dass die Fachkräfte nach ethischen und moralischen „Spielregeln" ihre medizin-technische Expertise eingesetzt haben, korrekt gearbeitet und ihm wahrheitsgemäß berichtet haben."

Katharina: „Zweifelst du an dem moralischen Verhalten von Ärzten oder von medizinisch-technischen Mitarbeitern in unseren Laboren? Das kann ich mir nicht vorstellen. Was sollten sie denn davon haben? Wo läge der Sinn?"

Romy: „Natürlich darf man hier auch nicht wieder einen ganzen Berufszweig unter Generalverdacht stellen, aber sonderbarerweise wird in Deutschland heute auch nicht mehr der Hippokratische Eid[79] von Ärzten abgelegt, obwohl er immer noch in aller Munde ist. Und selbst wenn, hätte dieser keine Rechtswirksamkeit mehr, was für mich nicht gerade ein beruhigendes Zeichen darstellt.[80]"

---

[79] vgl. auch Unterstützung beim Suizid verstößt gegen ärztliches Ethos. - In: Ärzteblatt. 19. Juli 2010. - Als Ersatz für den Hippokratischen Eid sollte das Genfer Gelöbnis genutzt werden, die Fassung stammte allerdings auch aus dem Jahr 1948.

[80] A.d.A. Im Oktober 2017 einigten sich die Delegierten des Weltärztebundes auf ihrer Generalversammlung in Chicago auf eine überarbeitete Fassung des Genfer Gelöbnisses, dass den Hippokratischen Eid modernisierte.- https://www.aerzteblatt.de/nachrichten/83022/Weltaerztebund-verabschiedet-neues-aerztliches-Geloebnis.

Katharina: „*Das wusste ich nicht. Ich dachte, der gehört zum Arztberuf einfach dazu?* "

Romy: „Wir müssen uns nichts vormachen, die Menschen sind verführbar und Ärzte sind auch nur Menschen. Wenn Geld, Ruhm, Macht, Wohlstand rufen, dann gibt es überall schwarze Schafe, die die Chancen ergreifen, wenn sich mit Missbrauch Gewinn erzielen lässt. Und da können zwei Labormitarbeiter friedlich gemeinsam arbeiten, doch einer der beiden tauscht von Zeit zu Zeit Röntgenfilme aus oder manipuliert andersweitig Diagnoseergebnisse. Dann kannst du noch nicht einmal das Labor beschuldigen, denn der Leiter und die anderen Mitarbeiter sind vielleicht vollkommen zuverlässig, integer und arbeiten korrekt. Wie willst du das rausbekommen? Zumal es ja niemals einen Kläger geben wird, denn wer glaubt nicht den Bildern, die er angeblich aus seinem MRT oder CT erhalten hat? Und die Krankheitsverläufe der Patienten passen sich dann einfach weiter diesem bereits vorhandenen schlechten und angstbesessenen Grundgefühl an. Und wenn die Ursache auf Emissionen oder sonstige externe Quellen zurückzuführen sind, dann verschlechtert sich der Zustand ständig. Niemand wird also das ärztliche Gutachten hinterfragen."

Katharina: „*Du meinst, dass Krebs auch zu einer dieser erfundenen Erkrankungen gehört?* "

Romy: „Ja, im Englischen gibt es sogar einen gängigen Begriff dafür: Disease Mongering[81]. Hier werden

[81] Fred Baughman: The Rise and Fall of ADD/ADHD. ICSPP. 25. Sep-

normale Lebensläufe therapiebedürftigen Krankheiten zugeschrieben. Und meines Erachtens liegt es sehr nahe, da das Spektrum von Krebs so breit gefächert ist und immer mehr um sich greift, dass die Ursachen für das real wuchernde Gewebe vielleicht auch bei dem einen oder anderen bewusst herbeigeführt wurde. Und da „Krebs" mittlerweile so divergent beschrieben wird, ist es nahezu unmöglich unterscheiden zu können, inwieweit es sich dabei um Auswirkungen einer generellen Umweltverseuchung handelt oder eine personalisierte Aktion dahinter stehen könnte. Eben das perfekte Verbrechen.

Damit verbinde ich kein positives Gefühl für die Zukunft, wenn es im Sinne einer Ökonomisierung des Menschen, als Homo oeconomicus so weitergeht und jede gesundheitliche und medizinische Behandlung vor allem nur noch nach optimierten Finanzströmen, nach Kosten-Nutzen-Rechnungen erfolgt.

Wo bleibt da der Mensch, frage ich mich?

Und wenn dann kostenintensive Darmspiegelungen, Chemo-Therapien, Medikationen erfolgen, wer will prüfen, ob diese Maßnahmen überhaupt notwendig sind?

Wer will nachvollziehen, inwieweit die Krankheiten nicht kriminell verursacht wurden, um die Industrien und mit ihnen das kapitalistische System am Laufen zu halten?

Und niemand kann beweisen, ob die eingesetzte Strahlentherapie den Patienten erst ernsthaft krank oder gesund gemacht hat, ob es die Medikamente oder die natürlichen oder sozialen Rahmenbedingungen waren, die ihn geheilt oder dazu beigetragen haben, dass er ein

tember 2000. - Seite nicht mehr abrufbar. - siehe www.icspp.org/index.php?option=com_content&task=view&id=45&Itemid=72.

zahlender Kunde im System der Gesundheitswirtschaft wurde. Und kaum jemand dürfte wissen, inwieweit wiederum planvoll an schlechten Umweltbedingungen festgehalten wird, um weiterhin gesundheitliche Steuerungsmöglichkeiten für das System so lange wie möglich aufrecht zu erhalten.

Als modernes Waffeninstrumentarium ist diese diffuse Diagnostik sehr wirkungsstark. Sie entscheidet über Leben und Tod, sie kann alles oder nichts bedeuten.

Ich denke, dass einigen Ärzten die über die letzten Jahrzehnte errungene Machtstellung zu Kopf gestiegen ist. Sie fühlen sich wie Götter, im Recht, mit dem Gefühl, den Menschen nur Gutes tun zu wollen und dabei missbrauchen sie ihren Status. Die potentielle Bedrohung durch eine flächendeckende und weltweite Digitalisierung, zu der jeder Zugang hat, den Einsatz bereits vorhandener Errungenschaften der Medizintechnik, wie mobile Diagnosegeräte, beteiligen sie sich am Spiel des gesundheitlichen Manipulierens von Menschen. Sie nutzen ihre Kenntnisse, um politisch Einfluss zu nehmen.

Und mit dem Vorenthalten von sinnvollen Technologien wie Telemedizin oder E-Health-Angeboten, verhindern sie nicht nur eine transparente Wissensweitergabe sondern schaden dem Gesundheitswesen auch finanziell."

Katharina: *„Das verstehe ich nicht. Erst meintest du die Gesundheitswirtschaft denkt sich selbst Krankheiten aus, und nun meinst du sie schadet sich dabei?"*

Romy: „Es gibt eben einen großen Unterschied, schon

allein begrifflich, zwischen Gesundheitswesen und Gesundheitswirtschaft. Zu Ersterem gehören die Daseinsvorsorge und die Interessen eines Staates, seine Bevölkerung gesund zu erhalten. Die Gesundheitswirtschaft hingegen ist vor allem am Profit orientiert. Dabei ist es ihr gleichgültig, ob das eigentliche Gesundheitswesen oder die Gesundheit der Bevölkerung davon Schaden nimmt.

So haben sich einige Ärzte eben entschieden, eher der Gesundheitswirtschaft zu dienen. Ob durch finanzielle Vorteile, große Forschungsfonds durch private Investoren, sich diese lukrativen Einnahmequellen nicht entgehen zu lassen. Mittlerweile würden sie aus diesen Bindungen anscheinend auch nicht mehr so ohne weiteres herauskommen, würde man doch öffentlich von einem Skandal im Sinne organisierter Kriminalität sprechen. Und so läuft das System einfach weiter, schon im festen Glauben, dass dies anscheinend die letzte Chance ist, um ihre Vormachtstellung als Partner beim geopolitischen Gestalten weiter auszubauen, die Pharmaindustrie, die Nahrungsmittelindustrie aber auch ihre eigenen privaten Geschäftsmodelle als Neurologen und Psychiater zu stützen.

Ganz nach dem Motto „Wissen bedeutet Macht" arbeiten Militär, IKT-Unternehmen und Ärzte zusammen, um Big-Data-Modelle zu erschaffen, die nicht mehr zum Wohle der Menschen dienen, sondern zu ihrer Kontrolle erschaffen wurden. Je nach eigenen Interessen und Moralvorstellungen können sie damit „im ganz großen Stil" physische und psychische Kontrolle ausüben. Und diese Übergriffe gehen synergetisch dann Hand in Hand mit strategischen militärischen, politischen oder wirtschaftlichen Zielen. So werden bestimmte Ärzte, Psychiater, Neurologen zu Schlüsselakteuren systemsteuernder Maßnahmen durch ihre nachhaltigen subtilen Leistungsangebote."

Katharina: *"Und du meinst, dass auch bei dem Ableben von Jenny Marx somit Vorsatz im Spiel war?"*

Romy: „Das liegt nahe. Mit jedem Medikament, jeder Strahlung, jeder Empfehlung für therapeutische Maßnahmen kann die Gesundheit eines Menschen entweder verbessert oder verschlechtert werden. Und im Sinne der Machterhaltung gehe ich ganz stark davon aus, dass sich eine Monarchie, Adelsnetzwerke, kapitalistische Kreise gemeinsam, ausgewählte Geheimagenten, einen Secret Service, aber auch einen Stab „loyaler" Ärzte leisten können, die im Sinne der Strukturen und für die gute Sache, also für „Gott, Kaiser und Vaterland[82]" tätig werden. Die Mittel sind dabei doch vollkommen egal."

Katharina: *"Also die Morde, klinischen Tests, das Schaffen von Erkrankungen dient nur dem Erhalt des kapitalistischen Systems?"*

Romy: „Inklusive kirchlicher, auch religiöser, monarchischer, noch existierender feudaler Strukturen? Ja,

---

[82] Preußischer Wahlspruch. Kennzeichen für die strenge Verbindung zwischen Thron und Altar im Reich der Habsburger, die strenge Parteigänger der römischen Kirche waren und darin auch den verlängerten Arm ihrer Macht sahen. - vgl. auch Ortenburg, Georg: Mit Gott für König und Vaterland. Bertelsmann, München 1979.

davon sollte man leider ausgehen. Und dass zeigt, wie krank dieses System selbst schon ist. Als besonders bedrohlich steht der Dominoeffekt im Raum, bei dem eine Idee von Kopf zu Kopf springt und damit dann eine Massenbewegung auslöst, die nicht mehr zum Stoppen gebracht werden kann. Und die Familie Marx war genau eine solche Brutstätte, aus der ein solcher Dominoeffekt für den demokratischen Sozialismus und Kommunismus nachhaltig hervorging.

Insofern hätte bereits vor hundert Jahren ein weltweiter Systemwandel erfolgen können, wenn man nicht die Familie Marx rechtszeitig ermordet oder in den Suizid getrieben hätte. Und wenn man natürlich nicht auch in den Jahrzehnten danach, immer wieder auf diese Methoden zurückgegriffen hätte, um diese Ideen klein zu halten oder zu diskreditieren. Das Internet brachte dann die übermächtige Gefahr der unkontrollierten Weiterverbreitung. Deshalb mussten und müssen die Konzerne alles daran setzen zu verhindern, dass eine solche positive Idee für einen Systemwechsel die Massen ergreift und sich wie ein Virus in der Welt ausbreitet. Die niedergelegten Erkenntnisse über den Dominoeffekt beunruhigten die US-Regierung seit 1950 so, dass sie alles taten, um den weltweiten Sieg des Kommunismus als Schreckgespenst zu diffamieren und davor zu warnen. Trotzdem mussten sie zusehen, wie in vielen Ländern der sozialistische Umsturz glückte.

Aber sie hörten natürlich nicht auf, ihre Manipulations- und Mordinstrumente weiter einzusetzen."

Katharina: *„Also gehört der Mord, als geheimes Mit-*

tel zur Aufrechterhaltung der eigenen Machtstrukturen, zum typischen Muster des kapitalistischen Systems?"

Romy: „Spätestens mit dem entstandenen Kommunistischen Manifest war wohl allen klar, dass es notwendig wurde, dringend zu handeln und die Marx-Familie und ihre weiteren Einflussnahmen auf die gesellschaftspolitischen Entwicklungen zu unterdrücken. Das bedeutete vor allem, schnell zu handeln. Jenny Marx wurde dabei als erstes Opfer auserkoren. Horatio, der Jenny systemtreu „behandelte" und dementsprechend auch weiter als Arzt der gesamten Familie wirkte, wurde später für seine Verdienste für die Monarchie zum Ritter geschlagen. Er war mit einer Tochter des Grafen di Langhi verheiratet und danach mit einer Amerikanerin aus North Carolina. Damit gehörte er sicherlich zu den Gewinnern dieser transatlantischen Machtallianz, die sich wahrscheinlich aber auch nie etwas vorwarfen, da sie ja voller Überzeugung im Dienste und zum Wohle „Ihrer Majestät" und für das Vaterland agierten.

Nach ihrem Tod wurde Jenny am 05. Dezember 1881 auf dem Friedhof, in ungeweihter Erde, als Atheistin begraben oder besser gesagt, unehrenhaft „verscharrt".

Und Karl Marx verbot sein Arzt, an der Beerdigung seiner Frau teilzunehmen, da er körperlich dafür zu schwach sei. Was ihn so schwächte, die Hauterkrankung oder die Heiserkeit wurde historisch nicht übermittelt.

Für Ärzte war und ist es auch heute noch vielfach einfach, bei Patienten mit einem breiten Spektrum zur Verfügung stehender medizinischer Heilmittel und Pharmazeutika „unsichtbar" und vor allem für den Durchschnittsbürger und medizinischen Laien unverständlich, eine Symptomatik auszulösen, die auch kaum ein anderer mehr nachvollziehen kann."

Katharina: „Ist das aber nicht blanke Hysterie oder eher ein Schlechtreden des medizinischen Fortschritts?"

Romy: „In keinem Fall. Ich will ja damit nicht sagen, dass die Ärzte alle Kriminelle wären. Auch ich vertraue meinem Hausarzt, meiner Zahnärztin oder Gynäkologin erst einmal. Aber wie auch bei anderen Branchen spaltet sich die Gruppe der Mediziner eben in Verfechter einer humanistischen Idee, eines Hippokratischen Eids, einer ärztlichen Ethik und in eine andere Gruppe, die sich selbst vor allem in der Rolle als zukunftsgestaltende Macher sieht. Vielleicht möchte diese sogar auch eine positive Welt gestalten. Dabei folgen deren Akteure aber einer speziellen Ideologie, vertrauen nicht mehr auf die natürliche Selektion oder ein funktionierendes Ökosystem, sondern gehen dringend davon aus, selbst regulierend eingreifen zu müssen. Sie legen eben das ihnen vermittelte Verständnis hinsichtlich potentieller Entwicklungsoptionen und wissenschaftlicher Einflussnahmen zu Grunde. Und wenn diese Gruppe der Meinung ist, einen besseren Menschen für eine bessere Welt kreieren zu können, indem sie durch genetische, psychologische, physiologische Methoden auf der Basis permanenter Überwachung und damit verbundenen Analysen personalisiert Einfluss auf die Schaffung einer optimierten humanoiden Rasse nehmen kann, dann tut sie dies."

Katharina: „Aber spielen dabei nicht auch niedere Beweggründe, wie Geld eine Rolle? Vielleicht will ja ein Teil wirklich die Welt retten, aber die Initiatoren dieses Spiels doch bestimmt nicht."

Romy: „Inwieweit sich dieses Spiel mittlerweile verselbständigt hat kann ich natürlich nicht durchschauen. Aber durch individuelle Dosierungen und den Einsatz spezieller Methodenkombinationen, können natürlich Weltkriege, Epidemien, Seuchen ausgelöst und gesteuert werden. Bei Präparatevergaben, also der Verschreibung von Medikamenten, können die Wirkstoffzusammensetzungen so verschieden zusammengestellt werden, dass sie vollkommen unterschiedliche Folgen haben. So kann ich 100-mal ein Medikament verschreiben, das bei 99 % der Patienten hilft, nur bei einem führt es leider nicht zum Erfolg. Wir haben das Beispiel der Manipulation eines Apothekers bei onkologischen Präparaten erst vor kurzem erfahren. Dort wurde mit gepanschten Krebspräparaten ein Betrug in Millionenhöhe realisiert. Ohne Rücksicht auf die damit eingeschränkten Heilungserfolge der Patienten, ohne Nachweis, wie viele Patienten auf Grund der zu niedrigen aber vielleicht auch zu hohen Dosierung verstarben.[83] Das passiert. Und zunehmend sicherlich öfter durch die Gier nach Geld.

Und wenn sich unter diesen Patienten zufälligerweise auch noch ein kritischer Geist befand, jemand, der das System verändern wollte, ein Querdenker, Querulant - dann war das eben Zufall. Pech.

---

[83] https://www.sueddeutsche.de/panorama/medizinskandal-wie-ein-apotheker-sich-mit-gepanschten-krebsmedikamenten-bereicherte.1.2747601. Aufruf am 23.10.2018.

Ich habe einmal, nachdem mir ein Backenzahn gezogen wurde, Schmerztabletten erhalten. Ich nehme eigentlich nie Tabletten. Das Herausbrechen des gesunden Zahnes, eigentlich aus meiner Sicht ohne wirklichen konkreten medizinischen Anlass erfolgte mit einer solchen Brutalität, dass ich der Empfehlung folgte und die mir übergebenen Tabletten einnahm. Ich erhielt sie direkt vom Kieferchirurgen und nicht verpackt aus der Apotheke. Der Taxifahrer, der mich nach Hause fuhr und mein Gesicht betrachtete, meinte tröstend zu mir: „Die Patienten, die sonst von diesem Kieferbrecher kommen, sehen noch schlimmer aus."

Zu Hause nahm ich dann die Tabletten und ging fast eine Woche vor Schmerzen die Wände hoch. Natürlich konnte ich wiederum nicht meinen beruflichen Projekten nachgehen, aus meiner Sicht wichtige Entwicklungen nicht weiter verfolgen und fiel aus dem wirtschaftlichen „Spiel" heraus.

Im Nachhinein bin ich fest der Meinung, dass diese Substanzen, die er mir mitgegeben hatte, genau ihre Wirkung erfüllten, nämlich als Schmerztabletten Schmerzen verursachten. Und da ging es mir wirklich dreckig.

Aber auch aus dieser Behandlung habe ich viel gelernt. Natürlich besteht auch die Denkoption, dass ich einfach zufällig anders auf dieses Präparat reagierte, das ja eigentlich Schmerzen nehmen sollte. Doch mein Glauben an Zufälle ist mittlerweile nur noch sehr gering. Zu dem mir meine Zahnärztin vorher versicherte, dass ich maximal im Nachgang einen Tag zu Hause bleiben müsse. Niemals hätte ich sonst zu dieser Zeit diese nicht dringend notwendige „Schönheitskorrektur" durchführen lassen.

In diesem Fall hat es mir aber gezeigt, wie Ärzte perfekt eine Krankheitsspirale initiieren und diese dann auch langsam hochschrauben können. Erst mit Schmerzen und wenn dann andere, zum Beispiel einkalkulierte Nebenwirkungen auftreten, bis der Mensch endgültig stirbt.

Ich konnte einige Tage nicht klar denken und musste meine Projekte im Konzern auf Eis legen. So störte ich wenigstens zeitweise nicht die Geschäfte der Führungsriege und ihre strategischen Pläne, worüber diese zufrieden gewesen sein mussten.

Wieder einmal perfekt eingefädelt.

Und wem hätte ich danach glaubhaft erläutern können, dass man mich mit Medikamenten als ernstzunehmender Teilnehmer in einem strategischen Projekt auf diese perfide Weise aus dem Rennen geschickt hatte? Mit unfairen, unlauteren und vor allem unvorstellbaren Mitteln, dafür aber höchst wirksam? Dann hätte man ohne große Anstrengungen in einfacher Weise die Karte „Paranoia" ziehen können und niemand würde nur im Entferntesten diese Anschuldigung weiter verfolgen.

Der Glaubwürdigkeitsbonus würde in langer Tradition auf der Seite der Ärzte liegen. Und wieder würde niemand auch nur im Entferntesten in Erwägung ziehen, dass es sich bei Erkrankungen, schleichenden Toden, Depressionen oder Suizid immer auch um Instrumentarien aus dem medizinischen Porfolio zur systemischen Machterhaltung oder wertvolle Bausteine auf dem Wege zur Schaffung des optimierten Menschen handeln konnte.

Und somit blicken wir wieder einem wissenschaftlich begründeten Konzept für ein perfekten Verbrechen ins Auge.

Man konzipiert eine Erkrankung namens „Krebs", die als Massenphänomen in unendlichen Facetten auftreten kann. Und so wie der Zins als Krebsgeschwür des Kapitals bezeichnet wird und Metastasen, in Form von Zinseszinsen bildet, gilt im übertragenen Sinne dieser Wucher auch bei den Zellen in Form krankhaften Gewebes. Und jede wuchernde Zelle bringt der Gesundheitswirtschaft Geld.

Anscheinend besteht die Lektion nun darin, zu erkennen, dass man sowohl den Wucher als auch die Wucherungen bekämpfen muss.

Strategisch wäre aktuell folgendes Testszenario aber auch gesundheitswirtschaftliche Geschäftsmodell denkbar: Ein Drittel der Bevölkerung wird unwissend als Teilnehmer in eine klinische Studie eingeschlossen, um zu testen, wie eine Krebssymptomatik allgemein gewinnbringend oder systemerhaltend erzeugt werden kann, ein weiteres Drittel erkrankt auf Grund schlechter Lebensumstände von selbst und wird Opfer der bereits existierenden Umweltemissionen. Das letzte Drittel der Krebs-Kohorte gehört zu den gesellschaftspolitisch motivierten Problemfällen, bei denen die „Krebskarte" proaktiv eingesetzt werden muss, um die eigene Existenzgrundlage zu sichern und weiter an der Rückgewinnung strategischer Zielen festhalten zu können. Dazu nutze ich dann die Erkenntnisse aus den beiden ersten Dritteln, der klinischen Studie, aber auch aus den Erfahrungswerten, die sich durch die real auftretenden Erkrankten gezeigt haben.

In der Betrachtung der Gesamtkohorte der Krebser-krankten gehen diese gesellschaftspolitischen Problem-fälle damit einfach unter. Oder besser: Sie fallen zufälli-gerweise einer Erkrankung zum Opfer, die vollkommen natürlich erscheint und die in keinerlei Verbindung zu dem systemrelevanten Störpotential in anderen Be-reichen steht. Und natürlich fragt auch hier niemand nach oder hegt irgendwelche Zweifel. Ehrlich gesagt, möchte ich überhaupt nicht wissen, inwieweit zum Bei-spiel auch Guido Westerwelle ein Mordopfer wurde, da er mit seiner Homosexualität, aber auch seinen außen-politisch sehr fortschrittlichen Ansichten, zwar liberal agierte, dem System und den neoliberalen Plänen aber nicht mehr genehm war. Und wie gut es dann passte, dass zufälligerweise bei der Voruntersuchung zu einer Knieoperation eine Leukämie entdeckt wurde, die mit aggressiver Chemotherapie bekämpft werden musste."

Katharina: *„Das ist aber nun wirklich reine Speku-lation. Wenn nicht sogar Verleumdung, wenn du es im Bezug auf die behandelnden Ärzte siehst."*

Romy: „Kann ja sein. Aber wer will beweisen, inwie-weit diese Diagnostik wirklich der Wahrheit entsprach, ob es sich nicht um eine falsch-negative Bewertung han-delte oder versehentlich das Blutbild verwechselt wur-de? Und warum wird vor einer Knieuntersuchung das Blut auf Leukämie untersucht? Tot ist jedenfalls tot und er konnte seine fortschrittlichen Gedanken nicht weiter in die Gesellschaft tragen. Und auch, dass Jürgen Möllemann damals freiwillig in den Tod sprang, halte ich für ein Märchen aus der Trickkiste des medizinisch-technischen Fortschritts zur Gestaltung einer politisch längst geplanten Zukunft. Er war so ein intelligenter, lebenslustiger und charismatischer Politiker."

Katharina: „Und du meinst, so haben sie auch Jenny zu Fall gebracht?"

Romy: „Ja. Denn ihr Arzt Donkin war Neurologe. Neurologie wurde erst in der zweiten Hälfte des 19. Jahrhunderts zu einem eigenständigen wissenschaftlichen Teilgebiet der Medizin. Krampfanfälle, Hirninfarkte, viele plötzliche Tode finden vor allem im Bereich der Neurologie diagnostisch ihre Ursache. Aber wie das so ist. Wenn jemand weiß, wie etwas natürlich zustande kommt, weiß er heute in der Regel auch, wie er es künstlich selbst verursachen kann. Ich glaube also, dass sie Jenny noch ein Jahr früher aus dem Weg geschafft haben, weil sie vielleicht viel mutiger an die Systemveränderung heranging und immer wieder Karl motivierte, inspirierte und ihm in vielerlei Hinsicht natürlich auch den Rücken und damit den Kopf zum Denken freihielt. Generell wird sie sich in ihrem Leben und vor allem in bestimmten gesellschaftlichen Kreisen ausreichend Feinde gemacht haben."

Katharina: „Aber ich hadere immer noch mit dem Urteil „Mord". Wenn jemand anderer Meinung ist, bringt man ihn doch nicht gleich um."

Romy: „Da möchte ich dir widersprechen. Aber ich glaube, mir gehen auch langsam die Argumente aus. Bei den angezettelten Revolutionen von Marx handelte es sich ja nicht einfach um eine andere Meinung, eine kleine Meinungsverschiedenheit. Es ging im Kern als Ziel um eine klassenlose Gesellschaft, die Aufhebung der Klassenunterschiede, gleiche Lebensbedingungen für alle oder wenigstens die Schaffung entsprechender Rechte zur Durchsetzung gerechterer Lebensumstände.

Und wovon lebten der Adel und die Industriellen?

Von der Ausbeutung der Arbeiter, der Bauern, auf Kosten des Proletariates. Und wenn das Volk einfach nicht mehr mitmachte, dann würde es schnell vorbei sein mit dem schönen priviligierten Leben, mit Luxus und Geld ohne Ende und der Faulenzerei."

Katharina: *„Aber willst du behaupten, dass die Leistungsträger einer Gesellschaft nur faul waren? Und sind denn das ausreichende Beweise?"*

Romy: „Ich denke, dass es in diesem Fall ein ausreichendes Motiv gibt, um Anklage zu erheben. Und natürlich gab es auch fleißige „Herrscher", keine Frage. Zum Beispiel wird niemand behaupten, dass die britische Queen nicht ihr Leben lang hart gearbeitet hat. Aber eben auf eine andere Weise.

Auf Grund ihrer Herkunft, Geburt oder eben ausbeuterischer Konzepte, wie Kolonialisierung und Versklavung gelangten bestimmte Kreise zu immer mehr Reichtum, den sie vor allem verteidigen mussten und immer noch müssen.

Mit der royalen Vereinnahmung und Geheimhaltung existierender wissenschaftlicher Erkenntnisse, lagen vor allem aber die Mordwaffen vor.

Allerdings glaube ich nicht, dass die heutigen forensischen Mittel ausreichen würden, um rückwirkend noch herauszubekommen, wie der Krankheitsverlauf jedes einzelnen Familienmitgliedes der Familie Marx manipuliert und damit ein unnatürlicher natürlicher Tod forciert wurde."

Katharina: *„Und du meinst, dass Jenny die eigentliche Revolutionärin in der Familie war?"*

Romy: „Indirekt schon. Denn sie verkörperte von Hause aus den Stand, einer geborenen *von Westphalen*[84]. Sie wuchs als Tochter eines Landrates, *Ludwig von Westphalen* auf und ihr Großvater, *Philipp von Westphalen* war der Geheimsekretär des Herzogs *Ferdinand von Braunschweig*. Auch ihr Halbbruder, *Ferdinand Otto Wilhelm Henning von Westphalen*[85], wirkte in der Politik, als preußischer Innenminister in der Reaktionsära[86] und erhielt den Titel *„Edler von Westphalen"*. Also die Familie lebte sozusagen auf der anderen, der Sonnenseite des Systems.

Was allerdings besonders interessant ist: Heute schließt das Adelsgeschlecht jegliche Verwandschaft mit diesen

---

[84] Westphalen - ostwestfälisches Adelsgeschlecht, Uradel, erstmals in der Mitte des 13.Jahrhunderts aufgeführt, obwohl es bei wiki heißt: https://de.wikipedia.org/wiki/Westphalen - keine Verbindung zur Familie Marx.
[85] Ludwig von Westphalen: geb. in Lübeck 1799 und 1876 in Berlin gestorben. - https://de.wikipedia.org/wiki/Ludwig_von_Westphalen.
[86] Reaktionsära in den Jahre 1850 – 1858. - vgl. auch https://de.wikipedia.org/wiki/Reaktionsära.

„Nestbeschmutzern" aus, was noch mehr als Indiz gelten kann, dass man größtes Interesse bereits damals daran hatte, sich dieses unwürdigen Familienstranges zu entledigen. Es ist sehr unwahrscheinlich, dass Ferdinand den Titel *„Edler"* trug und nicht zum alten Adelsgeschlecht gehörte. Das ist so, als wenn ein Alkoholiker erklärt, er trinke keinen Alkohol. Die *von Westphalen* leiden anscheinend bis in die Neuzeit an dieser historischen Schmach sozialistischen Fehlverhaltens und haben bestimmt viel daran gesetzt, politisch, finanziell und mit welchen Mitteln auch immer, sich von dem gesellschaftlichen und historischen „Schandfleck" zu befreien. Sie sind sicher auch hochgradig daran interessiert, dass die Vergangenheit in Vergessenheit gerät."

Katharina: *„Du meinst, worauf bereits schon Orwell verwies: „Wer die Vergangenheit beherrscht, beherrscht die Zukunft. Wer die Gegenwart beherrscht, beherrscht die Vergangenheit."?"*

Romy: „Natürlich. Wenn die digitalen Plattformen, die das Wissen der Welt hosten, sich in England, den Niederlanden, den USA oder in Israel befinden, wenn dort z.B. jederzeit auf die Daten zugegriffen werden kann, dann kann dort auch nicht nur Geschichte geschrieben, sondern diese auch rückwirkend manipuliert werden. Niemand wird in einigen Jahren mehr wissen wollen oder beweisen können, ob *Ludwig von Westphalen* nun zum „alten" Adelsgeschlecht der Westphalen gehörte oder eben nicht. Im Moment findet das niemand wichtig. Und in einigen Jahren spielt Jenny Marx dann gar keine Rolle mehr. Und auch die sozialistischen Bewegungen geraten zunehmend in Vergessenheit. Die Medien werden mit amerikanischen Serien, Comedys und „Selbstverwirklichungsplattformen" überflutet, deutsche enzyklopedische Suchmaschinen werden aus den Niederlanden oder dem Vereinigten Königreich inhaltlich gesteuert[87], und diejenigen, die zu den Leistungsträger gehören, bewegen sich zunehmend auf gewollt geförderten „Egotrips", da sie als Individualisten ohne gemeinschaftliches Verantwortungsgefühl vor allem über Geld und Macht einfach steuerbar sind. Und begleitend rollt die NLP[88]-Maschinerie.

Und für diejenigen, die zu den sozialen Verlierern gehören, für die findet sich auch noch eine entsprechende Verwertung: vom Arbeitssklaven, über ein Testobjekt bei klinischen Studien oder der Marktforschung, bis hin zum entsprechenden Todeskandidaten, vielleicht als Kanonenfutter und Schiebemasse in einem nächsten Krieg. Verständlicherweise hat der Adel in keinem Fall Interesse daran, dass die historischen Fakten im heutigen gesellschaftlichen Alltag präsent sind und darüber aktiv diskutiert wird.

Die Mutter von Ferdinand von Westphalen, Jennys Halbbruder, also die erste Frau ihres Vaters, war eine

---

[87] Wird gegenwärtig noch begrifflich neutral „unterstützt", trotzdem als Marke „Deutsche Enzyklopädie" als Geschäftsmodell fragwürdig und perspektivisch nicht ohne Risikopotential da zunehmend Dienstleistungen für deutsche Bürger aus dem Ausland angeboten werden. - https://www.enzyclo.de/info.php.

[88] NLP = Neurolinguistisches Programmieren. Verankern von Glaubenssätzen, die zum Handeln motivieren und Haltungen manifestieren und jegliche Inhalte nachhaltig in die Köpfe transportieren können.

echte „von Veltheim"[89], also auch eine Adlige. Und sie gehörte zu einem „echten" alten Adelsgeschlecht. Aber war es nicht in früheren Zeiten gute Sitte, dass alter Adel alten Adel heiratete?

Insofern erscheint doch der Kommentar im Netz[90], dass zu der 1764 nobilierten[91] „Linie", zu der auch Ludwig gehörte, kein verwandschaftliches Verhältnis zum „alten" Adel derer *von Westphalen* bestand, lächerlich. Der Eheschließung stand dieser rechtliche Akt in jedem Fall nicht entgegen.

Klar ist, dass niemand, weder früher noch heute akzeptieren wollte, dass Jenny nun auch zur Familie gehörte.

Jennys Mutter, eine geborene „Heubel" besaß bestimmt nicht den gewünschten „uradeligen" Stammbaum. Wenn der Adel dies in früheren Zeiten nicht akzeptieren wollte, dann halfen Intrigen und Morde. Wenn der Adel dies heute nicht hören will, dann hilft eine enge Beziehung zur „Geld-[92] und Technologiearistrokratie", zu denjenigen, die die finanziellen aber auch informationstechnischen Datenströme steuern können. Diese ermöglichen dann eine saubere digitale Geschichts- und Vergangenheits-"gestaltung" inkl. Stammbaumbereinigung."

Katharina: *„Wie meinst du das?"*

---

[89] https://de.wikipedia.org/wiki/Veltheim_(Adelsgeschlecht).
[90] https://de.wikipedia.org/wiki/Westphalen_(Adelsgeschlecht).
[91] Nobiliert = Erhebung in den Adelsstand, Recht eines Monarchen.
[92] Geldaristokratie = auch Timokratie - Herrschaft der Angesehenen oder der Besitzenden, bei Platon: Herrschaft der Wächter - politische Privilegien hängen vom Vermögen eines Bürgers ab. Erstmals Zensuswahlrecht in Athen im Jahr 594 v. Chr., Unterform der Aristokratie, weitere Form Geldadel - Personen, die sich mit Geld einen Adelstitel verschafft haben.

Romy: „Es gibt zum Beispiel eine Internetseite aus den Niederlanden[93]. Dort kannst du nachlesen, dass Caroline Heubel, geboren am 20. Juni 1779 in Salzwedel, Sachsen-Anhalt, verstorben am 23. Juli 1856 in Trier, Rheinland-Palts, mit Johan Lodewijk Vrijheer *van* Westfalen verheiratet gewesen war und eine Tochter, Jenny *van* Westfalen hatte. Dieser kleine „Fehler" im Namen, nämlich das „van" ist nicht einfach ein Übersetzungsfehler, sondern führt langfristig dazu, dass ein klares Mordmotiv plötzlich im Nirwana verschwindet. Es ist ja jedem klar, dass das niederländische „van" überhaupt nichts mit dem „alten" Adel zu tun hat. Und wenn diese „Genialogieplattform" der Niederländer zukünftig z.B. in Wikipedia und andere historische digitale Informationsquellen hineinwirkt, gibt es irgendwann keinen Verdacht und plötzlich auch kein Mordmotiv mehr. Der technologische Zugriff auf die digitalen Inhalte verzerrt die Vergangenheit und verfälscht historische Zusammenhänge. Ganz einfach. Vollkommen unkompliziert. Und durch die Informationsflut geht irgendwann der Überblick verloren. Zumal Einträge generell auch sehr schnell wieder ganz verschwinden können. Kaum jemand hat noch Zeit sich überhaupt mit Geschichte zu beschäftigen, geht es doch darum, heute reich und berühmt zu werden. Das Märchen, dass das Internet nichts vergisst, ist eben leider nicht wahr. Hier hängt es einfach davon ab, wie gut man sich mit den Strukturen, der Hard- und Software auskennt oder selbst Betreiber der zentralen Suchmaschinen, Datenbanken oder Server ist. Damit

---

[93] https://www.genealogieonline.nl/de/west-europese-adel/I1074020071. php (Stand: 28.03.2018). - A.d.A. - nach nochmaliger Suche am 23.08. Eintrag korrekt mit von Westphalen.

steht der digitalen historischen Spurenbeseitigung nichts mehr im Wege. Dann noch ein paar Bauarbeiten neben historischen Archiven wie in Köln, beim Stadtarchiv, wo Dokumente von Konrad Adenauer, aber auch Staatsrats-Akten aus Berlin vernichtet wurden, die er von Köln aus führte, was generell schon Fragen aufwirft[94], und schon sind auch mögliche vergleichende analoge Quellen vernichtet. Der erst neun Jahre später begonnene Prozessbeginn scheint natürlich solche Hypothesen auch noch einmal zu unterstreichen. Oder Brände in Bibliotheken, wie der Herzogin Anna-Amalia-Bibliothek in Weimar, bei der 30.000 nicht nur wertvolle Bücher, sondern vor allem Orginale, Zeitdokumente vernichtet wurden, lassen Fragen aufkommen, was die „Unglücke" im analogen Bereich und damit die Vernichtung von Belegen der Vergangenheit für die Manipulationen der Zukunft bedeuten. Zufall? Vielmehr muss man anscheinend konstatieren, dass auch die analoge Geschichtsbereinigung voranschreitet. Und man kann nur staunen, wie einfach sich solche „Maßnahmen" glaubwürdig umsetzen lassen, ohne in den Verdacht zu geraten, mit langfristigen strategischen Plänen in Verbindung zu stehen."

Katharina: *„Darüber habe ich ehrlich gesagt noch nie nachgedacht. Es wäre dramatisch, wenn es wirklich keine Zufälle wären."*

Romy: „Glaubst du an den Weihnachtsmann? Ich leider nicht. Deshalb kann ich dies mittlerweile auch nicht mehr ausschließen. Die Indizien sind einfach zu

[94] www.deutschlandfunk.de/einsturz-des-stadtarchives-in-koeln-prozess-beginn-nach-neun.724.de.html.

erdrückend. Jennys Schicksal kann man gut im Kontext heutiger Herausforderungen betrachten, wenn man sie als Frau mit Migrationshintergrund betrachtet. Sie hatte eine „fremde" Ideologie, sie gehörte nicht zur Familie der „Adligen" und als Atheistin löste sie Furcht aus, da sie religiös auch nicht steuerbar war. Sie hatte eigentlich in den adligen und elitären Kreisen nichts zu suchen. Und die Familie *von Westphalen* fand es sicher nicht besonders prickelnd, dass Ludwig, also ihr Vater, den Ruf der Adelskreise so „beschmutzte" – erst mit seiner Scheidung, dann der Ehe mit einer Bürgerlichen und dann noch mit einem „Bastard" aus dieser nicht standesgemäßen Beziehung. Und als sich dann Jenny auch noch in Karl verliebte, ihn heiraten wollte und ihre Einstellungen zunehmend sozialistischer wurden, brachte das wohl das Fass zum Überlaufen. So spielte nicht nur das Klassendenken eine große Rolle, sondern natürlich auch verschärfend ihre Weltanschauung."

Katharina: „Aber heute ist das doch schon lange nicht mehr so. Schau dir mal die königlichen Verbindungen an! Und die monarchischen Familien werden vom Volk vergöttert, bewundert. Und ihre sozialen Aktivitäten werden weit über die Landesgrenzen geschätzt."

Romy: „Aber würdest du nicht auch selbstverständlich karitativ tätig sein, wenn du Geld ohne Ende hättest? Ist es nicht viel einfacher, großzügig einige finanzielle Brosamen ins Volk zu werfen und dabei hübsch in die Kameras zu lächeln, als zuzulassen, dass sich die gesellschaftlichen Verhältnisse so nachhaltig verändern, dass Gerechtigkeit für alle herrscht und Schlösser und Klöster nicht wieder zu „Closed Shops" umfunktioniert werden können, um sie nur noch für bestimmte Kreise zu reservieren, wie wir es im Land Brandenburg traurigerweise bereits bei einigen Schlössern aber auch Restaurants wieder erleben müssen. Wenn man sieht, wie sich die herrschende Klasse von damals wieder Grund und Boden erwirbt, um das Volk außen vor zu lassen, dann wird einem sehr traurig ums Herz. Und man spürt die Wut über die Blindheit des Staates, der Kommunen, die solche Entwicklungen tolerieren.

Die Zeiten haben sich gewandelt. Heute wissen der Adel und die Monarchie, dass sie nur überleben können, wenn sie mit dem Kapital und den Medien kooperieren, und die sind nur noch selten im Besitz dieser aristokratischen Familien. Um dieser Klasse aber Glamour zu verleihen, spielen die Medien eine zentrale Rolle. Heute geht es vor allem darum, den Glanz und die Modernität dieser Adelsfamilien wieder herzustellen. Sie als moderne Marke zu verwerten. Ein zentraler Punkt dabei ist z.B. Frauen zu gewinnen, die schauspielerische Qualitäten aufweisen, die medientauglich sind und dem Volk vermitteln: Schaut mal, jeder Mensch kann in den Adel aufsteigen. Und dieser Wunsch nach Prinzessinnenflair wird natürlich kontinuierlich weiter aufgebaut. Das beste Beispiel für den Einfluss von Hollywood ist doch wohl Rachel Meghan Markle[95] in der „Rolle" als glamouröse Ehefrau an der Seite von Prinz Harry von Wales. Sie bedient alle öffentlichkeitswirksamen Klischees, die man sich nur wünschen kann - US-amerikanisches Mo-

[95] https://www.ndr.de/fernsehen/sendungen/mein_nachmittag/royality/grossbritannien/Meghan-Markle-Biografie-und-Bilder,meghan102.html.

del und Schauspielerin, irisch-niederländische Wurzeln seitens des Vaters, afro-amerikanische Wurzeln seitens der Mutter. Der Vater arbeitete als Lichtregisseur für die beliebte Serie *„Eine schrecklich nette Familie".* Und Meghan lernte so die Arbeit am Set kennen. Außerdem studierte sie Theaterwissenschaften, Internationale Beziehungen, arbeitete einige Monate in der US-Botschaft in Buenos Aires, spielte in Serien wie *„General Hospital"* oder *„Fringe - Grenzfälle des FBI"* und gehört somit defacto bereits zum Alltag von Millionen Bürgern. Für den sozialen Anstrich wirkte sie als Botschafterin für UN Women, gilt als selbstbewusste Feministin, kann auf eine Mutter verweisen, die als Sozialarbeiterin und Yoga-Lehrerin arbeitet. Eben eine perfekte unperfekte Biographie. Sehr sympathisch."

Katharina: „Also als Symbol und Vertreterin für den gemeinsamen Wunsch von Millionen: „Vom Tellerwäscher zum Millionär", zum Superstar, zur Prinzessin?"

Romy: „Ja genau. Letztendlich ging es und geht es immer noch, stärker denn je, um den Verkauf eines positiven Images, um die erfolgreiche Verwertung von Persönlichkeiten zur Festigung der Monarchie und adliger Kreise. Seelenfängerei. Und Jenny taugte für diese Rolle nun wirklich nicht, eher im Gegenteil. Sie gefährdete zunehmend deren Existenz."

Katharina: „Also meinst du, dass man Jenny als erstes um die Ecke gebracht hat, weil sie für Karl Marx eine wichtige Stütze darstellte, er sich durch sie besser auf sein Schreiben, seine Theorien konzentrieren konnte, sie ihn auch bei seinen Krankheiten unterstützte, aber letztendlich den Adel täglich blamierte, weil sie dabei irgendwie ungesteuert agierte?"

Romy: „Richtig. Heute ist das bereits alles ausgefeilter organisiert. Damals konnte man noch nicht strategisch so langfristig planen, sondern musste vor allem taktisch agieren. Da hieß es dann irgendwann einmal, die Reißleine zu ziehen. Und damit traf man auch gleich Karl. Mit dem Tod von Jenny Marx hatte man zwei Fliegen mit einer Klappe geschlagen, erstens den Adel gerächt und sich sozusagen der sozialistischen Nestbeschmutzerin entledigt und zweitens, Karl Marx psychisch destabilisiert und natürlich auch empfindlich dabei gestört, seine Ideen weiterzuverfolgen. Du kannst dir vorstellen was es für ihn bedeutete, seine engste Vertraute zu verlieren. Psychisch ist jeder Mensch dann erst einmal am Boden. "

Katharina: *„Also sind deiner Meinung nach alle Krankheiten gesteuert?"*

Romy: „Viele schon. Oder sie werden bewusst nicht wirklich aktiv bekämpft, sondern erst einmal beobachtet, selbst wenn man Lösungen für zahlreiche gesundheitliche Probleme hätte. Denn durch die Erkenntnisse über gesunde Ernährung, über Hygiene, über die Verbreitung von Viren, über die Entdeckungen zum Einsatz von Antibiotika und Impfungen, die vielen Überlieferungen zu Heilkräutern und Heilverfahren aus Jahrtausenden, die

die Menschen schlauer gemacht haben, müssten eigentlich die meisten natürlichen Ursachen, die die Menschen hinwegraffen könnten, längst bekämpft worden sein, in jedem Fall aber behandel- und heilbar.

Insofern muss man sich schon fragen, warum plötzlich, wie aus dem Nichts, immer wieder neue Krankheiten auftauchen oder entdeckt werden, neue Viren ihr Unwesen treiben, wie der Ebola-Virus, der dann bestimmte eingeschränkte „Zielgruppen" tötet.

Ich kann mich erinnern, dass es vor vielen Jahren eine Diskussion gab, dass Frieden und Gesundheit ganz „schrecklich" für die Menschheit wären, da es dadurch keine „natürliche" Regulation der Population der Menschen" mehr geben und somit eine Übervölkerung drohen würde. Und dann wurde vor allem noch das Schreckgespenst an die Wand gemalt, dass sich gerade die „falschen" Populationen verbreiten würden."

Katharina: „Was meinst du mit „falschen Populationen"?"

Romy: „ Na, die genetisch nicht „reinen", die nicht dem Rasseideal einer herrschenden Klasse entsprechen. Bereits seit dem 17. Jahrhundert hatte man begonnen die Rassen zu klassifizieren, wobei wir wieder bei der Clusterbildung sind, die in der Gegenwart natürlich durch die Digitalisierung und mit der Entwicklung von Datenbanken, mit Funktionen wie der Gesichtserkennung oder der Physiognomie ganz besondere Unterstützung erfährt. Letztendlich stand und steht sicher für viele immer noch ein sehr visionäres Ziel im Raum: „die

Schaffung des perfekten Menschen". Aber auf dem Weg dorthin mussten die Instrumentarien und Methoden so entwickelt werden, dass dieses Ziel auch realistisch erreicht werden konnte."

Katharina: „Und diese Methoden fanden bereits in der Zeit von Karl Marx ihren Einsatz?"

Romy: „Vielleicht nicht die digitalen Verfahren, aber die theoretischen Modelle und Bewertungsindikatoren schon. Inwieweit Jennys Schwester, Laura von Westphalen[96], die zum Beispiel an einem Stickhusten und Scharlachfiber in Trier 1821 gestorben ist, bereits planvoll „infiziert" wurde oder das zufälligerweise geschah, kann man heute wirklich nicht nachweisen.. Das wäre auch zu spekulativ. Sicher könnte man sich aber vorstellen, dass der Adel nicht froh darüber war, dass immer mehr „nichtadlige Sprösse" in die Welt gesetzt wurden und vor allem Mädchen. Ein Keuchhusten oder Stickhusten war eine sehr ansteckende Krankheit bei Kindern, da reichte schon ein Anhusten und wenn dann noch Scharlachfiber dazukam, war dies eben für den Kinderkörper zu anstrengend. Das Penicillin als Antibiotikum existierte noch nicht. In London entdeckte Alexander Fleming, der am St. Mary's Hospital forschte, die hemmende Wirkung von Schimmelpilzen der Gattung Penicillium auf Bakterien erst im Jahr 1928. In der Royal Society of London wurden allerdings Bakterien bereits erstmals von Antoni van Leeuwenhoek[97] mit Hilfe eines

---

[96] Helena Laura Cecilia Charlotte Friderike von Westphalen - geb. 16.03. 1817, gest. 03.04.1821.

[97] vgl. Wikipedia https://de.wikipedia.org/wiki/Antoni_van_Leeuvenhoek.

selbstgebauten Mikroskops im Speichel beobachtet und 1676 von ihm beschrieben. Auf Grund seiner Lichtmikroskope empfing er bedeutende Persönlichkeiten, wie die britische Königin Anne, den Zaren von Russland, Peter den Großen und Leibnitz.

Nach seinem Tod im Jahr 1723 hinterließ Antoni 26 seiner Mikroskope der Royal Society. Insofern hatten die Royals bereits 100 Jahre Erfahrungen mit den Wirkungen von Bakterien auf den menschlichen Körper, als Laura starb.

Die Geschichte des Krankenhauses St. Mary's Hospital erscheint außerdem mehr als fragwürdig. Es wurde im Jahre 1845 unter anderem von Isaac Baker Brown[98] gegründet, der die Klitoridektomie[99] als Heilmittel für Hysterie, aber auch für Wahnsinn, Epilepsie und Katalepsie[100] propagierte."

Katharina: „*Ist das die Genitalverstümmelung bei Frauen?"*

----

[98] Isaac Baker Brown (geb. 1811,m gest. 03.02.1873 in London) - bekannter britischer Gynäkologe und Geburtshelfer, Spezialist für „Frauenleiden", wagemutiger Chirurg, der erste, der Chloroform verwendete, riskierte bereitwillig das Leben der Patientinnen, verlor die ersten drei Patientinnen und experimentierte weiter mit Ovariektomie, der Entfernung der Eierstöcke, ab 1848 auch Mitglied des Royal College of Surgeons vgl. https://de.wikipedia.org/wiki/Isaac_Baker_Brown..

[99] Klitoridektomie = operative Entfernung der Klitoris (äußeres weibliches Geschlechtsorgan).auch Genitalverstümmelung - vgl. https://de.wikipedia.og/wiki/Klitoridektomie.. .

[100] Katalepsie = Starrsucht. Neurologische Störung, Körperhaltung wird übermäßig lange beibehalten, tritt auf bei schizophrenen Erkrankungen, organischen Hirnerkrankungen - kann auch bei einer hypnotischen Trance als sogenanntes hypnotisches Phänomen auftreten oder gezielt der in Trance befindlichen Person vom Hypnotiseur suggeriert werden.

Romy: „Ja. Da hat man also gut verstanden, die Unterdrückung der Frau mit den Methoden des Psychoterrors effektiv zu verbinden. Und dass das Hospital sich mit psychischen „Forschungen" auskannte zeigt auch, dass aus diesem Krankenhaus der Stoff Heroin stammt, der nicht wenige Menschen weltweit bis heute in geistige und körperliche Abhängigkeiten getrieben hat und noch treibt. Der englische Chemiker Charles Romley Alder Wright[101] beschäftigte sich mit der Zusammensetzung von Morphin, dass ja vor allem gegen Schmerzen genutzt wurde und entwickelte daraus dann Heroin. Auf Grund seines extremen Suchtpotentials ist es im Gegensatz zu Morphin zur therapeutischen Anwendung in den meisten Ländern verboten. Diese „Erfindung" brachte ihm im Jahr 1881 allerdings wohl seine Mitgliedschaft in der Royal Society ein."

Katharina: „Und du meinst, dass man das Potential erkannte, um „Störenfriede" zur Ruhe zu bringen und dann Heroin als einen weiteren „Kampfstoff" in das medizinisch-chemische Portfolio aufnahm?"

Romy: „Auch davon gehe ich aus. Mittlerweile gibt es so viele verschiedene Medikamente, in denen ähnliche Substanzen eingesetzt werden. Im Jahr 1896 ließ sich

---

[101] Charles Romley Alder Wright (geb. 1844 - gest. 1894), britischer Chemiker, Dozent an der Medizinfakultät des St Mary's Hospital, London, Ihm gelang die Konstitutionsaufklärung von Morphin, Herstellung von Diacetylmorphin (Heroin) durch Acetylierung des Morphins, Tests der therapeutischen Wirkung am Owens College, seit 1880 Universität mit Royal Charter (Königliche Satzung), vorher zeitgleich mit C. Thompson entwickelte er eine Brennstoffzelle, vgl. https://de.wikipedia.org/wiki/Charles_Romley_Alder_Wright.

der Bayerkonzern den Markennamen Heroin schützen. Felix Hoffmann[102], der Chemiker, nutzte dabei die Erkenntnisse von Wright. Im Rahmen einer Werbekampagne wurde es als Schmerz- und Hustenmittel in zwölf Sprachen vermarktet und bei weiterer 40 Indikationen empfohlen, wie Bluthochdruck, Lungenerkrankungen, Herzerkrankungen sowie als *„nicht süchtigmachendes Medikament"* gegen die Entzugssymptome von Morphin und Opium. Das ist doch mehr als eigenartig, wenn bereits bei der Entwicklung in London bekannt war, dass es sechsmal mehr als Morphin süchtig machte. Und zumal Charles Romley Alder Wright Dozent für Chemie an der Medizinfakultät des St Mary's Hospital in London war. Da ist er seiner Lehrverpflichtung und Verantwortung als Wissenschaftler wohl eher nur suboptimal nachgekommen, oder?

Meinst du, da hat einfach etwas nicht in der Übertragung der Informationen geklappt oder war sich die „heilige Allianz" einig, dass die Waffenarsenale modernisiert werden mussten und man dem Pöbel und Proletariat nicht mehr anders beikommen konnte?"

Katharina: *„Das wäre ja krass. Und heute nehmen immer noch so viele Heroin?"*

Romy: „Ja, offiziell stellte Bayer die Produktion 1931 auf Grund des politischen Drucks ein und konzentrierte sich von nun an auf die Produktion von Aspirin[103]. Dabei

---

[102] Felix Hoffmann (1968 - 1946) - deutscher Chemiker und Apotheker, US-Patentschrift 1898 zu ASS (Aspirin), 30% 1909 ASS-Anteil am gesamten USA-Umsatz. - vgl. https://de.wikipedia.org/wiki/Felix_Hoffmann.
[103] Aspirin = Acetylsalicylsäure (ASS) - schmerzstillender, entzündungshemmender Arzneistoff, steht als „unentbehrliches" Arzneimittel auf der

gab es allerdings Rechtsstreitigkeiten, den Verfahrens-
schritt der technischen Acetylierung mit Acetanhydrid
als Patent im Deutschen Reich anzumelden. Vorsorglich
wurden deshalb die Ansprüche 1898 in einem „Letters
Patent No. 27088" angemeldet. Es ist schon beachtlich,
dass Felix Hoffmann noch im Jahr 2002 postum in den
USA in die National Inventors Hall of Fame aufgenommen wurde.

Komischerweise stieg die Zahl der Heroinsüchtigen
nach dem Zweiten Weltkrieg und dem Vitnamkrieg
weltweit immer weiter an. Und aufgehört hat die Abhängigkeit zwischenzeitlich auch nicht. Also irgendwie mussten ja die Erfahrungen, auch hinsichtlich der
industriellen Produktion „weitergegeben" worden sein.
Solche Massen an Medikamenten oder Drogen fallen
ja nicht vom Himmel. Herrmann Göring trug bei seiner
Festnahme, nach dem er sich selbst zum Führernachfol-
ger ernannt hatte und nach dem Selbstmord von Hitler
freiwillig in die Hände der US-Armee begab, zwei Kof-
fer mit Paracodintabletten bei sich. Das ist ein halbsyn-
thetischer Abkömmling von Morphin, das auch zur Sub-
stitution von Heroin verwendet wird. Und seinem Tod
durch Hängen entzog sich Göring mit einer Zyankali-
Giftkapsel. Hier wird spekuliert, dass diese ihm durch
einen Leutnant der US-Army zugesteckt wurde. Und
das ist ja wirklich nicht abwegig. England führte von

Liste der WHO, Nebenwirkungen: Übelkeit, Sodbrennen, Erbrechen,
kann bei Asthmatikern Anfälle auslösen, Schleimhautreizungen, Blu-
tungen im Magen-Darm-Trakt, Magengeschwüre, bei Kindern kann bei
fiebrigen Erkrankungen tödlich wirken, 1999 Anzahl tödlicher Ereignisse
mit Aspirin ca. 16.500. - vgl.M.M.Wolfe u.a.:Gastrointestinal Toxicity
of Nonsteroidal Antiinflammatory Drugs. In: N Engl J Med. 340. 199, S.
1888-1899.

1839 bis 1842 immerhin den Ersten Opiumkrieg[104] und 1846 führte man das Opium als Narkosemittel für alle Operationen ein. So fließen Krieg und Politik, Pharma und Medizin synergetisch ineinander. "

Katharina: „Wirklich erschreckend. Das zeigt doch, aber, wie führend London gemeinsam mit den USA schon immer beim Mischen von Giften waren, oder? Oder wenigstens in der Sicherung der Intellectual Property, also der Rechte zur Produktion und Verwertung solcher. Ich kann mir gut vorstellen, dass man neben der Religion und dem Branntwein, als „Opium fürs Volk", vor allem auch begann, alternativ Drogen und Medikamente weltweit gut zu positionieren und bis heute damit große Teile der Bevölkerung steuert. Das macht ja ohne Weiteres auch Sinn. Und bei so viel krimineller Energie, erscheint die Hypothese auch nicht wirklich abwägig, dass auch die Kinder der Familie Marx zu Opfern von unnatürlichen Toden geworden sind. Oder?"

Romy: „Ehrlich gesagt, passt es einfach. Das Ehepaar Marx hatte sieben Kinder. Der erste Sohn starb mit acht Jahren, der zweite Sohn und eine Tochter starben kurz nach dem ersten Geburtstag. Natürlich kann man nicht sicher davon sprechen, dass Jenny[105], die den gleichen Vornamen wie ihre Mutter trug, auch genannt Franzis-

---

[104] Erster Opiumkrieg (1839-1842) - militärischer Konflikt zwischen Großbritannien und dem Kaiserreich China, nach der Niederlage Chinas wurde es zur Öffnung seiner Märkte und zur Duldung des Opiumhandels gezwungen. - vgl. https://de.wikipedia.org/wiki/Erster_Opiumkrieg / Zweiter Opiumkrieg (1856-1860) Militäroperation gegen China durch Großbritannien und Frankreich, um deren Einflusssphäre zu erweitern.

[105] Jenny Eveline Francis, genannt Franziska (1851 - 1852).

ka, Opfer eines medizinischen Experimentes oder eines Mordanschlages geworden ist. Das führt sicherlich zu weit. Aber in dieser Zeit wurden eben die medizinischen Waffen geschärft. Deshalb sprächen viele Indizien dafür. Zum Beispiel wurde in England die Eugenik[106] bereits 1869 begrifflich geprägt und 1883 auch als Wissenschaft zur Verbesserung der menschlichen Rasse „erfunden" und nicht von Nazideutschland. Und praktiziert wurde diese „Wissenschaft" auch schon in den USA, bereits dreißig Jahre früher als in Deutschland.[107] Insofern funktionierte die transatlantische Achse, was den „Wissens- und Technologietransfer" betraf exzellent.

Francis Galton[108], ein britischer Wissenschaftler, der als Vater der Eugenik gilt, hat sich auch mit den biometrischen Daten, der Daktyloskopie[109] beschäftigt und hat auch die Galtonpfeife[110] erfunden. Deren Töne können Menschen auf Grund der sehr hohen Frequenzen

---

[106] Eugenik = Erbgesundheitslehre, Anwendung theoretischer Konzepte bzw. Erkenntnisse der Humangenetik mit dem Ziel, den Anteil positiv bewerteter Erbanlagen zu vergrößern (positive Eugenik) und den Umfang negativer Anteile zu verringern. - https://de.wikipedia.org/wiki/Eugenik.

[107] https://www.weltwoche.ch/ausgaben/2005-14/artikel/kommunismus-als-krankheit-die weltwoche-ausgabe-142005.html.

[108] Francis Galton (1822 - 1911) = hatte denselben Großvater wie Charles Darwin, erfolgreiche Familie von Waffenfabrikanten und Bankiers in England, Forschungen im Bereich der Optik, Mitglied der Royal Society, berühmtestes Werk „Heredetary Genius", wird als Vorläufer der Verhaltensgenetik angesehen.

[109] Daktyloskopie = Grundlage für biometrische Verfahren des daktyloskopischen Identitätsnachweises - Fingerabdruckverfahren, beruht auf der Unregelmäßigkeit menschlicher Papillarleisten. - vgl. https://de.wikipedia. org/wiki/Daktyloskopie.

[110] Galtonpfeife = Ringspaltpfeife mit einem einseitig geschlossenen und in der Länge veränderlichen Körper zur Erzeugung hoher Frequenzen, Zur Bestimmung der für den Menschen gerade noch hörbaren Frequenz von Galton entwickelt. Ultraschall findet vielfach in der Medizin Anwendung.

kaum hören, denn diese gehen bis in den Ultraschallbereich. Manche Tiere können diese Töne allerdings als Signale sehr gut wahrnehmen. Ultraschallpfeifen oder auch Mikropfeifen dienen zum Beispiel heute für kabellose Fernbedienungen, die keine Batterien benötigen.[111] Also ein breites Spektrum an Erfindungen, die bei einer Familie von Waffenfabrikanten und Bankiers sicher als neue Geschäftsfelder auf leuchtende Auge trafen.

Bereits 1908 wurden in den USA „minderwertige Typen" - Geisteskranke, Kriminelle, „sozial Entartete" sterilisiert. Es schlossen sich dreißig weitere Staaten an und die Kriterien wurden auf Homosexuelle und Kommunisten ausgedehnt. Da kannst du dir vorstellen, dass dies offiziell auch die ersten Testreihen mit den „geistig verirrten" kommunistischen Revolutionären wie einer Familie Marx oder der Familie Lafargue rechtfertigte. Sicher sogar im Auftrag seiner Majestät. In jedem Fall aber im Interesse der Monarchie oder der Verwerter der königlichen Macht."

Katharina: *„Über eine Familie Lafargue hatten wir aber bisher noch gar nicht gesprochen."*

Romy: „Das führt jetzt sich auch zu weit. Aber Laura Lafarque, also noch eine Laura, besser Jenny Laura Marx[112] war auch eine Tochter von Jenny und Karl Marx. Paul Lafargue[113] war Sozialist, wie sollte es anders

---

[111] www.kemikro.rwth-aachen.de/cms/KEmikro/Forschung/Mikrosensoren/~hnnm/Ultraschallpfeifen.

[112] Jenny Laura Marx geb. 26.09.1845 - 25.11.1911, 2. Tochter von Karl Marx und Jenny von Westphalen.

[113] Paul Lafargue (1842 Cuba - 1911 Draveil) - französischer Sozialist und Arzt, verheiratet mit Laura Marx (1868), erhielt politische Schulungen

sein. Beide heirateten in London und Friedrich Engels war Trauzeuge. Nach dem Fall der Pariser Kommune lebten sie im Exil und konnten erst 1882 nach Frankreich zurückkehren. Laura war sprachbegabt und übersetzte Schriften ihres Vaters ins Französische und von Paul ins Englische. Aber wie es „Gott so wollte": Alle drei Kinder des Ehepaares starben und beide nahmen sich in der Nacht vom 25. auf den 26. November 1911 nach einem Opernbesuch gemeinsam das Leben. Das muss dann wohl eine sehr grausame Veranstaltung gewesen sein."

Katharina: *„Sei nicht so sarkastisch. Aber da kann man sicherlich nicht mehr an einen natürlichen Tod glauben."*

Romy: „Und auch ein angeblicher oder auch echter Abschiedsbrief von Paul, in dem er schreibt „Long live Communism! Long live the Second International."[114] ändert daran nichts. Generell scheint seine Gesundheit schleichend immer schlechter geworden zu sein, obwohl er selbst Arzt war. Aber gegen alle „Waffen" konnte er sich wohl nicht wehren."

Katharina: *„Also ein typisches Muster?"*

Romy: „Ich denke, dass man davon ausgehen kann. Zu seiner Beerdigung kamen 15.000 Menschen und Lenin hielt im Namen der russischen Sozialdemokratie eine

von Marx, 1911 starb das Paar nach einem Opernbesuch durch Suizid. - vgl. https://de.wikipedia.og/wiki/Paul_Lafargue.
[114] https://en.wikipedia.org/wiki/Laura_Marx.

Grabrede. Er wurde als geistiger Führer des Sozialismus in Frankreich gewürdigt. Jeder Tag, an dem er seine Positionen verbreiten konnte, bedeutete ein Tag mehr zur Schwächung des kapitalistischen Systems. Und gemeinsam mit Laura, als Marx Tochter gleich doppelt."

Katharina: „Du meinst, dass man sich letztendlich zum Ziel gesetzt hatte, alle ideologischen Wurzeln des Sozialismus und Kommunismus langsam auszurotten? Und selbst vor kleinen Kindern schreckte man dabei nicht zurück?"

Romy: „Wenn du jetzt auf Jenny genannt Franziska[115] ansprichst, kann es natürlich auch mal „natürliche" Todesursachen gegeben haben. Aber dieses Kind hätte noch einmal mehr dem Ansehen des Vaters, der als Regierungsrat in Trier wirkte, geschadet. Möglicherweise gab es da auch irgendwelche politischen Verstrickungen. Erpressung gehörte dabei vielleicht nur zu den geringeren Übeln. Ich denke, wichtig ist es, sich immer auf potentielle Motive zu konzentrieren und natürlich auch auf die damaligen wissenschaftlich-technischen und medizinischen Möglichkeiten.

Die Idee, natürliche und gewaltsame Tode gleichen Typs und Ursprungs zu vermischen, stellt in jedem Fall ein cleveres Prinzip dar. Das sieht man besonders gut im aktuellen Fall des Nervengiftes Nowitschok. Erst wurde provokant auf einen Attentäter gezeigt, der diese Substanz allein als reinen Kampfstoff produzierte und

---

[115] Jenny Eveline Francis, genannt Franziska (28.03.1851 - 14.04.1852) - In: Kapp, Yvonne: Eleanor Marx. Vol. I. Family life (1855 - 1883). London 1972, S. 21.

eingesetzt hatte, dann räumte man ein, dass es auch andere Länder zu Schutzzwecken entwickelten und vor allem, dass diese Substanz nie als „Waffe" gemeldet wurde. Und von diesem Kampfstoff existieren hunderte chemische Varianten. Und wer meldete in der Vergangenheit schon Keuchhusten, Scharlach, HIV, Ebola oder die in jedem Jahr veränderten Grippe-Viren als „Waffe" an, die dann unter forensische Begutachtung genommen wurde? Wichtig bei der Entwicklung all dieser Kampfmittel war und ist doch bis heute, dass sie „unsichtbar" wirken und schwer bis gar nicht nachweisbar sind. Und ist es nicht spannend, dass die einzige Quelle, die über diesen streng geheimen Kampfstoff Bescheid wusste, ein Chemiker war, der den Stoff zu Sowjetzeiten mit entwickelte und in den 1990er Jahren dann in die USA auswanderte? Viel Zeit, um diese Substanz gemütlich wieder „nachzubauen". Auch der BND besaß bereits in den 90er Jahren eine Probe, die Schweden analysierten den Stoff, amerikanische und britische Geheimdienste kannten die Formel, in einigen NATO-Ländern wurde das Gift sogar nachentwickelt[116]. Und bei der Grundsubstanz handelt es sich um eine harmlose Chemikalie. So kann eben aus jeder Entwicklung eine positive oder eine negative Konsequenz für die Menschheit erwachsen. So, wie an Heilmitteln geforscht wird, wird auch an Verfahren zum Auslösen von Krankheiten geforscht. Und so gibt es kaum Beweise, niemand wird misstrauisch und keiner fragt nach.

Krankheit ist insofern die beste und die perfekteste Mordwaffe neben all den anderen möglichen Unfällen,

---

[116] https://www.sueddeutsche.de/politik/geheimdienste-bnd-beschaffte-nervengift-nowitschok-in-den-er-jahren-1.3982539.

die mittlerweile in unserer Zivilisation zunehmend zum Alltag gehören, wie Extremsportarten, Verkehrsunfälle oder einfache Haushaltsunfälle. Auch die Explosionen von Mikrowellen oder Backöfen stellen heute keine wirklichen Sensationen mehr dar und werden kaum dazu führen, Ermittlungen aufzunehmen, ob vielleicht technische Manipulationen vorgenommen wurden. Und dass sich heute Geheimdienste, so wie aber auch professionell organisierte Banden zu jeder Wohnung unbemerkt Zugang verschaffen können, ist wohl auch kein Geheimnis."

Katharina: *„Und du meinst, um noch einmal auf die Familie Marx zurückzukommen, dass die Motive, Jenny aus dem Verkehr zu ziehen, so groß waren, dass man vor einem Mord nicht zurückschreckte?"*

Romy: „Da gab es sicher mehr als genug Gründe. Zum Beispiel warb 1831 ein Leutnant, ein Karl von Pannewitz (1803-1856) um ihre Hand und Jenny lehnte die Verlobung ab. Ein Dr. von Pannwitz ist heute Neurologe an der Charité. Vielleicht hat er ja das „e" in seinem Namen über die Jahrzehnte verloren."

Katharina: *„Na, nun werde aber jetzt mal nicht unseriös."*

Romy: „Ist schon gut. Das war nur ein Scherz! Aber Eifersucht ist ein großes Motiv für Hass und Rache. Und so etwas potenziert sich noch, wenn damit ein gesellschaftlicher Stand in den Schmutz gezogen, die vermeintliche Ehre einer Klasse öffentlich besudelt wird. Als sie sich „heimlich" stattdessen mit Karl im Sommer 1836 in Trier verlobte, gehörte diese Entscheidung sicherlich zu denen, die in der Gesellschaft nicht gern gesehen waren.

Immerhin dauerte die Verlobungszeit sieben Jahre. Und das bestimmt nicht, weil die beiden Lust hatten, Jahre zu warten, sondern weil die Hürden, die gegen diese Verbindung aus dem gesellschaftspolitischen Umfeld errichtet wurden, sehr hoch waren. Ich denke, dass diese Verlobung nicht eine so lange Zeit geheim gehalten werden konnte. Es gab sicher viele, die davon wussten, aber es besser nicht wissen sollten oder wollten. In der Stadt sprach man oft von Jenny als „verwunschene Prinzessin". Und sogar Prinzessin Marie, die Gattin des Prinzen Karl von Preußen, weilte in Trier, um mit einem Komitee gemeinsam einen Ball, nur allein Jenny zu Ehren zu veranstalten und diese als Prinzessin zu „verherrlichen".

Katharina: „Welche Enttäuschung müssen die Organisatoren erlebt haben, dass Jenny nicht den Weg einer Prinzessin wählte, sondern sich für einen politischen und dann noch sozialistischen Weg entschied. Was hatte es denn mit diesem Komitee auf sich?"

Romy: „Ich weiß nicht, warum man dieses „Komitee" einberufen hatte, aber die Wahl von Jenny, ihren zukünftigen Weg als eine „Nicht-Prinzessin" zu beschreiten, entrüstete sicherlich viele. Nachdem 1842 Jennys Vater Ludwig verstorben war, zog ihre Mutter mit ihr nach Kreuznach.

Marx' Mutter gab dann, am 28. Januar 1843, die notarielle Einwilligung zur Hochzeit. Anscheinend hatte sich der skandalträchtige und „medienwirksame" Hype um Jenny gelegt. Der Vater, dessen Ruf als ehemaliger Landrat, Regierungsrat, und mit seinem Vater, der noch als Geheim-Sekretär beim Herzog Ferdinand von Braunschweig wirkte, immer auf dem Spiel stand, war tot und damit war Jenny für die Öffentlichkeit einfach nicht mehr interessant. Allerdings blieb die Schmach, die sie der Adelsklasse zugefügt hatte, weiterhin an ihr haften."

Katharina: *„Und du meinst, man verfolgte weiter ihren Werdegang, ihr Schicksal?"*

Romy: „Darum kam die Regierung ja nicht herum. Man konnte ja annehmen, dass sie in ihrem häuslichen Umfeld, in der Zeit ihrer Kindheit und Jugend viel von den politischen „Ränkespielen", von den politischen Strategien und gesellschaftlichen Taktiken mitbekommen hatte. Und es ist davon auszugehen, dass sie diese Erfahrungen, Beobachtungen und Einsichten auch an Karl Marx weitergab. So beschäftigte sich Jenny auch mit den neuen theoretischen Grundlagen des demokratischen Sozialismus. Besonders in ihrer Pariser Zeit nahm sie viel von den revolutionären Umbrüchen wahr. Und vor allem stand sie den Geschichten der Kirche und auch der Institution selbst kritisch gegenüber.

Die Geschichte vom „heiligen Rock" in Trier glaubte sie nicht und hielt diese für Humbug, was sie natürlich auch öffentlich äußerte."

Katharina: „Was hat es denn mit diesem „Heiligen Rock" auf sich?

Romy: „Angeblich handelt es sich bei der im Trierer Dom aufbewahrten Reliquie um Fragmente der Tunika von Jesu Christi. Die Echtheit ist natürlich umstritten und auch eine textilarchäologische Untersuchung konnte keine genaue Auskunft über Herkunft und Alter bringen[117]. Da hatte Jenny sicher schon das richtige Gespür dafür, dass es nur darum ging, die Menschen weiter an das Wunder von der Auferstehung und an die Institution Kirche zu binden."

Katharina: „Damit brüskierte Jenny mit ihrer Haltung ja dann nicht nur den Adel sondern auch noch die Kirche?"

Romy: „Ja. Sie legte sich mit dem Geist des alten Systems an. Trotzdem konnte sie natürlich ihre Wurzeln und ihre Erziehung nicht vergessen oder verleugnen."

Katharina: „Wie meinst du das?"

Romy: „Ich glaube, dass sie im Herzen keine wirkliche Revolutionärin war. Das glaube ich übrigens von den meisten Frauen. Ich denke, dass allein auf Grund der Mutterrolle, durch die viele geprägt werden, Frauen Gewalt eher ablehnen. Und wenn sie als Kämpferinnen auftraten, dann wurden sie meist zu diesen erzogen, hatten Vorbilder im Elternhaus oder spürten einen großen

---

[117] www.spiegel.de/spiegel/print/d-42625060.html. - Aufruf vom 24.10.2018.

emotionalen Leidensdruck, ihre Familie oder sich selbst verteidigen zu müssen. Ich glaube aber, dass Angriff nicht ihr Ding ist. So ist davon auszugehen, dass Jenny so etwas wie ein Attentat auch zuwider war und ihr Herz bei solchen Anlässen eher auf der Seite der Opfer stand."

Katharina: *„Welches Attentat meinst du?"*

Romy: „Als im Jahr 1844 auf König Friedrich Wilhelm IV.[118] ein Attentat ausgeübt wurde, fand Jenny das nicht gut und drückte darüber auch schriftlich ihr Bedauern aus. Heinrich Ludwig Tschech[119], der Attentäter, der in Breslau und Frankfurt/Oder Rechtswissenschaften studiert hatte, in Berlin lebte, Bürgermeister im brandenburgischen Storkow war, legte sich in seiner Funktion häufig mit den preußischen Behörden an. Im-

[118] Friedrich Wilhelm IV. (1795 Berlin - 1861Potsdam), König von Preußen, Dynastie der Hohenzollern, im Spannungsfeld zwischen industrieller Revolution und bürgerlicher Forderung nach politischer Mitsprache. Die Revolution 1848 soll ihn an den Rand des Nervenzusammenbruchs geführt haben (wird aber von „anderen" Historikern angezweifelt). Nach dem Berliner Barrikadenaufstand (18.-19. März 1848) wies der König an 300 toten Demonstranten die Verantwortung von sich und streute das Gerücht einer ausländischen Verschwörung:"Eine Rotte Bösewichter, meist aus Fremden bestehend [...] sind so die gräulichen Urheber von Blutvergießen geworden." (nach Günter Richter: Zwischen Revolution und Reichsgründung. In: Wolfgang Ribbe (Hrsg.): Geschichte Berlins, Bd.2: Von der Märzrevolution bis zur Gegenwart. Beck, München 1987, S. 616., 2. Attentat auf ihn 1850 - Atttentäter kommt in die Irrenanstalt in Halle bis zu seinem Lebensende, der König litt von 1858 - 1861 an einer „Geisteskrankheit" oder cerebralen Gefäßerkrankung, Gehirnarteriosklerose, psychopathologische Auffälligkeiten, Schlaganfällen, Lähmungen, konnte Regierungsamt kaum noch führen. Verfolgte Zeit seines Lebens monarchisches Projekt. - vgl. auch https://de.wikipedia.org/wiki/Friedrich_Wilhelm_IV.
[119] Heinrich Ludwig Tschech , 1789 in Niederschlesien - 1844 Spandau - mit Beil hingerichtet.

mer wieder setzte er sich für Verwaltungsreformen ein und nervte damit die Obrigkeit. Irgendwann wurde er deswegen politisch mundtot gemacht, indem zahlreiche Intrigen gegen ihn gesponnen wurden. Er trat zwar von seinem Amt zurück, beschwerte sich aber gleichzeitig. Tschech schrieb Eingaben und Gesuche, um wieder in den Dienst eingestellt zu werden. Er wandte sich dafür auch an die Königsfamilie, aber alles ohne Erfolg.

Mit dem Mordanschlag auf den König wollte er nicht Rache üben, wie er meinte, sondern ein Zeichen setzen, von dem die Welt Notiz nahm und welches auch seine Ehre wieder herstellte. Das Attentat missglückte zwar, führte aber zu zahlreichen Diskussionen und Despektierlichkeiten der Arbeiterbewegung gegenüber der Monarchie:

„Hatte je ein Mensch so 'n Pech
wie der Bürgermeister Tschech,
dass er diesen dicken Mann
auf zwei Schritt nicht treffen kann!"

Friedrich Engels, als engster Vertrauter Marx' zählte dieses Lied zu den besten Volksliedern seit dem 16. Jahrhundert.

Ein Jahr später, also 1845, musste Karl Marx Paris verlassen und siedelte nach Brüssel über, weil er einen Ausweisungsbefehl erhielt."

Katharina: *„Aber er hatte doch mit diesem Anschlag nichts zu tun, oder? Vielleicht ging es dann um Jenny, da man hoffte, sie auf diese Art aus dieser revolutionären*

Hochburg wieder in eine ruhigere Umgebung zurückho-
len zu können? Jenny fiel es doch bestimmt nicht leicht,
Paris verlassen zu müssen?"

Romy: „Das glaube ich auch. Zumal sie ja auch noch
den Haushalt auflösen und alles für den Umzug organisieren musste. Aber anscheinend wurde Karl Marx auch
nicht mehr wirklich in Paris „gebraucht". 1789 wurde
durch die Französische Revolution der Weg zur Ab-
schaffung der Monarchie in Frankreich gelegt und auch
die Aufklärung nahm ihren Lauf.

Jenny nahm übrigens an, dass Alexander von Humboldt im Auftrag der preußischen Regierung die Ausweisung „eingefädelt" hatte. Da auch Friedrich Engels
solche Hintergrundaktivitäten noch bis 1881 mutmaßte,
kann das schon so sein."

Katharina: „Aber mit welchem Motiv denn? Was hat-
te denn Humboldt mit der Familie Marx zu tun? Und
gibt es denn dazu historische Belege?"

Romy: „Weißt du, dass ist mit den Historikern so eine
Sache. Es gibt im Gegenteil eine Abhandlung, die davon ausgeht, dass Humboldt nachweislich nichts mit
der Ausweisung zu tun hatte. Allerdings ist schon komisch, dass es überhaupt einen solchen Verdacht gibt,
dem man so ausführlich widersprechen musste. Deshalb frage ich mich, woher man das so genau wissen
will? Wenn Alexander von Humboldt zum Beispiel mit
irgendeinem Freund oder Bekannten Umgang pflegte,
der in der Regierung arbeitete oder sonst wo, der mit

ihm nicht nur zu Abend aß, sondern ihm dabei irgendwo und irgendwann einen Deal vorschlug, der ihm entweder die höfische Welt schmackhaft machte oder die Befreiung der Welt von der Monarchie in Aussicht stellte, und ihn dabei, unter dem Siegel der Verschwiegenheit, um einen kleinen Gefallen, also seine Mithilfe bat, die es dringend notwendig machte, Karl Marx aus Paris herauszubekommen, entweder, um die Existenz des deutschen Adels dauerhaft nicht in Gefahr zu bringen oder die endgültige Befreiung von der Vormachtstellung der Monarchie in Europa mit voranzutreiben, dann wird es darüber wohl keinen Schriftverkehr, keine Abhandlungen oder Sonstiges geben, was die Historiker nun als Quellen zitieren könnten. Das wäre doch wirklich naiv und blauäugig. Ein Treffen von Männern in einer Restauration seiner Zeit ohne Zeugen hinterließ nun einmal keine Spuren. Und keiner der beiden hätte auch ein Interesse daran gehabt, dass diese Abmachung über den „kleinen Gefallen", man kann es auch „Intrige" oder „Kriegslist" nennen, bekannt würde, weder der Vertreter der preußischen Regierung oder einer anderen Vereinigung, noch Alexander von Humboldt.

Als „Wissenschaftsfürst" genoss Humboldt hohes Ansehen, er war populär, er gehörte zu den Vordenkern der Globalisierung und der Vernetzung. Obwohl er den Staatsdienst verließ, um unabhängig seine Forschungsreisen betreiben zu können, legte er später die Grundlagen für das Mäzenatentum, was der Wissenschaft im Verlauf der Geschichte nicht immer gut tat. Aber sicherlich hatte er erfahren, dass die Unabhängigkeit der Wissenschaft nur ein schöner Traum war. Und als liberal

Gesinnter geriet er so zwischen die Fronten.

Zeitlebens arbeitete er daran, seine Erkenntnisse und Erfahrungen als gesammeltes Weltwissen in einem Werk „Kosmos" zusammenzustellen. Alexander von Humboldt legte damit sozusagen die Grundlagen für die modernen Wissenschaften. Bei all seinen niedergeschriebenen Erkenntnissen handelte es sich um Faktenwissen, denn er hatte persönlich und empirisch alles selbst erlebt, beobachtet, kategorisiert, bewertet oder durch Experimente herausgefunden. Er hatte sich in seinem Leben zu einem wandelnden Lexikon entwickelt und diente sozusagen als intellektueller Wissensagent.

Aber er stellte diese wissenschaftlichen Ergebnisse vor allem exklusiv den herrschenden Machtkreisen zur Verfügung, schon allein auf Grund der Begrenztheit des Zugangs zum Wissen für die allgemeine Bevölkerung. Nutznießer waren also vor allem die höfische Gesellschaft und ausgewählte politische Kreise. Und dieses Wissen diente ihnen als eine wichtige Quelle, um ihre eigenen Interessen zu stärken und ihre Macht, besonders geopolitisch, weiter auszubauen.

Dabei wandelte Humboldt zuletzt zwischen Hofdienst und Wissenschaftsbetrieb. Dass er dabei unglücklich war, ist eine andere Geschichte. Er bemühte sich, seine Sprache den jeweiligen Welten anzupassen, und viele bewerteten dies als Doppelzüngigkeit. Dabei darf man sein Schicksal nicht unterschätzen. Er spürte, als einzelner nicht allen Geheimnissen des Kosmos auf die Spur kommen zu können. Und trotzdem versuchte er zeitlebens verzweifelt, die Welt zu begreifen. Dass der wissenschaftliche Erkenntniszuwachs „unabschließbar" sein würde, stimmte ihn dabei oft melancholisch.

Ich glaube, dass viele Wissenschaftler heute diese gleiche Sehnsucht treibt, gemeinsam fortschrittliche Ideen weiterzuführen und nicht gegeneinander arbeiten zu müssen, in einem künstlich erzeugten Wettbewerb und Wettkampf, den letztendlich niemand, in keinem Fall die Gesellschaft, gewinnen kann. Wissenschaftler sollten eigentlich anstreben, dass die Früchte ihrer Erkenntnisse allen Menschen zugutekommen und nicht nur bestimmten privaten Kreisen zur Sicherung ihres Reichtums. Und immer noch fristen viele als „arme" Wissenschaftler ein eher freudloses und unprätentiöses Leben. Vor allem in den öffentlich-rechtlichen Strukturen. Hieran hat sich in den letzten 200 Jahren kaum etwas verändert. Wir stehen heute vor den gleichen „Herausforderungen", was den Wissenschaftsbetrieb anbetrifft. Drittmittel im öffentlichen Lehrbetrieb, industrielle Auftraggeber bei außeruniversitären Forschungseinrichtungen, private Investoren bestimmen in immer größeren Teilen, was und für welche Zwecke geforscht wird und für wen. Und zunehmend sind dies auch militärische oder politisch motivierte Auftraggeber. Über die „Verantwortung des Wissenschaftlers[120]" wird schon lange nicht mehr gesprochen.

Dass Humboldt anfällig dafür war, die Möglichkeiten einer Blitzkarriere im Staatsdienst zu nutzen, ist nur

---

[120] vgl. auch Heisenberg, 25 Jahre Forschung zu Fortschritten bei der Nutzung der Atomphysik, erlebt Abwurf der Atombombe über Japan, gemeinsam mit Carl Friedrich von Weizsäcker und Otto Hahn aus der Gefangenschaft in England, Heisenberg wollte Kernwaffen verhindern, USA zeichnet Bild von ihm als Bombenbauer für Hitler, im Göttinger Manifest sprechen sich 17 deutsche Wissenschaftler gegen die atomare Bewaffnung der Bundesrepublik aus.

zu natürlich. Auch er war verführbar und wurde Opfer eines psychologischen Krieges - nämlich eines Krieges, um die besten und kreativsten Köpfe. Hätte er sein Wissen, seine Kenntnisse, seine Fähigkeiten in den Dienst der Arbeiterklasse gestellt, vielleicht würden wir heute bereits in einer anderen Welt leben. Sein Preis - Luxusleben, Weltreisen hatte er bereits durch die Gnade seiner Geburt und seine elterliche Bildung als „Mitgift" für sein Leben erhalten. Und der Einladung, an der Tafel des Königs zu speisen, um mit seinen Erfahrungen eloquent brillieren zu können, konnte er eben nicht widerstehen. Ich kann das gut nachvollziehen.

Aber vielleicht liegt der Fall auch hier nicht so eindeutig und sein freiwilliger Wechsel auf die Schattenseite des Lebens, verbunden mit sozialem Abstieg, der Ächtung, Ausgrenzung und dem Verlust, weiterhin seine Erkenntnisse zu Papier bringen zu können, um diese der Nachwelt zur Verfügung zu stellen, hätten eine viel größere Niederlage für die Menschheit bedeutet. Somit war seine Doppelzüngigkeit vielleicht ein strategisch viel sinnvollerer Schachzug und damit im historischen Sinne auch ein Plus seines liberalen, diplomatischen Agierens. Vielleicht unterstützte er ja damit auf seine Weise trotzdem den revolutionären Gedanken."

Katharina: „*Irgendwie führen diese Spekulationen über die emotionalen Befindlichkeiten und die Gemütslage von Alexander von Humboldt uns aber viel zu weit von den Themen der Krankheiten, der Morde, Vergiftungen, den unsichtbaren Waffen weg.*"

Romy: „Eigentlich nicht, denn auch Alexander von Humboldt ist Teil dieses Thrillers."

Katharina: „Wieso denn das? Weil er dabei half, Marx auszuweisen?"

Die Rolle technologischer und medizinischer Erkenntnisse in einem unsichtbaren Krieg

Romy: „Nein, das meine ich nicht. Es geht um seine Experimente zum Galvanismus, den wir heute als Elektrophysiologie kennen. Bereits im Jahr 1780 entdeckte der italienische Arzt und Anatom die Kontraktion von Froschschenkeln unter dem Einfluss von statischer Elektrizität. Damit war das Forschungsgebiet der „Tierelektrizität" entstanden. Und seitdem wurde die Elektrizität auch als zentrales Merkmal des Lebens bezeichnet und es wurde mit der Elektrizität von Organen herumexperimentiert. Auch Alexander faszinierte dieses Thema. Er führte tausende Tierversuche durch, experimentierte sogar mit seinem Bruder Wilhelm und im Selbstversuch am eigenen Körper zur elektrischen Leitfähigkeit. Er fügte sich selbst Wunden auf seinem Rücken zu und brachte diese in Verbindung mit galvanischen Zellen aus Metallen wie Zink und Silber. Humboldt war überzeugt von dem Konzept einer eigenen „tierischen Elektrizität".

In seinen späteren Jahren unterstützte er deshalb auch die elektrophysiologischen Untersuchungen von Emil du Bois-Reymond (1818 - 1883), den in Berlin geborenen deutschen Physiologen und theoretischen Mediziner, Rektor der Universität Berlin, der heute als Begründer der experimentellen Elektrophysiologie gilt und der einer angesehenen Hugenottenfamilie entstammte. Er entwickelte das Galvanometer[121] und alle Messgeräte und Messverfahren, die wir heute in der Medizin

---

[121] Galvanometer = erste elektromechanische Strommessgeräte, welche eine mechanische Drehbewegung proportional zum elektrischen Strom erzeugen.

als EEG[122], EKG[123], EMG[124] oder ENG[125] kennen. Diese Entwicklungen haben wir ihm zu verdanken. Die Berliner Wissenschaft hatte somit eine sehr wertvolle Entdeckung für die medizinische Diagnostik hervorgebracht.

In Yale, an der Universität in Kalifornien, experimentierte dann allerdings ein José Delgado[126] mit elektrischen Stimulationen des Gehirns herum und wurde Pionier der ersten elektronischen Hirnimplantate. Mit einem Gerät, das er Stimoceiver[127] nannte, testete er, wie er Stimmungen im Gehirn von Menschen auslösen konnte."

Katharina: *„Du meinst Trauer, Freude, Wut und so?"*

Romy: „Ja. Vor allem experimentierte er mit Patienten, die sich wegen Schizophrenie oder Epilepsie in einer Psychiatrischen Klinik in Rhode Island befanden. Was diese Patienten sonst in ihrem normalen Leben trie-

---

[122] EEG = Elektroenzepholografie - Methode der medizinischen Diagnostik und der neurologischen Forschung zur Messung der summierten elektrischen Aktivität des Gehirns durch Aufzeichnung der Spannungsschwankungen an der Kopfoberfläche.

[123] EKG = Elektrokardiogramm, Aufzeichnung der elektrischen Aktivitäten der Herzmuskelfasern (auch Herzspannungskurve, Herzschrift).

[124] EMG = Elektromyografie, elektrophysiologische Methode in der neurologischen Diagnostik, misst die elektrische Muskelaktivität.

[125] ENG = Elektroneurographie, Aufzeichnung von Nerven-Aktionspotentialen.

[126] José Manuel Rodríguez Delgado (08.08.1915 - 15.09.2011) - Experimente mit der elektrischen Stimulation des Gehirns, Pionier elekronischer Hirnimplantate, Professor an der Yale Universität, Einsatz mobiler Radioschaltkreise für die Gehirnstimulation - Stimoceiver, Auslösen von Emotionen bei Patienten durch Stimulation der Amygdala und des Hippocampus, Auslösen physischer Reaktionen bei Stimulierung der Motorcortex.

[127] Forschung/Gehirnsteuerung. Zanksucht gezähmt. 28.09.1970. - www.spiegel.de/spiegel/print/d-44418168.html.- Aufruf am 25.10.2018.

ben, ob sie vielleicht als Kommunisten oder als andere politische und wirtschaftlich „störende Kräfte" agierten, will ich hier gar nicht weiter mutmaßen.

Jedenfalls wurde diesen Patienten dann ein Chip in den Kopf transplantiert[128]. Aber auch der Schweizer Walter Rudolf Hess[129] hatte bereits Experimente in diese Richtung durchgeführt.

Außerdem entwickelte Delgado Implantate, um gezielt Medikamente ins Gehirn zu injizieren. Seine Geräte konnten bestimmte Muster von Signalen im Gehirn erkennen und darauf reagieren. Er nutzte Experimente, aber nicht nur, um Stimmungen zu erzeugen, sondern auch abzuschwächen, die Träger damit ruhig zu stellen. Bereits 1963 gab er dann ein Buch darüber heraus: „Physical Control of the mind"[130]. Viele sahen in dieser Erfindung eine Gefahr ähnlich der Atombombe."

Katharina: *„Aber das ist ja furchtbar. Warum weiß man denn gar nichts darüber?"*

Romy: „Warum sollten diejenigen, die entdeckten, dass eine Kombination aus Medizin, Technologie und Elektrizität das wirkungsvollste aller Waffensysteme hervorbringen konnte, warum sollten sie darüber weiter in der Öffentlichkeit diskutieren? Zumal ein Wissenschaftler der Harvard Medical School noch im Jahre

---

[128] vgl. auch „Brain Chips"-Experimente: Science Fiction im Kopf.- www.spiegel.de/einestages/brain-chips-experimente-a-946796.html.
[129] Wut auf Kommando. Der Spiegel, Nr. 29, 1965, 14. Juli 1965. - www.spiegel.de/spiegel/print/d-46273422.html.
[130] Physical Control of the Mind: Toward a Psychocivilized Society. - CreateSpace Independent Pbulishing Platform, 1970. - 300 S.

1970 in seinem Buch „Violence and the Brain"[131] vorschlug, afroamerikanische Teilnehmer an Rassenunruhen damit zu beschwichtigen und zu kontrollieren oder auch die Krankheit „Homosexualität" zu „therapieren", was natürlich eine heftige öffentliche Gegenreaktion auslöste. Aber über die Erfolge der Neurophysiologie berichtete auch noch Elliot Valenstein stolz in seinem Buch „Brain Control"[132].

Katharina: *„Aber solche Menschenexperimente werden doch wohl nicht weitergeführt?"*

Romy: „Offiziell gibt es natürlich ein ethisches Veto dagegen. Aber kannst du hinter Klinikmauern oder private Forschungsinstitute schauen, was sich dort zuträgt? Und meinst du, die Privatisierungstendenzen führen zu mehr Transparenz? Außerdem hat sich das Waffenarsenal ja mittlerweile noch viel weiter verfeinert. Interessant sind kleine RFID[133]-Chips, die als Speicher und Sender implantiert werden können. Über sie wurde lange Zeit als Verichips[134] berichtet, jetzt wird so getan, als ob sie vom Markt verschwunden seien. Dabei standen sie noch im Obama-Care-Programm als Verpflichtung für alle Versicherten. Und natürlich „verschwinden" solche Entwicklungen nicht einfach. Sie werden ein-

[131] Vernon H. Mark and Frank R. Ervin: Violence and the brain. - Medical Dept., Harper & Row, 1st edition (1970). - 170 S.

[132] Valenstein, Elliot S.: Brain Control: Critical Examination of Brain Stimulation and Psychourgery., John Wiley & Sons Inc., 1974. - 430 S.

[133] RFID = Radio Frequency Identification - Identifizierung mit Hilfe elektromagnetischer Wellen, Sender -Empfänger-Systeme zum automatischen und berührungslosen Identifizieren und Lokalisieren von Objekten und Lebewesen mit Radiowellen.

[134] https://de.wikipedia.org/wiki/VeriChip.

fach nur für die Öffentlichkeit unsichtbar. Außerdem haben die Entdeckungen von Tesla noch weitaus mehr Möglichkeiten zu Tage gebracht, um Menschen aus der Ferne zu manipulieren. Bereits 1893 stellte Nicola Tesla ein funkferngesteuertes Schiffsmodell vor, das drahtlos Steuersignale übermittelte[135]. Die wurden dann im zweiten Weltkrieg bereits zur Steuerung zahlreicher Kriegsgeräte eingesetzt.[136] Und damit kommen wir zu den Möglichkeiten der Pulscodemodulation[137] oder den Frequenzmodulationen. Und was meinst du denn, wie unsere Gehirne funktionieren?"

Katharina: „Na, wenn wir ein EEG messen können, sicherlich auch mit irgendwelchen elektrischen Vorgängen?"

Romy: „Richtig. Und unsere Gehirnwellen schwingen auf unterschiedlichen Frequenzbändern. Und Telekommunikationsunternehmen senden auf verschiedenen Frequenzbändern und beteiligen sich auch an diesen Kriegsspielen mit ABC und P^2-Waffen. Du verstehst?

Katharina: „Nein, was meinst du mit P^2-Waffen?

Romy: „Na eben alles, was zum Arsenal psycho-physischer Waffensysteme dazugehört. Aber das erkläre ich dir ein anderes mal, weil wir uns jetzt schon bereits

---

[135] https://www.teslavital.com/nicola-tesla/erfindungen-und-patente/. Aufruf vom 25.10.2018.

[136] A.d.A. entwickelte ein Auto, dass auf Basis eines Wechselstrom-Elektromotors durch freie Energie der Umgebung gespeist wurde, Empfänger war eine lange Antenne im hinteren Teil des Automobils. - dito.

[137] https://www.elektronik-kompendium.de/sites/kom/0312281.htm.

zu weit vom Mord an Karl Marx und von Jenny weg
bewegen. Ich konnte aber nicht einfach darauf verzichten, diese Verbindung zu Alexander von Humboldt herzustellen, da natürlich seine Einsichten vor allem der
Menschheit als Parabel dafür dienen, um zu sehen, dass
Wissenschaft sowohl zum Wohle der Menschheit eingesetzt werden aber eben auch zum Missbrauch führen
kann. Und sicher trägt dazu auch der Kapitalismus als
grundlegend falsches System bei.

Als 1870 Du Bois-Reymond, als Rektor der Universität
Berlin und Präsident der Preußischen Akademie der Wissenschaften die Indienstnahme der Wissenschaft durch
die Staatsführung rechtfertigte und damit die Unterwer-
fung der freien Wissenschaft unter die Machtinteressen
des Staates besiegelte, öffnete er damit auch Tür und Tor
all den negativen Auswirkungen des Kapitalismus, die
als Lebenssinn des Menschen das Privateigentum, die
Akkumulation, also den zu realisierenden Mehrwert, die
Erweiterung des Kapitals und das Streben nach Gewinn
in den Mittelpunkt stellen. Und natürlich kann man jetzt
nicht sagen, inwieweit seine Erfindungen zum EEG, seine Einsichten zu den zahlreichen Möglichkeiten der Manipulation und Steuerung des Volkes dazu beigetragen
haben, auch gesellschaftspolitische und grundlegende
strukturelle Veränderung in der Staatstruktur vorzunehmen. Ab 1877 leitete er ein eigenes Physiologisches Institut und 1886 wurde er in die Amerikanische Akademie
der Wissenschaften gewählt - die American Academy of
Arts and Sciences und ab 1892 war er Mitglied der National Academy of Sciences. Vor allem seine Einsichten
über die "Grenzen des Naturerkennens", die erkenntnis-

theoretischen Probleme im Zusammenhang mit dem Bewusstsein, besonders das „phänomenale Bewusstsein", auch als Qualia[138] bezeichnet, haben wohl viel damit zu tun, dass heute die psychologischen Waffen so gut funktionieren. Aber auch deutsche medizintechnische Erfindungen fanden großes Interesse in Amerika und konnten dort in Unternehmen gebündelt werden, um diese möglichst erfolgreich bei Wirtschaftskriegen, zur Neuordnung geopolitischer Vormachtstellungen oder für sonstige militärische Auseinandersetzungen als modernste Kriegsgeräte einzusetzen."

Katharina: *„Was ist denn nun wieder Qualia?"*

Romy: „Das ist der subjektive Ergebnisgehalt eines mentalen Zustandes und wird als zentrales Problem der Philosophie des Geistes bezeichnet. Der Ergebnisgehalt bezieht sich dabei auf persönliche Erlebnisse im Leben eines einzelnen, die so eindringlich sind, dass sie im Gedächtnis erhalten bleiben. Je nach Interpretation und Bewertung dieses Ereignisses entwickelt sich der Mensch in die eine oder in die andere Richtung, prägt sein Verhalten und seine Haltungen aus. Das heißt, psychologische Waffensysteme können auch scheitern, wenn es gelingt, dass der „freie Wille" auf Grund erkenntnis- und wissenstheoretischer Grundlagen gelernt hat, die psychologische Kriegsführung als solche zu erkennen und dieser zu widerstehen. Aber das führt jetzt wirklich zu weit

[138] Qualia = phänomenales Bewusstsein, subjektiver Erlebnisgehalt eines mentalen Zustandes. Frage inwieweit der „Geist" mit Mitteln der Neuro- und Kognitionswissenschaften erklärbar ist. Erste Verwendung des Begriffes 1866 vom amerikanischen Philosophen Charle S. Peirce. - https://de.wikipedia.org/wiki/Qualia.

weg vom Thema Marx, obwohl dieses hochspannend, ja genau erst eine solche psychologische Kriegsführung ermöglicht hat. Und ich möchte sogar vermuten, dass Karl Marx, auch wenn er davon nichts wusste, indirekt seinen Beitrag zu diesen Forschungsergebnissen geleistet hat. Der gesellschaftliche Druck lastete so stark auf der Wissenschaft und auch darauf, Lösungen hervorzubringen, die die unkontrollierten Rassenunruhen, die proletarischen Revolutionen, die Systemkritiker in Schach hielten und das ungebildete, aber für die Industrialisierung nützliche Proletariat sinnvoll steuerten."

Katharina: „Also Jenny hatte mit ihrem Gefühl recht, dass Alexander von Humboldt da irgendetwas „eingefädelt" hatte, aber wir kennen nicht das eigentliche Ziel, richtig?"

Romy: „Ja, ich vertraue da auf das Bauchgefühl von Jenny und natürlich auch auf die analytischen Fähigkeiten von Engels. Warum sollten beide solche Vermutungen anstellen und vor allem laut äußern, wenn es dafür keine handfesten Gründe oder sogar Beweise gab, wenigstens doch mehr als Indizien? Wir können aber nicht wissen, ob Alexander damit Absichten zu seiner eigenen Bereicherung verfolgte, die sich letztendlich gegen die Familie Marx richteten oder im Gegenteil, eigentlich zum Wohle der Familie oder auch der „Menschheit" agierte oder agieren wollte, obwohl das zu dieser Zeit keiner erkennen und verstehen konnte."

Katharina: „Wenn du meinest, dass er ein Gradwan-

derer zwischen den Welten war und auch doppelzüngig
agierte, kann ja beides zutreffen. Ich habe in jedem Fall
immer seine Erfolge als Weltwissenschaftler geschätzt."

Romy: „Ich auch. Niemand kann aber sagen, ob sich
Humboldt, im Sinne der Spieltheorie, opportunistisch
verhalten hat oder nicht.[139] Und es gab, rückwirkend
betrachtet, anscheinend viele Wissenschaftler, oftmals
auch aus adligen Familien, die vielleicht unwissent-
lich, unter dem „Deckmantel der Wissenschaft" neutral
die ganze Welt bereisten. Eigentlich waren sie aber als
Spione einer Machtstruktur unterwegs. Denn es war für
die herrschende Klasse spannend zu erfahren, wo sich
welche Ressourcenvorkommen weltweit befanden, wie
die Infrastrukturen aufgebaut waren, welche politischen
Ansichten man in den einzelnen Regionen der Welt ver-
trat, um daraus dann auch entsprechende Expansions-
strategien zu entwickeln. Das Britische Empire, dessen
Grundlagen bereits bis 1583 gelegt wurden, hätte sonst
nicht jahrhundertelang als Weltreich die Kontinente
und Weltmeere dominiert. Und viele britische Über-
seegebiete, die mit entsprechendem militärischem und
wissenschaftlichem Personal Großbritanniens besiedelt
sind, wie Gibraltar, Falklandinseln, Seychellen, Mau-
ritius, Hongkong würden geographisch ja eigentlich zu

[139] Opportunistisches Verhalten = in der Spieltheorie individuell nut-
zenmaximiertes Verhalten, zweckmäßige Anpassung an die jeweilige
Situation auch ökologisch flexibel, in der Psychologie: Rationalisierung,
Hypnose: nach erfolgter posthypnotischer Suggestion, Fabrikation/
Konstruktion einer vernünftig erscheinenden Erklärung für das Befolgen
posthypnotischer Befehle. - vgl. auch https://de.wikipedia.org/wiki/Hyp-
notherapie., geht in der Wirtschaft hin bis zu Betrug und Vorenthalten von
Informationen etc. - https://wirtschaftslexikon.gabler.de/definition/oppor-
tunismus-46183. - Aufruf am 27.10.2018.

ganz anderen Nationen gehören.

Aber im kapitalistischen Sinne erweiterte das System stets und ständig seine Einflusssphären. Es bereitete mit Hilfe der Wissenschaftler den Boden für das Kapital, für den Kolonialismus und für die Ausbeutung unter dem Mantel der Globalisierung. Dafür wurden diese entweder fürstlich bezahlt, gefeiert oder ließen ihr Leben. Niemand schöpfte Verdacht. So haben wohl Wissenschaftler schon seit Jahrhunderten dazu gedient, die Mächtigen noch mächtiger zu machen. Und bis heute vertritt der Adel im Vereinigten Königreich Großbritannien sein Standesvorrecht. Er lebt in einer relativ geschlossenen sozialen Schicht mit eigenen Lebensweisen, Umgangsformen und einem differenzierten Standesethos. Doch nach seiner Blütezeit im 18. Jahrhundert musste er zunehmend den Niedergang im 19. Jahrhundert verfolgen. Nichtsdestotrotz sind die Vertreter noch heute überdurchschnittlich oft in Führungspositionen zu finden. Mittlerweile organisieren sie sich wieder in einer Europäischen Adelskommission, Cilane[140], die 1959 in Paris gegründet wurde und der auch die VdDA, die Vereinigung der Deutschen Adelsverbände e.V.[141] angehört.

Die Frage, inwieweit Alexander von Humboldt bei seinen langen Aufenthalten in Amerika gleichsam als Spion für den preußischen Adel unterwegs war oder seine Erkenntnisse auch dort ließ, ist müßig. Vielmehr ist davon auszugehen, da die deutschstämmigen Nachfahren auch in Amerika bereits entsprechende Machtstrukturen aufgebaut hatten, dass sich dieses Beziehungs- und

---

[140] Cilane = La Commission d'information et de liaison des associations de noblesse d'Europe. - https://cilane.eu. - Aufruf vom 27.10.2018.
[141] https://www.adel-in-deutschland.de.

Verbindungsgeflecht eben auch über den Atlantik spann und noch spannt. Aber auch das führt an dieser Stelle zu weit."

Katharina: *„Du meinst, Humboldt war nicht nur ein gefeierter Wissenschaftler, sondern auch ein Spion und Intrigant?"*

Romy: „Intrigant habe ich nicht gesagt und das möchte ich keinesfalls behaupten. Aber, dass er unwissend als Spion unterwegs war und in diesem Sinne missbraucht wurde schon. Davon gehe ich einmal stark aus. In jedem Fall waren und sind die Adelshäuser, Fürsten- und Herzogtümer vom Mittelalter bis heute in ganz Europa eng und gut vernetzt. Und mit ihren militärischen und wissenschaftlichen „Stützpunkten" technologisch bestens aufgestellt. Nicht umsonst regierten sie über mehrere Jahrhunderte sehr erfolgreich in der ganzen Welt.

Und nicht erst mit der Industrialisierung hatten sie gelernt, das Prinzip der „Ausbeutung" anderer, also die Aneignung fremder Arbeit, sinnvoll zur Mehrung des eigenen Reichtums einzusetzen. Und durch die unsäglichen Umbrüche, die irgendwie auch durch die Hugenotten[142] mit ins Rollen gebracht wurden, bestand große Aufregung in diesen Kreisen. Insofern sind die

---

[142] Hugenotten = 1520 im franz. Genf entstandene Bezeichnung, galt den Bundesgenossen, den Calvinisten, Protestanten, reformierte Christen, wandten sich gegen die katholische Kirche und die franz. Staatsmacht. Als Glaubensflüchtlinge nach 1685 in alle Welt verstreut, besonders viele nach Berlin-Brandenburg, ca. 20.000 Réfugiés. In Berlin war um 1700 jeder 4. Einwohner ein französisch sprechender Flüchtling. Die deutschen Fürsten privilegierten sie mit Steuer- und Zunftfreiheit. - www.hugenotten-waldenserpfad.eu/historie/wissenswertes-hugenotten.html. - Aufruf vom 27.10.2018.

Rollenbilder auf Grund der gegeneinander agierenden Klassen in ihren Ausprägungen als Verrat, Rache und Intrigen uralt. Und natürlich besteht darin auch keine neue Erkenntnis, dass nur mit Geld diese Macht erhalten bleiben konnte. Und, dass man dafür die Strukturen und die Abhängigkeiten so gestalten musste, dass die ökonomischen Strukturen auch wirkungsvoll diesen Machterhalt garantierten, nachhaltig und mit den besten Geschäftsmodellen. Dem hatte ja die traditionelle Arbeiterbewegung kaum etwas entgegenzusetzen.

Und in diesem Sinne störten Vordenker wie Marx, die plötzlich für die Arbeiterschaft, für das Proletariat neue theoretische Denkmodelle entwickelten und dabei auch die wirtschaftlichen und rechtlichen Rahmenbedingungen berücksichtigten und damit einen wesentlichen Beitrag zur Aufklärung der Mehrheit der Bevölkerung leisteten. Und sie störten nicht nur, sondern sie mussten aufs Schärfste bekämpft werden.

Die Weltkriege und die Kriege, die wir heute weltweit erleben sind nur Stellvertreterkriege. Da haben sich die Ökonomen gemeinsam mit Psychologen und anderen Wissenschaftlern Ablenkungsmanöver gesucht, um vor allem über mediale Kanäle und mittels einer zunehmenden Informationsflut vom wahren Kern der gegenwärtig eigentlich anstehenden Aufgaben abzulenken. Sie stiften Verwirrungen und teilen die Menschheit. Und dazu eignen sich, wie historisch belegt, vor allem religiöse Konflikte, aber auch politische oder existenzielle Macht- und Versorgungskämpfe. Letztendlich ist aber all das wirtschaftlich motiviert."

Katharina: *„Und deshalb glaubst du an diese Story der Ausweisung von Karl Marx aus Paris?"*

Romy: „Ja. Die Familie Marx stand auf, um aufzuklären.[143] Für die Mächtigen einer alternden Gesellschaft ist nichts gefährlicher als der Ruf nach Transparenz und Aufklärung. Und solche Bewegungen müssen unterbunden werden. Auch Jenny klärte auf. Sie redete sich auf dem Neujahrsfest des Deutschen Arbeiterbildungsvereins am 31. Januar 1847 entweder um Kopf und Kragen oder sie machte deutlich, dass ihre Mission in Frankreich und in Belgien noch nicht beendet wäre und auch in den anderen europäischen Ländern dieser Funke überspringen müsse. Man sprach über das geniale Deklamationstalent von Jenny als dramatisches Ereignis[144]. Ein Jahr später, im Februar 1948 schrieb Jenny, als eine Art Sekretärin am Manifest der Kommunistischen Partei mit und ich kann mir denken, dass dort auch zahlreiche Ideen, Erfahrungen und Formulierungen von ihr einflossen. In ihrem Belgischen Exil, wurde am 04. März 1848 Karl Marx um 2 Uhr morgens und Jenny nur eine Stunde später, vor ihrer Haustür ebenfalls verhaftet und auch ins Gefängnis geworfen."

Katharina: *„Und wie ging es dann weiter?"*

Romy: „Jenny schilderte diesen Aufenthalt als prägend. Sie beschrieb den Ort als ein dunkles Gefängnis, in

---

[143] vgl. auch Pirntke, Gunter: Staatsfeind bis heute. - Brokatbook, 2017. - 193 S.

[144] Ambrosi, Marlene: Jenny Marx: Ihr Leben mit Karl Marx. - Trier: Weyand, 2015.

dem man *obdachlose Bettler, heimatlose Wanderer und verlorene Frauen* unterbringt. Irgendwie hatte es wohl etwas von psychologischer Kriegsführung, in jedem Fall von Psychoterror. Immerhin musste sie sich vor allem um ihre Kinder zu Tode gesorgt haben. Letztendlich wurden Jenny und Karl aus Belgien ausgewiesen."

Katharina: *„ Und dann? "*

Romy: „Ja dann habe ich irgendwie ganz widersprüchliche Angaben gefunden. Natürlich habe ich vor allem viel bei Wikipedia recherchiert."

Katharina: *„ Darauf solltest du dich aber nicht mehr verlassen. Irgendwo habe ich gehört, dass man an der Waffe zum kollektiven Gedächtnisverlust arbeitet. Ich könnte mir gut vorstellen, dass damit Wikipedia gemeint war. Im Moment gibt es noch einige, die aus ihren Erfahrungen berichten können, wollen und Zeit dafür investieren. Aber irgendwann ist das mal vorbei. Und wer hat dann schon die Fähigkeiten, um in Originalschriften zu lesen, in Archiven zu recherchieren, einen Faktencheck durchzuführen? Wenn man sich dann aus Gewohnheit auf das digitale Archiv verlässt, ist man vielleicht verlassen. Denn wenn in diesem „kollektiven Gedächtnis" immer mal wieder nur ein Satz geringfügig geändert oder einfach gelöscht wird, dann gehört Wikipedia bald zum größten Fake News-Produkt der Neuzeit, wenn nicht alle aufpassen. "*

Romy: „Das ist mir schon klar, aber ich komme jetzt

kaum an anderen Quellen ran. Also versuche ich es mal mit logischen Schlussfolgerungen. Nach Frankreich konnten sie nicht mehr zurück, auch wenn angeblich Jenny noch einmal einige Zeit in Paris verbracht hat, was ich allerdings als komisch empfinde. Dann machten sie den Sprung nach Köln, wo Marx die Neue Rheinische Zeitung[145] herausgab, die sich Organ der Demokratie nannte und als Tageszeitung auch unter kommunistisch-sozialistischen Aspekten die revolutionären gesell-schaftspolitischen Entwicklungen betrachtete. Auch Friedrich Engels wirkte als Redakteur in dieser Zeitung.

Doch die Deutsche Revolution von 1848/49, auch Märzrevolution genannt, scheiterte. Die liberalen, bür-gerlich-demokratischen und nationalen Einheits- und Unabhängigkeitserhebungen, die sich gegen die Restau-rationsbestrebungen der in der Heiligen Allianz[146] ver-bündeten Herrscherhäuser in weiten Teilen Mitteleuro-pas wendete, verlor.

Und in meinen Augen handelte es sich wohl eher um eine „Unheilige Allianz", die bis heute weiter ihre Re-staurationsbestrebungen fortsetzt. Und da diese Elite der „Heiligen Allianz" ihre Macht als Gottesgnadentum ansieht und diese auch so formuliert, gibt das der Insti-tution Kirche auch wieder ihre zentrale Stellung in der Gesellschaft zurück. Man sprach zwar nach dem zwei-ten Weltkrieg von einer „offiziellen" Zerschlagung, aber

---

[145] Melis, Francois: Neue Rheinische Zeitung. Organ der Demokratie. Edition unbekannter Nummern, Flugblätter, Druckvarianten und Sepa-ratdrucke.- München: K.G.Saur, 2000. - https://books.google.de. - Aufruf vom 27.10.2018.
[146] vgl. auch „Die heilige Allianz und die Völker auf dem Congresse" von Görres.- Stuttgart in der J.B.Meßlerschen Buchhandlung, 1822. - htttps://books.google.de/books. - Aufruf vom 27.10.2018.

frag dich mal selbst, ob es nicht auch möglich ist, sich inoffiziell weiter auszutauschen, Pläne zu schmieden, Konzepte umzusetzen? Und das im Geheimen, und vor allem mit den heutigen technologischen Möglichkeiten?

Jedenfalls wurde die Zeitung am 18. Mai 1849 unterdrückt und Karl Marx als Staatenloser ausgewiesen.

Angeblich hielt er sich zwischenzeitlich nochmals in Paris auf und wurde wiederum ausgewiesen. Jenny folgte ihm dann mit den Kindern am 24. August 1849 nach London. Von dort aus mischte sie sich allerdings weiterhin in die Politik ein. Ein Brief von ihr wurde in einem Kölner Kommunistenprozess[147] als Beweisstück der Anklage angeführt."

Katharina: *„Warum fand denn dieser Kölner Kommunistenprozess statt?"*

Romy: „Er richtete sich gegen die Mitglieder der Kölner Sektion des Bundes der Kommunisten im Jahr 1852. Da ging es vor allem darum, die politische Opposition mit Mitteln der Justiz ganz massiv zu bekämpfen. Selbst der König, Friedrich Wilhelm IV. von Preußen mischte sich in diesen Prozess ein, mit dem klaren Auftrag, „das Gewebe der Befreiungsverschwörung" ordentlich zu bestrafen und ein Komplott aufzudecken. Wenn selbst er schon von einer Verschwörung zur Befreiung sprach, dann siehst du ja mal, wie lange die politischen Machthaber bereits mit dem Begriff „Verschwörungstheorien" agieren, wobei sie jetzt allerdings diesen Begriff ande-

---

[147] Der Bund der Kommunisten: 1848 - 1851. Dokumente und Materialien Bd. 2- Berlin: Dietz, 1982. - https://books.google.de. - Aufruf vom 27.10.2018.

ren in den Mund schieben, nämlich denen, die die „Gegenverschwörung" der unheimlichen Allianz und deren Bestrebungen der Restauration sehr bewusst erkennen. Letztendlich nutzen sie dieses Argument, um Befreiungsbewegungen, die sich von dem ökonomischen Zwang des kapitalistischen System lösen wollen, zu unterdrücken."

Katharina: *„Das kommt mir aus der heutigen Zeit sehr bekannt vor."*

Romy: „Ja, und außerdem meinte Friedrich, man müsse die Befreiungsverschwörer „ausspionieren", also auf die Macht der Geheimdienste setzen, die vor einem Jahrhundert natürlich noch ganz anders gearbeitet haben, ohne so viel digitale High-Tech-Ausrüstung. Er spricht davon, dass sich der Ministerpräsident und die Polizeibehörden dieses Falls direkt annehmen sollten, also mit Spionageaktionen diese kommunistischen Entwicklungen wirkungsvoll unterdrücken. Heute geht das natürlich alles viel einfacher, da ja die digitalen Geräte jede Person mittlerweile durchsichtig werden lassen, sofern jemand daran Interesse hat. Mittlerweile geben bereits Milliarden von Datensätzen Auskunft über Menschen in allen Staaten[148]."

---

[148] Branscomb (1994) geht davon aus, dass es bereits 50 Datenbanken und mehr als 100 Mailinglisten pro Person gibt in Bezug auf Konsumdaten. Der niederländische Verbraucherverband geht 1998 von 900 Datenbeständen je Person aus - vgl. Treiblmaier, Horst: Datenqualität und individualisierte Kommunikation. Potentiale und Grenzen des Internets bei der Erhebung und Verwendung kundenbezogener Daten. - Wiesbaden: Deutscher Universitäts Verlag, 2006. - S.159.

Katharina: *„Gab es da denn zu dieser Zeit auch schon Geheimdienstaktivitäten?"*

Romy: „Natürlich. Aber da waren die Medien, Funk und Fernsehen noch nicht so hyperaktiv wie heute. Die Preußischen Geheimdienstler bereisten aber ganz Europa. Man wusste, dass man, um eine solche revolutionäre Bewegung aufhalten zu können, vor allem die „Köpfe" der vermeintlichen politischen Bewegung oder der Umsturzpartei ausschalten, eben vernichten musste.

Und wenn man dann jemanden aufgreifen konnte, wie zum Beispiel den Schneider Peter Nothjung[149], den man wegen fehlender Papiere auf dem Leipziger Bahnhof während der Leipziger Messe festnehmen konnte und dabei zahlreiche Adressen und Abschriften von Mitgliedern oder Kontakte des Kommunistenbundes erbeutete, dann konnte man natürlich ganz gezielt auch gegen diese „Verschwörer" vorgehen. Denn in dieser Zeit wurde bereits gespitzelt, was das Zeug hielt. Die Bundesbehörden arbeiteten zusammen, gaben ihre Berichte an die preußische Behörde weiter und die begann dann, auch in London gegen die Emigranten aus Deutschland zu ermitteln, um belastbares Material für den geplanten Hochverratsprozess zu finden, unter Leitung der Preußischen Geheimpolizei.

Und Ende Mai 1951 verkündete ein führender Polizeibeamter, Wilhelm Stieber[150], dass er eine „große Ver-

---

[149] Peter Nothjung (1821 - 1866) - deutscher Schneider und Aktivist der frühen Arbeiterbewegung, Mitglied des Bundes der Kommunisten, Mitglied in der Leitung des Kölner Arbeitervereins. - https://de. wikipedia. org/wiki/Peter_Nothjung.

[150] Wilhelm Stieber (1818 Merseburg - 1882 Berlin) - Bismarcks Feldpolizeidirektor, Leiter des Central-Nachrichten Büreaus. Gab das „Schwarze

schwörung" entdeckt habe. Mit Hilfe von Agenten und Spitzeln trug er dann, zum Teil gefälschtes Beweismaterial zusammen. Aber eben wieder nur zum Teil. In öffentlichen Prozessen, nicht nur in Köln, sondern auch in Berlin, Mainz und Bremen wurden Mitglieder des Bundes der Kommunisten angeklagt, weil es sich um eine, „im Verborgenen wirkende, alles unterwühlende Partei" handeln würde, die auch maßgeblich als Triebfeder für die revolutionären Ereignisse 1848 in Köln verantwortlich sei."

Katharina: „Aber du meinst, wenn man rechtlich keine Argumente mehr hatte, gegen die politischen Widersacher vorzugehen, dann griff man zu den Mitteln hinterhältiger Gewaltakte und auch die geliebte Tochter von Karl Marx wurde so zum Opfer?"

Romy: „Je mehr ich mich mit dieser Thematik von Krankheiten als Waffe und unter anderem auch Krebserkrankungen beschäftige, umso mehr komme ich zu dem Schluss, dass auch bei Jenny die Geheimdienste systematisch nachgeholfen haben. Sie schrieb mit spitzer Feder in der französischen Zeitung „La Marseillaise" unter dem Pseudonym J. Williams Artikel über die Behandlung irischer Gefangener, sie heiratete einen Sozialisten und lebte den Geist des Sozialismus. Das musste auf Missfallen stoßen."

Katharina: „Wie alt war sie denn, als sie starb?"

Buch: Die Communisten-Verschwörungen des neunzehnten Jahrhunderts heraus mit 760 Steckbriefen. - https://de.wikipedia.org/wiki/Wilhelm_Stieber.

Romy: „38 Jahre. Kein wirkliches Alter. Aber natürlich kann man letztendlich nicht sagen, was wirklich zu ihrem Tode geführt hat. Und das wird wohl heute auch kein Mensch mehr beweisen können. Allerdings denke ich, dass Eleanor Marx, die man ja in eine Nervenerkrankheit getrieben hatte und die sich angeblich mit Blausäure selbst das Leben nahm, bereits zu der klinischen Testgruppe des neuen Forschungsbereiches der Neuropsychologie gehörte. Vielleicht bereits mit dem Ziel, sich bei ihr an ersten „Umerziehungsmaßnahmen" zu versuchen. Als Tochter aus einer Familie, die man gern opfern konnte, bot sie sich als wissenschaftliches Objekt bestens an."

Katharina: „Und woraus schließt du das?"

Romy: „Eigentlich wollte sie Schauspielerin werden, opferte sich aber für ihren Vater und seine Ideale. Nach seinem Tod trat sie zwar aus seinem Schatten heraus und profilierte sich als politische Aktivistin, wohl aber nicht aus innerer Überzeugung. Gleichzeitig erkrankte sie immer wieder an Magersucht, oder besser Anorexia nervosa[151]. Heute definiert man diese Erkrankung als Ergebnis einer „Wahrnehmungsstörung".

Plötzlich ereilt den oder die Erkrankte „angeblich" eine Angst vor einer Gewichtszunahme durch Essen. Die Person fühlt sich emotional aus dem Gleichgewicht gebracht und verweigert die Nahrungsaufnahme. Mittlerweile stuft man das Nichtessen als psychische Krank-

---

[151] Brand, Regine: Magersucht: Ursachen, Hintergründe und Therapieansätze für Anorexia Nervosa anhand von Fallbeispielen. - Hamburg: Diplomica Verlag, 2010.

heit ein und ordnet ihr die Diagnose einer seelisch bedingten Essstörungen zu."

Katharina: *„Und du meinst, dass es ein solches
Krankheitsbild vorher nicht gab?"*

Romy: „Davon gehe ich aus. Denn nicht umsonst bezeichnete man ursprünglich die körperlichen Symptome
der Gewichtsabnahme mit dem lateinischen Begriff
„Anorexia nervosa", einer nervlich bedingten Appetitlosigkeit. Das Nichtessen beruhte einfach auf der „Hy-
peraktivität" in einem anderen Bereich. Man fokussiert
sich einfach sehr stark auf etwas anderes, spezielle Emotionen, Leidenschaft und engagiertes Tätigsein rücken
in den Vordergrund und das Essen eben in den Hinter-
grund. Wer kennt das nicht, wenn einem der Appetit
vergeht, weil man entweder Kummer hat, traurig ist,
oder weil man so viel bewegen möchte, für seine Ideen
brennt und dabei einfach das Essen vergisst oder dafür
keine Zeit opfern möchte? Oder man sich überessen,
spürt, dass die „empfohlenen" Lebensmittelaufnahmen
und die Essensregeln gerade nicht dem eigenen Bedarf
entsprechen? Vor allem handelten natürlich auch viele in
den früheren Jahrhunderten stärker religiös und fasteten
deshalb[152], weil sie einen tieferen Sinn hinter der Unter-
brechung der Nahrungsaufnahme sahen. Das hatte dann
allerdings überhaupt noch nichts mit einer Diagnose
„Magersucht" zu tun, also damit, dass Frauen Gewicht
verlieren möchten, weil sie sich zu dick fühlen.

---

[152] vgl. Vandereycken, W./von Deth, R. / Meermann, R.: Hungerkünst-
ler, Fastenwunder, Magersucht. Eine Kulturgeschichte der Eßstörungen,
München. 1992.

Aber die medizinische Wissenschaft vereinnahmte diese angebliche „Selbstaushungerung" als Krankheitssymptom. Diesen Zusammenhang perfektionierte man von da an in eine ganz andere Richtung. Natürlich spielte dabei auch Forscherdrang eine Rolle, wie weit man den Menschen psychologisch treiben konnte, weg von der Idee eines sinnvollen Heilfastens, um die Selbstheilungskräfte des Körpers zu aktivieren, Krankheiten zu bekämpfen, sich gesund zu erhalten, hin zu einem von außen künstlich motivierten „Hungern", indem man ein sogenanntes Idealbild vom perfekten Körper medial forcierte und diesen mit Erfolg und Glück im Leben verknüpfte. Nur wer schlank war, konnte ein wertvolles und leistungsfähiges Mitglied der Gesellschaft darstellen. Durch das Zusammenführen verschiedener psychologischer Manipulationsmechanismen, führte dies dann zunehmend wirklich zu einem real-existierenden Krankheitsbild Magersucht. Besonders versklavte man mit diesem Druckmittel mental das weibliche Geschlecht. Wobei heute bereits auch zunehmend Männer zu Opfern werden, indem sie sich stark über ihr Äußeres definieren und so auch bewerten lassen.

Damit hat man ein sehr einfaches Steuerungsinstrument geschaffen, um Menschen psychisch und physisch zu kontrollieren und einen großen Teil der Bevölkerung von politischen Notwendigkeiten und gesellschaftlichen Missständen abzulenken. Wer sich jeden Tag in Fitnessstudios und Schönheitsfarmen aufhält, wer die neuesten Diäten ausprobiert und den innovativsten Ernährungstrends folgt, kann gleichzeitig kaum noch an Demonstrationen teilnehmen oder sich politisch engagieren. Zugespitzt wird diese Situation heute noch durch Schönheitsoperationen „für jeden". Und da diese Maßnahmen teuer bezahlt werden müssen, besteht wiederum kaum Zeit für gesellschaftliches Engagement, da für den Körperkult entsprechende finanzielle Mittel generiert werden müssen. Ein Teufelskreislauf, der aber das kapitalistische System am Laufen hält."

Katharina: „Und meinst du, wir haben das jetzt im weitesten Sinne der Tussy Eleanor Marx zu verdanken."

Romy: „Indirekt sicherlich, auch wenn sie bestimmt nicht bewusst und aktiv am Konzept „Magersucht" mitgewirkt hat. Als diese Erkrankung erstmals 1689 vom englischen Arzt Richard Morton beschrieben wurde, ging es vor allem um die körperlicher Veränderungen. Und auch 1868 standen bei den ersten drei Fallberichten vom Engländer William Gull, die bekannt wurden, noch die somatischen Veränderungen im Vordergrund.

Sehr schnell wurde dann aber anscheinend deutlich, dass es zahlreiche psychologische Ursachen geben konnte, um eine normale Ernährung und Nahrungsaufnahme zu stören. Somit konnte man mittels externer Indikatoren eine Erkrankung auslösen, und damit eine sehr wirkungsvolle psycho-physiologische „Waffe" schaffen. Aufbauend wiederum auf der Emotion „Angst", nicht den gesellschaftlichen Anforderungen nach Perfektion zu entsprechen, verstärkte man methodisch eine „normale" Appetitlosigkeit als individuelle „Wahrnehmungsstörung". Mit einfachen Mitteln, durch das Setzen falscher oder überzogener Ideale wurde so ein einfaches gesellschaftliches Steuerungs- und psychologisches Manipulationsinstrument geschaffen, das physische Konsequenzen auslösen und bis zum Tod weitergeführt werden konnte und kann. So beschäftigen sich Millionen in der Wohlstandszivilisation nicht mehr mit gesellschaftspolitischen Herausforderungen oder sozialen Problemen, sondern mit ihrem Äußeren. Und wenn man bei Querdenkern oder kritischen Geistern dann andere Möglichkeiten nutzen kann, um diesen den Appetit zu verderben, fallen diese einfach unter das mittlerweile gesellschaftlich akzeptierte Krankheitsbild."

Katharina: *„Wenn das stimmt, vergeht mir auch gleich der Appetit."*

Romy: „Genau. Dann wäre dies aber wenigstens ein sinnvoller Grund. Und das hat dann in keinster Weise mit dem Krankheitsbild zu tun, dass man heute als *F50.- Essstörungen* und *R63.0 Symptome, die die Nahrungs- und Flüssigkeitsaufnahme* betreffen über die ICD-10-GM-2018[153] abrechnen kann. Mittlerweile hat sich um diese ursprüngliche „Anorexia nervosa" ein riesiges Wirtschaftsimperium aufgebaut - die Gesundheitswirtschaft, die Schönheitsindustrie, die Nahrungsmittelindustrie, die Pharmaindustrie, die Modeindustrie, die Sportindustrie, die Medienbranche - alle verdienen mit. Da wird einem erst einmal klar, was einem heute so alles den Appetit verderben kann.

Und im Gegenzug leiden viele an Fressattacken.

Der Körper ist zu einem modernen Schlachtfeld ge-

---

[153] ICD - Internationale statistische Klassifikation der Krankheiten und verwandter Gesundheitsprobleme. vgl. www.icd-code.de.

worden. Und wenn uns das die „Tussi" eingebrockt hat, ist das natürlich nicht wirklich lustig."

Katharina: *„Und du meinst, diese Entwicklung hat vor allem britische Wurzeln? "*

Romy: „Immerhin sind die Ursprünge wieder auf die königlichen medizinischen Forscher zurückzuführen. Gull[154] wurde 1847 *Fullerian Professor of Physiology* an der Royal Institution of Great Britain. Ihn verband eine enge Freundschaft mit Michael Faraday[155], einem der bedeutendsten Experimentalphysiker, der auch die Anordnung des faradayschen Käfigs entwickelte."

Katharina: „Ist es wichtig, dieses Prinzip zu kennen und zu verstehen?"

Romy: „Aus meiner Sicht ist es gut zu wissen, dass Faraday sehr viele Experimente und Entdeckungen miteinander vernetzen konnte. Er verstand etwas über Chemie, entdeckte eine neue Kohlenstoff-Verbindung, er veröffentlichte eine Monographie „Chemical

[154] William Gull (1816-1890) - Sir und 1. Baronet (Titel wird auf Vorschlag des britischen Premierministers vom britischen Monarchen in der Regel an einen britischen Bürgerlichen verliehen), trieb die Forschungen zur Neurologie und zur Anorexia nervosa voran.

[155] Michael Faraday (1791 - 1867) - engl. Naturforscher, bedeutenster Experimentalphysiker, Entdeckungen: „elektromagnetische Rotation", „elektromagnetische Induktion" - Grundstein zur Herausbildung der Elektroindustrie, Theorie des Elektromagnetismus, um 1820 galt er als führender chemischer Analytiker Großbritanniens, formulierte Grundgesetze der Elektrolyse, bereits 1836 Bau eines Faraday'schen Käfigs, elektrisches Feld im Inneren eines geschlossenen, leitfähigen Körpers verschwindet, heute in der Elektrotechnik zur Abschirmung von elektrostatischen Feldern.

Manipulation"[156], indem er alle praktischen Vorgehensweisen beschrieb, chemische Experimente durchführte,
bis hin zur Fehleranalyse. Er forschte an der Rezeptur
zur Herstellung hochwertiger optischer Gläser und beschäftigte sich intensiv mit den Phänomenen der Elektrizität. Dabei führte er auch Experimente durch, die sich
mit der elektro-chemischen Zersetzung beschäftigten,
wozu er sich auch mit dem Arzt Nicoll Whitlock[157]
austauschte und daraus die Begriffe *Elektrode*, für die
Ein- und Austrittsfläche des Stromes, *Elektrolyse* für den
Vorgang selbst und *Elektrolyt* für die betroffene Substanz definierte. Für den menschlichen Körper ist zum
Beispiel der Wasser-Elektrolyt-Haushalt die unverzicht-
bare Grundlage aller Lebensvorgänge."

Katharina: *„Und was hat das jetzt mit den Elektro-
lyten auf sich?"*

Romy: „Elektrolyte liegen innerhalb von Zellen, außerhalb von Zellen und Gefäßen und innerhalb der Blut-
bahn in unterschiedlichen Konzentrationen vor. Da die
Elektrolyte Teilchen sind, die die elektrische Spannung
leiten, ändert sich, abhängig von der Elektrolytkonzen-
tration auch die Spannung an den Zellmembranen. Die
elektrische Spannung auf der Zellmembran steuert eine
Vielzahl von Prozessen, die auf der Zellebene ablaufen.
Somit bestimmen die Elektrolyte nicht nur die Flüssig-

---

[156] Faraday, Michael: Chemical Manipulation. - Andesite Press, 2015. -
394 S.
[157] Nicoll Whitlock (1786 - 1838) - englischer Arzt. Schrieb zahlreiche
Fachbücher, arbeitete als Arzt gemeinsam mit Faraday an dem medizinischen Einsatz von Elektroden, Fellow der Royal Society 1830.

keitsverteilung im Körper, sondern auch die zellulären Funktionen, z.B. die Depolarisation von Nervenzellen bei der Weiterleitung eines Nervenreizes. Dabei verändern sich Aktionspotentiale, Rezeptorpotentiale, dadurch reagieren dann wieder die Sinneszellen, die als hochspezialisierte Zellen in der Lage sind, adäquate und inadäquate Reize in elektrische Erregungen umzuwandeln, was dann wiederum zu einem Zustand gesteigerter mentaler, emotionaler oder motorischer Aktivität führt. Und Magersucht wurde vom französischen Internisten Ernest-Charles Lasègue als Ergebnis von Überaktivitäten einer erkrankten Person bezeichnet."

Katharina: *„Und Überaktivitäten sind Hyperaktivitäten, die wir heute auch als psychische Störungen in Form des ADHS, des Aufmerksamkeitsdefizit-/Hyperaktivitätssyndroms kennen?"*

Romy: „Richtig. Und dann muss man sich einfach anschauen, wo welche Strahlungen, zum Beispiel als elektromagnetische Wellen auf den menschlichen Körper treffen. Aber das führt jetzt wirklich zu weit. Andererseits ist aber sicherlich ganz wichtig zu verstehen, dass diese Erkenntnisse, die in der Mitte des 19. Jahrhunderts gewonnen wurden, wesentlich auch die Grundlagen dafür gelegt haben, hochkomplexe und vollkommen „unsichtbare" Waffensysteme zu entwickeln, die jederzeit und an jedem Ort gegen den Menschen eingesetzt werden können. Und in welcher Art und Weise dies personalisiert geschieht, kann den aktuellen Umständen, der Lebenssituation und der körperlichen Verfassung ganz exakt angepasst werden. Dies erklärt auch, warum Faraday die Anordnung des Käfigs fokussiert hat. In der Regel geht es jedem Wissenschaftler darum, ein Problem zu lösen. Insofern muss ihm ja der elektrostatische Einfluss auf den menschlichen Körper als problematisch bewusst gewesen sein."

Katharina: *„Aber das ist ja furchtbar, wenn deine Hypothesen so stimmen. Können wir uns denn da überhaupt noch in irgendeiner Weise wehren?"*

Romy: „Sicherlich nicht gegen alle Angriffe. Da helfen nur ein Umdenken und ein genereller Systemwechsel. Gegen organisierte Giftmischer hat der Mensch als Einzelperson mit seinen sehr begrenzten Sinnen in der Regel wenig Schutzmöglichkeiten - kontrollierte unverarbeitete Lebensmittel genießen, nicht permanent über Mobiltelefon oder am Fernseher hocken, sich vor allem auch mal vor ständigen Horrornachrichten und Angstkommentaren abschotten, sich nicht von neuesten amerikanischen Serienevents beeinflussen lassen, nicht bei jedem Kopfschmerz eine Tablette einwerfen, sondern einfach mal eine Runde an der frischen Luft spazieren gehen oder bei Rückenschmerzen regelmäßig ein paar kleinere Bewegungsübungen in den Alltag einbauen, alle Stunde die Position wechseln, Nüsse, Äpfel, Kräuter, am besten selbstgesammelt genießen, von Zeit zu Zeit fasten und vor allem, sich nicht stressen lassen und überlegen, ob man sich die ganze Hektik antun muss. Na ja, solche Ratschläge eben. Auch wenn ich weiß, dass dies natürlich keiner so richtig hören will und dass es wieder hunderte von Gegenargumenten gibt. Bezüglich der Strahlung hatten wir früher einmal die Entwicklung von e-Textiles[158] begleitet, also Stoffe, die elektromagnetische Strahlen abschirmen. Aber die wurden ganz schnell als Innovation totgeschwiegen und wieder vom Markt verdrängt[159]. Dabei hätte das Prinzip des faradayschen Käfigs sicher positiv gegen bestimmte Erkrankungen aber auch gegen Fernzugriffe auf Implantate wirken können."

Katharina: „Das hast du aber noch nicht erklärt."

Romy: „Du musst dir den faradayschen Käfig als eine geschlossene Hülle vorstellen, die selbst einen elektrischen Leiter bildet und somit als elektrische Abschirmung wirkt. Somit können die Strahlen nicht auf die Zellen treffen und in irgendeiner Art deren Funktionen stören. Dazu hatte man Silberfäden in ein normales Gewebe eingearbeitet."

Katharina: „Und solche Textilien wurden nicht weiterentwickelt oder auf dem Markt angeboten?"

Romy: „An e-Textiles, also Textilien, die als Leiterbahnen[160] wirken und zur digitalen Informationsweiter-

---

[158] Harris, J.,ed. Textiles, 5.000 years: an international history and illustrated survey. H.N. Abrams, New York, USA. - 1993.

[159] A.d.A. Silvertex wird jetzt vor allem auf Grund seiner antibakteriellen Eigenschaften eingesetzt, um vor biologischer Kontamination von Wasser und anderen Flüssigkeiten zu schützen.- vgl. dazu auch https://silvertex-aqua.de.

[160] Entwicklung einer leitfähigen textilen Matrix zur Übertragung von hohen Strömen. - www.titv-greiz.de oder Smart Textiles. - textile Leiterbahnen, textile drahtlose Sensorknoten, textile Mikrosystemplattform,

gabe eingesetzt werden könnten, wird ja schon lange geforscht. Dabei arbeiten die Textilen Forschungsinstitute diesbezüglich aber anscheinend nur noch im Auftrag des Militärs für Konzepte, wie den Soldat 2000 oder wie auch immer die Kampfkonzepte und - uniformen[161] der Zukunft heißen. Insofern ist es natürlich besonders verwunderlich, wenn man in den Medien immer wieder nur vernimmt, dass die Ausstattung der Bundeswehr so schlecht sei und die Soldaten nicht einmal warme Unterhosen hätten. Da fragt man sich dann wirklich, wohin das Geld bei einem Verteidigungshaushalt von rund 37 Milliarden Euro im Jahr 2017 geflossen ist, so dass heute angeblich weder Sturmgewehre, noch U-Boote oder Hubschrauber funktionieren. Und 2018 beträgt dieser Haushalt bereits schon 38,5 Milliarden[162]. Entweder wird das Geld in diese geheimen und „unsichtbaren" P^2-Waffenprojekte gesteckt, was man indirekt im Sinne der Verteidigung nun fast wieder nur hoffen kann, oder die Mittel diffundieren gleich ins Nirwana. In jedem Fall wirft solche Informationspolitik viele Fragen auf.

Sollten die Bürger nicht vielleicht doch erfahren, wenn wir uns mittlerweile in einer High-Tech-Aufrüstungsspirale befinden, die vor allem über Nervenkrankheiten, Schizophrenie und Krebs, ausgelöst u.a. auch durch elektromagnetische Strahlen und unter Führung von Psychopathen, auf den nächsten Weltkrieg vorbereitet?"

textile EKG- und EMG-Sensoren, Sensoren in Bekleidung, textile RFID-Transponder etc. - https://www.izm.fraunhofer.de
[161] E-textiles for military uniforms. -https://de.slideshare.net/mobile/KaleeswaranPalaniswamy/e-textiles-for-military-uniforms. - Aufruf vom 27.10.2018.
[162] https://bmvg.de/de/themen/verteidigungshaushalt/entwicklung-und-struktur-des-verteidigungshaushalts. - Aufruf vom 27.10.2018.

Katharina: *„Du meinst, um noch einmal auf Eleanor Marx zurückzukommen, dass die Magersucht auch zum Kanon der neurologischen neuzeitlichen Experimente zur Steuerung der Menschen gehört?"*

Romy: „Das denke ich. Sicher wird es auch solche Erkrankungsbilder geben, die „natürlich" entstanden sind, aus einer persönlichen Konfliktlage heraus, ohne in eine klinische Korhorte eingetaktet zu sein. Aber auch diese Konflikte können exogen erzeugt werden und worden sein. Wie will man das wissen? Vor allem, da man Eleanor gegen Schlaflosigkeit behandelt hat, ist davon auszugehen, dass auf diese Weise auch einiges ausgetestet wurde, was die Beeinflussung der Gehirnströme betrifft, wann der Anteil der Alphawellen[163] besonders hoch ist und wann man manipulativ auf ihr Unterbewusstsein einwirken kann. Auch die Möglichkeiten Depressionen als negativen Gefühlszustand oder andere Emotionen zu erzeugen, hatte ich ja bereits erklärt.

Und Schlafen bedeutet ja nichts anderes, als dass die Gehirnwellen im Gehirn in ein anderes Frequenzband wechseln. Im Gamma-Zustand ist zum Beispiel der Mensch hochkonzentriert und kann geistige Höchstleistungen vollbringen, im Alpha-Zustand funktioniert die <u>Hypnose am be</u>sten. Das heißt, an der Brücke zwischen

---

[163] vgl. Hirnströme-Biofeedbacksystem - ruft eine tiefe Entspannung hervor (Relaxation Response). Alphawellen haben eine Frequenz von 8 - 12 Schwingungen pro Sekunde, treten bei tiefer meditativer Entspannung auf. Ist der Kopf mit einem Computer verbunden, kann dieser die Alphwellen feststellen, dann Musik nach einem Algorithmus generieren, der die Gehirnströme umwandelt, religiöse Überzeugungen basieren auf au neurologischer Basis. - Kurzweil, Ray: Die Intelligenz der Evolution. Wenn Mensch und Computer verschmelzen. - Kiepenheuer & Witsch, 2016. Kindle edition.

Bewusstsein und Unterbewusstsein kann man beliebige Informationen dem Gehirn übersenden. In der Psychotherapie, aber auch bei Religionen und für Rituale werden in diesem alpha-Zustand Glaubenssätze oder ideologische und wertegebundene Überzeugungen an das Gehirn weitergegeben. Und bei wiederholtem Durchführen solcher Sitzungen, ob als Hypnose oder auch Meditation, können sich Denkstrukturen systematisch verändern. Es bilden sich neue Synapsen, also Signalübertragungen zwischen den Nervenzellen. Und plötzlich krempeln Menschen ihr Leben um und wissen gar nicht genau warum. In jedem Fall, sich zu dick zu finden, funktioniert heute allein schon durch Zeitschriften, Formate wie GNTM - Germanys Next Top Model und andere mediale und soziale Einflüsse."

Katharina: *„Aber ich kann mir nicht vorstellen, dass mich da jemand im Moment „verstrahlt", oder?"*

Romy: „Das muss ja auch nicht sein. Es betrifft im Verhältnis zur Gesamtpopulation ja anscheinend immer nur einige wenige, die sich eben als Target group, als Zielpersonen, Testsubjekte oder sogar als experimentelle Mordopfer „anbieten", weil sie sowieso als Störfaktor aus dem System entfernt werden müssen.

Wie ich bereits sagte, diese psycho-physischen Waffensysteme können ganz individuell eingesetzt werden. Man muss sich vorstellen, dass der Etat der amerikanischen Geheimdienste weit über 50 Milliarden Dollar[164] umfasst, rechnet man noch die in Militäretats

---

[164] Dehmer,Dagmar: US-Geheimdienste. Amerika beschäftigt 107.000 Spione. Der Tagesspiegel. Die „Washington Post" veröffentlicht den

verborgenen Teile für Geheimdienstaktivitäten dazu, dann landet man locker bei 100 Milliarden Dollar. Und dann muss man sich einmal Veröffentlichungen darüber anschauen und gleichzeitig fragen, wie viele Geheimdienste mit noch geheimeren Missionen es mittlerweile weltweit gibt?

Und wenn du dann die Summe zusammenrechnest, die in die Militärausgaben fließt, in die Bespitzelung aller Bürger in Form von High-Tech-Anlagen, dann könnte die Bevölkerung lange in Saus und Braus leben und bräuchte sich nicht an den „Tafeln" in Deutschland bei künstlich erzeugten Verteilungskämpfen den Kopf einzuschlagen. Und vor allem, wohin soll es führen, wenn man annehmen muss, dass mittlerweile jeder jeden ausspioniert, jeder jedem sein bisschen Eigentum missgönnt und jeder auf jeden nur misstrauisch schaut? Irgendwie haben sich die Menschen da ganz schön verrannt. Und dass mittlerweile personalisierte und industrialisierte Prozesse zur Vernichtung eingesetzt werden, sollte niemanden wirklich beruhigen. Und wer nicht gleich vernichtet wird, wird wenigstens so gesteuert, dass er als willige Marionette seine Arbeitskraft dem System zur Verfügung stellt. Und die Zielgruppen kann man mittlerweile wunderbar direkt subliminal beeinflussen."

Katharina: *„Das erwähntest du schon, aber ich habe es wieder vergessen."*

Romy: „Subliminals sind unterschwellige Botschaften, die das Gehirn unbewusst sowohl akustisch oder

Haushaltsplan für insgesamt 16 US-Geheimdienste.- In: Der Tagesspiegel. 30.08.2013. - Tagesspiegel.de. - Aufruf vom 20.09.2018.

auch visuell, aber eben nicht bewusst wahrnimmt. Da
werden Informationen sehr schnell, zum Beispiel in Fil-
men oder Hörbeiträgen untergebracht, die die Person
entweder gar nicht wahrnimmt, als sonderbares Störge-
räusch, als „Stimme" oder als „Erscheinung". Aber das
ist dann eben nichts Mystisches, sondern einfach nur das
Ergebnis wissenschaftlicher Forschungen zur Beeinflussung von Denk- und Wahrnehmungsprozessen mittels
elektromagnetischer Phänomene, die im Gehirn wirken.

Mittlerweile kann man diese über- oder unterschwel-
ligen Reize im Rahmen diagnostischer Verfahren, wie
der funktionellen Magnetresonanztomographie[165] sogar
nachweisen.

Bereits Mitte des 20. Jahrhunderts gab es dazu Forschungen und auch Experimente. Jetzt tut die Industrie
zwar so, als wenn es diese wissenschaftlichen Experimente und Erkenntnisse entweder nie gegeben hätte,
oder falls es doch zugegeben wird, dass solche Verfahren gegenwärtig nicht mehr eingesetzt würden, da man
sie ja damals verboten hätte.

Aber das ist natürlich lächerlich.

Gerade weil solche subliminalen Botschaften vor
allem genutzt wurden und werden, um die Menschen
dazu zu bringen, bestimmte Konsumprodukte zu kau-
fen, bestimmten Religionen auszuüben oder ihre ideologische Haltung zu ändern, warum sollten dann, in einer
Zeit, wo der harte unsichtbare Kampf um die Köpfe tobt,
solche Technologien nicht eingesetzt werden?

Nicht umsonst findet man im Netz viele Quellen zu

---

[165] hirnforschung.kyb.mpg.de/methoden/funktionelle-magnetresonanzto-
mographie-fmrt.html.

Mind-Control-Techniken mit den Teilschwerpunkten: Bewusstseinsverändernde Bestrahlung, Voice to Skull[166], Gang Stalking und das Einsetzen von Implantaten."

Katharina: „Hattest du nicht mal erwähnt, dass du vielleicht auch über einen Chip im Kopf abgehört, getrackt wirst und auch dieses Stimmenhören, visuelle Subliminals und GangStalking[167] selbst erlebt hast?"

Romy: „Kann sein. Ich dachte, dass ich bisher nicht mit dir darüber gesprochen hätte. In der Regel vermeide ich das Thema. Die meisten, die dies nicht selbst erlebt haben, würden einen ja doch nur für verrückt erklären, wenn man es nicht bereits schon vorher selbst durch diese weißen Foltermethoden geworden ist."

Katharina: „Aber du hast dich doch mit biomedizinischen Technologien auseinandergesetzt und warst in der Wissenschaft tätig. Du kennst dich doch aus."

Romy: „Trotzdem. Die Situation ist einfach zu krass. Ich fand es bisher schwierig, darüber zu reden. Natürlich habe ich anscheinend das gesamte Spektrum dieser Waffensysteme erleben dürfen. Es ist unangenehm zu <u>erkennen, dass</u> man zu den Opfern von Voice to Skull[168]

---

[166] Britischer Experte: Stimmerzeugung ist das Einfachste. - www.mind-control-news.de/news/display/2015/7/19/britischer-experte-stimmerzeugung-ist-das-einfachste/.

[167] https://www.e-waffen.de/e-waffen/65-gangstalking.html. - Aufruf vom 27.10.2018.

[168] Niederfrequenter Schall mit Frequenzen von unter 16 Hz, Infraschall, führt zu Schwindelanfällen, Krämpfen, Übelkeit, von Militärzeitschriften als „nicht-tödliches, aber leistungsfähiges Hilfsmittel" bezeichnet, Kampfinstrument. - www.weisse-folter.info/content/technik-zur-stimmer-

oder anderen Mind Control Technologien[169] gehört. Erst gestern hat mich wieder so ein finsterer Stalker, allerdings vollkommen analog, nervlich belastet. Meines Erachtens bringt es aber nicht viel, darüber zu jammern. Die Bedrohung bleibt ja weiterhin latent bestehen und natürlich können diese Instrumentarien als Waffen auch tödlich eingesetzt werden. Deshalb schweigen sicher die meisten, die mit diesen Wahrheiten konfrontiert werden. Oder sie begeben sich voller Hoffnung vertrauensvoll in psychologische Betreuung, was auch nicht besser sein muss. Öffentliches Reden impliziert anscheinend in jedem Fall ein tödliches Ende."

Katharina: „Dann sollten wir auch mit dem Thema aufhören. Aber ist diese weiße Folter[170] nicht schon in weiten Kreisen bekannt?"

Romy: „Ja, ich glaube schon. Aber eben nur unter Experten. Die Bevölkerung wird davon kaum eine Ahnung haben. Um das Neuromarketing[171] wird ja eigentlich auch kein Geheimnis gemacht. Wenn der Bäcker besonders gut nach frischen Brötchen duftet, wenn am Obststand der Orangenduft die Kauflaune erhöht, bei Fast-Food-Restaurants der Holzkohlegeruch aus dem Duftspender kommt oder in einem hippen Jeansladen

---

zeugung/. - Aufruf vom 27.10.2018.
[169] www.mind-control-news.de/news.de. - Aufruf vom 27.10.2018.
[170] Weiße Folter im 21. Jahrhundert durch Geheimdienste - ELF-Wellen u.a. - www.weisse-folter.info. - Seite kann nicht gefunden werden. - Aufruf 29.10.2018.
[171] Neuromarketing - Analyse von Prozessen im Gehirn bei Kaufentscheidungen zur Kreation möglichst effizienter Marketingmaßnahmen. - https://www.neuromarketing-wissen.de.

die noch hippere Musik zum Shoppen XXL auffordert, gehört dies längst zu den akzeptierten subliminalen Stimuli, die uns verführen und manipulieren. Aber auch da weiß wohl kaum jemand, dass diese Maßnahmen auch zum Schaden von Personen angewendet werden können.

Warum sollten nun aber in einer Zeit des globalen und existenziellen Wettbewerbs Silent Subliminals[172] nicht mehr in Fernsehsendungen, bei Spielfilmen oder bei anderen Medien eingesetzt werden? Nur dass hier die Botschaften breiter gefasst sind. Sie können nämlich sogar zum Militärdienst motivieren, Suchtverhalten stimulieren oder Agressionen erzeugen. Bereits ein Exfreund von mir, der in der Schnittabteilung beim Fernsehen arbeitete, erzählte mir freudig, schon vor dreizig Jahren, wie die Kollegen sich halb schlapp lachten, wenn sie, einfach aus Jux und Tollerei irgendwelche „geheimen" Botschaften, Comicfiguren oder einfach nur Blödsinn „unsichtbar" in die Filme schnitten, weil ihnen die Arbeit sonst zeitweise zu langweilig war."

Katharina: *„Ist ja krass."*

Romy: „Das heißt nicht, dass ich jetzt meine, du solltest nie wieder Fernsehen schauen, aber sicher schadet es nichts, sich einmal mehr zu fragen, was die Nachrichten oder die Sendungen emotional bei mir auslösen, ob es informative und vertrauenswürdige Informationen sind

---

[172] Silent subliminals presentation system. - Patent US5159703A, 1989 und Verfahren zur Fernanzeige bzw. Fernübertragung von elektrischen Strömen veränderlicher Intensität, insb. für die Zwecke der elektrischen Bildübertragung, der elektrischen Tonübertragung u.dgl., DE647468C,1925.- https://patents.google.com/patents. - Aufruf vom 27.10.2018.

und ob sich dadurch vielleicht meine Haltungen oder Werte verändern. Wenn ich von morgens bis abends nur Mord und Todschlag sehe, stumpft mich dass irgendwann vielleicht so ab, dass ich bei Berichten aus Kriegsregionen überhaupt kein Mitgefühl mehr empfinden kann. Und dann wird es eben kritisch."

Katharina: *„Und Eleanor Marx hat sich wirklich das Leben genommen?"*

Romy: „Ja, sie konnte vielleicht einfach den Suizidgedanken nicht mehr aus ihrem Kopf bekommen, auf welche Art und Weise ihr dieser auch immer suggeriert wurde. In ihrem Fall gab es aber auch familiäre Gründe, die ihren Kummer verstärkten. Und auch diesem „Leiden" konnte natürlich von außen nachgeholfen worden sein. Gerade kompromittierende Liebschaften zu organisieren, Partnerschaften auseinanderzubringen und Eifersucht zu provozieren, gehört wohl zu den leichtesten Übungen von Geheimdiensten.

Oder Eleanor wurde schlicht und einfach umgebracht. Diese zweite Variante besteht natürlich auch. Denn sie hatte viel für den Sozialismus geleistet. Sie spielte bei der Gründung der Zweiten Internationale und in der englischen Gewerkschaftsbewegung eine wichtige Rolle, sie half beim Aufbau der Trade-Unions-Bewegung und Wilhelm Liebknecht verband ihren Namen eng mit den Erfolgen der Maschinenarbeiterstreiks 1889 und den Docker-Streiks von 1890. Sie lernte „Jiddisch" und behauptete stolz eine Jüdin zu sein. 1886 unternahm sie mit Wilhelm Liebknecht sogar eine Geldgeber-Tour durch die USA, um für dortige Streiks Geld zu sammeln. Sie pflegte viele Freundschaften, war eine engagierte, intelligente, gebildete und empfindsame Frau.

Deshalb bin ich mir auch nicht sicher, ob sie sich wirklich das Leben nahm. Sie war mit 43 Jahren im besten Alter. Wie sie also die Blausäure am 31. März 1898 zu sich nahm, wird niemand mehr aufklären. Und ob und wann sie wirklich über ihren Suizidwunsch gesprochen hatte, kann auch nicht verifiziert werden. Insofern kann auch nicht ausgeschlossen werden, dass sie Opfer eines Mordanschlages und somit einfach vergiftet wurde. Dem Gericht lag ein Brief vor, auf Grund dessen Eleanor sich angeblich das Leben genommen haben sollte. Dabei ging es um die bereits erwähnten Beziehungsprobleme mit ihrem Ehemann Edward Aveling[173], der auf viele per sé abstoßend wirkte. Er schien nicht an viele Werte zu glauben und Eduard Bernstein bezeichnete ihn schlichtweg als Verbrecher. Auf Grund seines sehr großzügigen Lebenswandels konnte man davon ausgehen, dass er für jegliche „Nebenjobs" bereit stand. Alexander Karley Donald schrieb am 04. Juni 1898: *„ Es war ziemlich sonderbar ihre Freunde fragten mich um Rat, ob man nicht Aveling wegen Beihilfe zum Selbstmord belangen könnte. Ich ging der Sache nach und verschaffte mir noch zusätzliches Beweismaterial, musste ihnen jedoch entschieden den Rat geben, die Sache mangels Beweisen auf sich beruhen zu lassen. "*

Aber auch Avelang erkrankte im Vorfeld schwer an

---

[173] Edward Aveling (29,11. 1849 - 02.08.1898) - engl. Sozialist, Zoologe, Freidenker, 1884 - 1898 Lebenspartner von Eleanor Marx, sein Vater war Reverent / Priester, studierte 1867 Medizin am University College London, 1870 Bachelor for Science in Zoologie.

einem Abszess in der Lendengegend und musste operiert werden. Ein Abszess ist ja eigentlich nichts anderes, als eine entzündliche Gewebeeinschmelzung, die durch eine Fremdeinwirkung, wie eine Spritze, einen Fremdkörper, aber auch eine Infektion mit Bakterien erfolgen kann. Und auch hier möchte man sich natürlich fragen, warum er diese „Erkrankung" gerade bekam, als die politischen Entwicklungen in ein Fahrwasser gerieten, das einen fruchtbaren Nährboden für die sozialistischen Ideen hätte bereiten können, da sowohl Edward als auch Eleanor in der „Social Hall" in Wandsworth, einem Stadtteil von London, im Auftrag der SDF, der Social Democratic Federation, der ersten sozialistischen Partei im Vereinigten Königreich unterrichteten und so ihre fortschrittlichen sozialistischen Ideen verbreiteten, ganz unabhängig vom persönlichen Sympathiewert von Aveling? Und man möchte sich fragen, ob dabei auch die Schauspielerin unterstützend wirkte, denn die Lendengegend gehörte ja wohl schon eher zum intimen Bereich des Körpers.

Sah es also vielmehr so aus, als dass ein dramatisches Ende bereits am Reißbrett vom Geheimdienst vorgezeichnet wurde? Das Edward Aveling „plötzlich" unter dem Namen Alec Nelson, der der vermeintliche Komponist einer Operette war, die wenige Zeit vorher Eleanor und Edward gemeinsam zugunsten ihres Unterrichtsfonds hatten aufführen lassen, eine 22 Jahre alte Schauspielerin heiratete und fortan ein Doppelleben als Bigamist führte, konnte Eleanor nicht fröhlich stimmen. Zusätzlich traf sie besonders hart, als er dann noch mit großer Mehrheit in den Vorstand der SDF gewählt wurde, wonach er sie ganz verließ. Aber auch dies konnte ein geschickt eingefädeltes komplexes Politmanöver gewesen sein, um Eleanor noch weiter zu demütigen.

Als Hauptdarstellerin hatte man für ihren Ehemann eine junge sexy Schauspielerin angeheuert, die den aktiven Sozialisten und Lebensgefährten einer noch aktiveren politischen Aktivistin verführte und ihm eine große Liebe vorheuchelte. Warum nicht? Ein altbewährtes Konzept und ein relativ einfacher Coup, zumal die Schauspielerin sicher sein konnte, dass diese Ehe aus rechtlicher Sicht offiziell ja nicht existierte, dass diese also jederzeit annulliert werden konnte, daraus also keine Konsequenzen für sie zu erwarten waren. Und da man davon ausgehen konnte, dass der Beruf der Schauspielerin auch schon zu früheren Zeiten ein schwerer war, gezeichnet von permanenter Unsicherheit aber auch dem normalen „Besetzungscouch-Deal", mit dem die meisten Frauen zu rechnen hatten, konnte ein solch lukrativer und vor allem längerfristiger Nebenverdienst sicher mehr als einträglich sein, öffneten sich doch dadurch gegenfalls auch zusätzlich noch die finanziellen königlichen Schatullen.

Als Aveling dann zwischenzeitlich wieder bei Eleanor auftauchte, ohne sich zu entschuldigen, kann man auch nur annehmen, dass das zum Drehbuch gehörte, was seine Freundin, konzipiert von den Regisseuren der royalen Macht skriptgetreu umsetzte.

Nach einer Agitationstour bekam Edward allerdings dann eine Lungenentzündung, der nächste Versuch aus dem Portfolio der „Krankheiten". Warum er einen Monat später wieder operiert wurde, ist nicht überliefert, wirft aber Fragen auf. Allerdings war es bereits 1897 und die medizinisch-technischen Entwicklungen waren weiter fortgeschritten. Und wie sollte es auch anders sein: Nach der Operation verschlechterte sich sein Zustand weiter.

Dann schrieben beide noch einen gemeinsamen Brief, dass sie sich über den bevorstehenden Besuch Liebknechts in London freuten.

Und im März 1998 brachte sich Eleanor mit Blausäure um und wenige Monate später verstarb Edward, nun angeblich an einer „Fettleber", sozusagen an Triglyceriden, die sich im Gewebe eingelagert hatten.

Ich möchte überhaupt nicht darüber nachdenken, warum wir heute keinen Biodiesel mehr fahren, wenn dieser durch die Umesterung von Triglyceriden mit Methanol hergestellt wird und für die Herstellung von Diätmitteln bereits in den 60er Jahren des vorigen Jahrhunderts untersucht wurde, wie man übliche Fette durch Triglyceride von Fettsäuren mittellanger Ketten ersetzt.

Aber anscheinend entwickelten sich die industriellen Vernetzungen zwischen dem Chemiesektor, der Medizin und der Durchsetzung politischer und wirtschaftlicher Interessen immer besser.

Über den Tag, an dem Eleanor angeblich ihren Selbstmord verübte, gibt es unterschiedliche Darstellungen.

Es ist eben alles etwas verwirrend.

Aber zeigt nicht das Beispiel des Skandals zum Vorgehen von Cambridge Analytica, um Wahlen zu beeinflussen und Politiker zu manipulieren[174], auf welch lange

---

[174] Holland, Marin: Cambridge Analytica. Chef prahlt mit Wahlbeeinflussung und Erpressungsversuchen. 10.03.2018. - In: Heise online. https:// www.heise .de/newsticker/meldung_Cambridge-Analytica-Chef-prahlt-mit-Wahlbeeinflussung-und-Erpressungsversuchen-399001.html.

Tradition und welchen Wissensvorlauf diese Systembewahrer zurückgreifen und mit welchen harten Geschützen sie eine Reaktionsära heraufbeschwören? Sozialisten und Kommunisten gehörten in jedem Fall nicht zu der Kategorie Bürger, denen man langfristig Meinungsfreiheiten einräumen wollte.

Und selbst, wenn niemand Eleanor die Blausäure verabreicht hätte, wäre auch die Selbsttötung, aus meiner Sicht ein Indiz für die Entwicklung eines furchtbaren neurologischen und methodischen Waffenarsenals des Kapitalismus. Und diese Waffe empfinde ich als besonders grausame Mordwaffe, da sie die menschenverachtendste Form darstellt, nämlich Menschen in eine solche Verzweiflung und geistige Verwirrtheit zu treiben, dass sie keine Freude mehr für das Schöne und keinen Sinn mehr im Leben sehen.

Ich kann mir nur sehr schwer vorstellen, dass eine couragierte Frau wie Eleanor, die mitten im Leben stand, „plötzlich und unerwartet" an einer Nervenkrankheit leidet, die nicht einer exogenen Quelle entspringt.

Eher macht es doch den Anschein, dass dieser angebliche Freitod den Höhepunkt eines längerfristigen und schrittweisen Projektes der psychologischen und physiologischen Kriegsführung gegen einen Systemgegner darstellt, den Endpunkt einer klinischen Testreihe aus unterschiedlichen körperlichen und geistigen Leiden."

Katharina: *„Aber gab es nicht auch schon Jahrhunderte vorher den Freitod?"*

Romy: „Natürlich. Zu allen Zeiten, in allen Gesellschaftsformen und Religionen. Und jeweils wurden sie anders beurteilt. Aber das ist es ja auch wieder, was den Suizid zu einem perfekten Verbrechen werden lässt, die Normalität, bei der Bürger dies als nichts ansehen, was misstrauisch machen und konkrete Nachforschungen erforderlich machen sollte. Es wird gesellschaftlich hingenommen und einfach mit der Gemütslage des Selbstmörders erklärt. Insofern besitzt der Suizid fast den gleichen unverfänglichen Status wie eine Krankheit.

Irgendwie bedeutet ja die Flucht in den Tod vor allem, dringend einer ausweglosen psychischen Situation entkommen zu wollen, bei der niemand helfen kann, kein soziales Umfeld, weder Freunde, noch Verwandte. Oft fallen solche Handlungen in den Kontext einer verzweifelten wirtschaftlichen oder sozialen Lage, Liebeskummer oder sonstiger Beziehungskonflikte oder Herausforderungen im Alltag. Und diese psychische Not entsteht ja wiederum aus einer extremen negativen emotionalen Stimmung heraus, die oft auch aus einem gesellschaftlichen oder systemischen Druck heraus entsteht.

So wie heutzutage immer öfter durch das Mobbing.

Aber erst als die Wissenschaftler herausfanden, wie sie Emotionen steuern und lenken konnten, erwuchs daraus auf der einen Seite ein neues Geschäftsmodell und auf der anderen Seite die Gefahr, vor der wir heute stehen und die die Manipulation der Gefühle zur Durchsetzung politischer Ziele in professioneller Weise nutzt.

Ausgangspunkt ist in den meisten Fällen eine gewisse Ausgrenzung, Isolation, Vereinsamung des Menschen. Und auch heute sind Opfer eher diejenigen, die keine Familie und keine Freunde haben, die sich um sie kümmern, warum auch immer, und die auch sonst kaum am gesellschaftlichen Leben teilhaben.

Natürlich fühlte sich Eleanor durch das Doppelleben ihres Mannes einsam. Und natürlich wird sie es auch als Enttäuschung empfunden haben, als die Partei wie selbstverständlich den Bigamisten in den neuen Vorstand wählte, über den Vertrauensbruch hinwegsah und vielleicht ihn sogar noch darin bestärkte, ganz mit der Schauspielerin zusammenzuleben. Und dies musste natürlich von Eleanor noch als eine zusätzliche psychologische Kränkung empfunden werden. Wir sehen ja oft im eigenen Freundeskreis, wie schwer es fällt, zu entscheiden, welchen der Partner man weiter zu Feiern und Treffen einlädt, wenn sich Paare trennen, immer aus der Sorge heraus, den anderen damit einer zusätzlichen psychischen Belastungsprobe auszusetzen.

Dass eine Fettleberdiagnose bei Edward, drei Monate nach dem Ableben von Eleanor, zum Tod, aber zu keiner Verwunderung bei politischen Weggefährten und Freunden führte, kann nur dem Fakt geschuldet sein, dass es wohl kaum wirkliche Freunde in seinem Umfeld gab, die ehrlich um ihn trauerten.

Und vielleicht gab es auch in diesem, seinem Umfeld zahlreiche Bekannte, die seinen Tod als irgendwie gerechte Strafe dafür empfanden, dass er ein sehr unkonventionelles und nicht wirklich christlich ehrenwertes Leben führte und indirekt damit auch den Suizid von Eleanor zu verantworten hatte, sofern es denn einer war. Nur sehr wenige kamen zu seiner Beerdigung. Und mancher wird gedacht haben: „Das geschieht ihm recht", aber kaum jemand wird einen Zweifel gehegt haben: „Ob dieser Tod wohl wirklich ein natürlicher war?"

Katharina: *„Aber ich glaube, heute sind Suizide nicht mehr so häufig, oder?"*

Romy: „Das denke ich nicht, auch wenn es natürlich keine vergleichbaren Statistiken darüber gibt. Aber ich habe eher das Gefühl, dass die „Industrialisierung" dieser Erkrankung voranschreitet und zunehmend als Instrument zur Steuerung von gesellschaftspolitischen Prozessen eingesetzt wird. Immerhin starben nach Meldungen aus der EU im Jahr 2005 58.000 Menschen. Im Jahr 2012 war es die häufigste Todesursache nach Verkehrsunfällen für 15- bis 29-Jährige. Und auf den Straßen sterben über 50.000 Verkehrstote jährlich. Wenn also so viele Menschen, vor allem an Depressionen sterben, dann kann man daran doch nur dem System die Schuld geben, oder? Und wenn so viele Menschen im Verkehr sterben, hat das nicht auch irgendeinen Grund? Mangelnde Aufmerksamkeit, Müdigkeit, Stress, Hektik oder eben auch „Beseitigung von Störgrößen aus dem System"? Für mich ist das Ausdruck eines vor allem sehr gestörten und kranken kapitalistischen Systems.

So, wie das ökonomische System den Zins und Zinseszins als Krebsgeschwür der Ökonomie hervorgebracht hat, um das Kapital zu mehren und die Ausbeutung zu verschärfen, den Fortschritt und den gesellschaftlichen Wandel zu verhindern, durchsetzen die Metastasen zunehmend den Menschen, als Ergebnis einer überbordenden Industrialisierung, einer maßlosen Gier und einer Medikalisierung, bis dieser daran verstirbt.

Das System hat den Homo sapiens zu einem Homo oeconomicus verkommen lassen. Es schwächt den Staat und die demokratische Gemeinschaft zugunsten der Privatwirtschaft, betrachtet den Menschen als ein Wesen, das sich vor allem über seine Effizienz und Leistungsbereitschaft definiert. Der seiner Existenz vor allem dadurch eine Berechtigung gibt, dass er den Mehrwert steigert und dem Kapitalisten zur Mehrung seines Kapitals verhilft. Er ist zu einem Wesen verkommen, das vor allem vermessen, mit Indikatoren quantifiziert und qualifiziert gehört und der Wissenschaft als Forschungsobjekt dient, um sich noch perfekter in den wirtschaftlichen Regelkreis einzupassen und immer seltener als eine Störgröße im Zusammenspiel mit Automation, Digitalisierung und Robotik „störend" zu wirken.

Und bei wem die Bewertung der Leistungsfähigkeit nicht ausreicht, und schlimmer noch, wer wirklich droht, als Störgröße im System aufzutreten, der durchläuft eben die Stufen der medizinisch-pharmazeutischen „Entsorgung", eines hochmodernen, ausgeklügelten, komplexen Waffenportfolios, das im besten Fall mit dem Selbstmord endet, im ungünstigen Fall mit einem als „natürliches" Unglück getarnten, perfekten Mord.

Aber das ist im Zuge der immer perfekter werdenden Methoden und Technologien heute auch kein Problem mehr. Und die moralische aber auch ethische Schwelle hierfür wurde schon lange überschritten."

Katharina: *„Aber gibt es denn aus dieser Falle überhaupt kein Entrinnen?"*

Romy: „Doch, ich glaube schon. Aber erst, wenn die Menschen sich der Tatsache bewusst sind, dass sie missbraucht werden, wenn sie erkennen, welches Spiel die Industrie, die Banken und bestimmte politische Machtzirkel mit ihnen spielen, wenn sie erkennen, dass eigentlich ihr Leben, ihre Lebenszeit permanent durch die gegenwärtig existierenden ökonomischen Strukturen gestohlen wird, wenigstens der Mehrheit der Bevölkerung, die ihre Arbeitsleistung zum Überleben fremd verkaufen muss.

Erst wenn sie erkennen, dass die meiste bezahlte Arbeit im ersten Arbeitsmarkt vollkommen „sinnfrei" ist, da wertvolle Entwicklungen zurückgehalten werden, Erfindungen nicht den zivilen Markt erreichen, die das Leben für alle viel einfacher machen würden.

Erst, wenn sie erkennen, dass die eigentlich wertvolle Arbeit, die Arbeit des Ehrenamtes eigentlich diejenige ist, die den ersten Arbeitsmarkt der Zukunft darstellen sollte, da sie das gesellschaftliche Leben, den Zusammenhalt in der Gemeinschaft und die demokratische Gesellschaft stärkt.

Erst, wenn sie sehen, dass die Tätigkeiten in den Konzernen vollkommen überflüssig sind, da alles bereits im Überfluss existiert, was ein Leben lebenswert macht, erst dann kann es einen Wandel geben.

Wenn die Menschen vor allem erkennen, dass all die Wut und Hassdebatten, die medialen Angstszenarien nur dafür entwickelt wurden, um die Emotionen so zu steuern, dass sie nicht klar über die wirklichen Herausforderungen für einen Systemwandel nachdenken können.

Erst wenn die Bürger begreifen, dass sich die Verhältnisse Anfang des vorigen Jahrhunderts, wieder neuen Raum zur Entfaltung zurückholen möchte, und sich in die Zeit vor Karl Marx zurücksehnen, dann wird man auch dieser Falle entrinnen können."

Katharina: „Aber meinst du nicht, dass es dafür fast zu spät ist? An allen Ecken erstarken die rechten Populisten, die Menschen jubeln wieder Prinzessinnen und Königinnen zu, sie träumen von Monstern, Star War's und Vampiren, schauen Dokusoaps und haben den politischen Kampfgeist doch eher verloren?"

Romy: „Ich fände es furchtbar, wenn die Familie Marx für umsonst gestorben wäre. Aber auch die vielen anderen Mordopfer; die Opfer der Massenmorde in den zwei Weltkriegen, die Mordopfer im Stellvertreterkrieg in Syrien, die Mordopfer, die als Schriftsteller, Journalisten, Wissenschaftler sich für einen Wandel einsetzten und dafür über die vergangenen zwei Jahrhunderte einfach entsorgt wurden, „auf dem Müllhaufen der Geschichte". Wenn man das nicht möchte, dann darf man nicht aufhören, erneut für einen Wandel zu kämpfen und dieses Rollback nicht zulassen."

Katharina: „Aber das sagt sich so leicht."

Romy: „Ich bin überzeugt davon, dass weltweit so viele Menschen verstanden haben, was die Welt gegenwärtig so chaotisch erscheinen lässt. Ich bin überzeugt davon, dass viele längst die Pläne der „unheimlichen Allianz" durchschaut haben und die Spielregeln mittlerweile beherrschen. Ich bin überzeugt davon, dass die Mehrheit der Weltbevölkerung frei leben möchte, ohne Ausbeutung, ohne Krieg, in Sicherheit und auch in ihrer Heimat. Und ich bin überzeugt davon, dass wir an der Schwelle zu einem epochalen Wandel stehen."

Katharina: „Aber es gibt doch so viele Faktoren, die die Menschen einfach verunsichern."

Romy: „Ich glaube, dass die Menschen erkannt haben, dass es keinen Grund gibt, der Panikmache und dem Hysterie-Geschrei zu folgen oder in Angst zu verfallen, weil Datenunternehmen wie Cambridge Analytica und Facebook meinen, sie könnten in wenigen Jahren die Welt nach ihrem Gusto steuern und immer wieder gebetsmühlenartig Herausforderungen auf den Plan rufen, die gar nicht existieren."

Katharina: „Willst du sagen, es gäbe gar keine Herausforderungen, wenn es nicht Trendforscher, Statistiker, Ökonomen aber auch Neurologen gäbe, die uns so manipulieren, dass wir ständig an das Ende der Welt glauben?"

Romy: „Richtig. Warum sollte die Wirtschaft weiter wachsen, wenn wir längst die Sättigungsstufe erreicht haben? Warum sollte die Mobilität zunehmen und wir als mobile Arbeitszombies um die Welt jagen, anstatt mit unseren Familien friedlich zu Hause zu verbringen? Warum sollte es einen demographischen Wandel in Westeuropa geben, wenn die Frauen auf ein soziales

Umfeld stoßen würden, das ihnen eine gleichberechtigte Existenz ermöglichte, wo es ausreichend gut ausgestattete und kostenfreie Kindereinrichtungen gäbe, wo jeder lokal und regional eine geeignete Arbeitsstelle fände? Wo es einfach Sinn machte, ein Leben mit Kindern zu planen und sich darauf zu freuen?

Warum sollten die Entwicklungsländer eine Überbevölkerung verschulden, wenn es Aufklärung, vernünftige Lebensbedingungen, Verhütungsmöglichkeiten gäbe? Wenn die Kirchen ihre religiösen Feldzüge unterließen und für einen Bildungsstand eintreten würden, der mindestens dem europäischen Niveau entspräche?

Warum benötigen wir Zinsen und Zinseszinsen, wenn wir mit dem Geld, das wir erhielten, uns all das leisten könnten, was wir zum Leben benötigten?

Warum können wir nicht die Steuern für die Bürger abschaffen und den Irrsinn der Abrechnungen gleich mit?

Warum kann nicht jeder Einwohner ausreichend Geld als bedingungsloses Grundeinkommen erhalten, und die Diskussionen um Tafeln, Harz IV, Wohngeld, Bezugsscheine und all der andere bürokratische Quatsch hörte damit endlich und ein für alle Mal auf?

Warum sind die Kommunen und Gemeinden nicht reich genug, dass sie für ihre Bürger die Daseinsvorsorge garantiert übernehmen können, damit jeder sicher in und ohne Zukunftsangst auf die nächsten Jahre blicken kann?

Warum gibt es nicht mehr kommunales Eigentum, wo niemand mehr Sorge vor Mietpreissteigerungen oder Wohnungsverlust haben muss?

Kann das irgendwer einem mal logisch erklären?"

Katharina: „Ich glaube, das kann im Moment keiner wirklich. Natürlich weil die Privatwirtschaft die Arbeitsplätze schafft und weil die Konzerne die Waren produzieren, verwerten und sich die Gewinne einstecken. Und auch weil immer mehr Grund, Boden, natürliche Ressourcen unsinniger Weise teilweise ohne Sinn und Verstand einfach verscherbelt wurden."

Romy: „Aber was hindert uns denn daran, selbst solche „Konzernstrukturen" aufzubauen, als Bürger und jeder mit seinen Kompetenzen und seinen Fähigkeiten? Der eine ist Erfinder, der andere Verkäufer, der nächste ist Erzieher. Ist es nicht letztendlich das Volk, sind es nicht die Bürger, die die Konzerne und Banken am Laufen halten?"

Katharina: „Da hast du natürlich Recht."

Romy: „Siehst du. Und was meinst du, wenn sich in den Familien, Gemeinden, Kommunen und Städten die Menschen einfach unterhielten und planten, einfach ab einem Punkt „X" anders leben zu wollen, und der Bund und das Land offenlegten, was sie noch so an liquiden Mitteln hätten und welche Fördertöpfe da noch wären, die an die Kommunen ausgegeben werden könnten, was dann die Menschen aus diesem Geld machen würden? Oder wenn jeder darüber nachdächte, ob seine Tätigkeit, die er leistete, der Gesellschaft, dem Gemeinwohl, den Freunden, der Familie und den Nachbarn zugute käme oder überhaupt sinnvoll ist?
Und wenn jeder Mensch einmal kritisch betrachten

würde, was er wirklich zum Leben benötigte? Aber eigentlich muss man darüber ja gar nicht mehr nachdenken, denn alle Länder, die damals den Übergang vom Kapitalismus zum Sozialismus geschafft haben, hatten ja genau solche Strukturen bereits vorgedacht. Demokratisch, solidarisch, sozial und eben nach den Regeln der Gemeinschaft."

Katharina: *„Aber die Planwirtschaft war doch wohl der Flop des Jahrhunderts, oder? Das wird niemand mehr wollen."*

Romy: „Das ist aber genau die Sauerei. Durch das Verstecken, Verschieben, Verramschen von Technologien, von IPRs - also Intellectual Property Rights - wurde künstlich eine Mangelwirtschaft erzeugt. Und was willst du planen oder verteilen, wenn du nichts hast? Die Kreativität und die Produktivität in den Ländern, vor allem aber der positive Wille für eine friedliche Zukunft hätten es ermöglicht, dass alle glücklich und in Wohlstand leben. Und durch die Medien wurden künstlich Sehnsüchte und Träume geweckt, vermeintlich Freiheiten propagiert, die der Kapitalismus in letzter Konsequenz aber nicht per sé allen seinen Bürgern zugesteht. Nur wer über ausreichend finanzielle Mittel und Kapital verfügt, kann sich diese Freiheiten leisten und Träume erfüllen. Die Mehrheit trifft allerdings ein harter Alltag und Überlebenskampf in einer Ellbogengesellschaft, gezeichnet durch unzählige Egomanen, die alle mit wenig Einsatz viel vom gesellschaftlichen Kuchen abhaben möchten.
Und außerdem ist die Argumentation bezüglich der ge-

scheiterten Planwirtschaft insofern Quatsch, da ja auch in der Marktwirtschaft geplant wird. Jedes Unternehmen plant seine Produktion und generell plant die Wirtschaft strategisch, taktisch und operativ Ressourcen, Maßnahmen und wertschöpfende Prozesse quantitativ. Für jeden Bereich werden ökonomische Größen wie Investitionen, Umsatzerlöse, Kosten, Gewinne geplant. Was unterscheidet denn in diesem Sinne die Planung einer Kommune, einer Stadt, einer Region von den Planungen eines Konzerns?

Wenn ich dann aber die Länder mit psycho-physischem Terror übersäe und dabei unsichtbar die furchtbarsten Waffensysteme einsetze, um diesen eigentlich geglückten Systemwandel wieder zurückzudrehen, ist der Aufbau einer neuen Gesellschaft eben chancenlos.

Du musst dir mal anschauen, wie hoch die Suizid-Rate bei Männern in Russland ist. Meinst du, dass kommt daher, weil Putin alle mit seiner Diktatur unterdrückt? Das kommt daher, weil meines Erachtens auch hier die psychologischen Spielchen greifen. Volle Schaufenster, superreiche Oligarchen, Wohlgerüche und Glamourwelt des Westens einerseits und eine sich weiter öffnende Schere zur „normalen" Bevölkerung andererseits. Außerdem gehe ich davon aus, dass auch dort psycho-physiologische Waffensysteme eingesetzt werden.

Was für eine Farce, wenn ich das sehe. Und es macht mich traurig und wütend zugleich. Allerdings denke ich, dass die Menschen, auf Grund der großen menschlichen Verluste, die sie in den Weltkriegen hinnehmen mussten, nicht ganz so blind in ihr Verderben rennen, wie es die damaligen Bürger der DDR taten."

Katharina: *„Warst du aber nicht auch froh, endlich die Wiedervereinigung zu erleben?"*

Romy: „Ja, das stimmt. Vor allem hatten es mir die große weite Glamourwelt und die Reisefreiheit angetan. Auch wenn ich vorher eigentlich nie ein vereintes Deutschland erlebt habe und auch keine Vorstellungen davon hatte, was das bedeutete. Aber nachdem ich meine Lektionen gelernt habe, mit welch einem mörderischen System wir es gegenwärtig zu tun haben, verzichte ich gern auf die angeblichen Freiheiten, die nichts als Potemkinsche Dörfer sind. Eine bunte Glitzerwelt, die das Elend mit einem undurchsichtigen Tuch verhüllt, als wenn es kein reales Leben gäbe. Das kapitalistische System wird niemals zum Wohle der darin lebenden Bürger agieren."

Katharina: *„Ich glaube, dass trotzdem viele Panik bekämen, wenn du wieder an DDR-Zeiten erinnern oder sie dazu ermuntern würdest, alles anders zu machen. Sie hätten Angst, dass sie verhungern würden oder kein Dach mehr über dem Kopf hätten und vor allem, dass der ganze Wohlstand den Bach runterginge."*

Romy: „Ja, das kann sein. Aber das ist eben der totale Irrtum. Es werden immer Rechnungen in Millionenhöhe aufgemacht, weil Ökonomen erklären, was Produkte, Prozesse, Dienstleistungen angeblich kosten. Sie haben sich Förder- und Finanzkreisläufe entwickelt, die vollkommen am realen Leben vorbeigehen.

Vielleicht wäre es an der Zeit, wenn Ingenieure, Wissenschaftler, Soziologen mal das Ruder in die Hand nähmen? Ehrlich gesagt bin ich diesbezüglich nur froh, dass eine Physikerin das Land regiert. Da gibt es noch Hoffnung.

Und vielleicht erkennen wir ja gemeinsam, dass es jetzt an der Zeit ist, den Schritt vom Homo oeconomicus zum Homo cultus zu wagen, mit einem selbstbestimmten, kulturvollen, glücklichen und von vielen Ängsten befreiten Leben."

Katharina: *„Das hört sich zwar gut an, erscheint mir aber etwas zu einfach und naiv."*

Romy: „Aber letztendlich ist es so einfach. Die Technologien, die Erkenntnisse, die Erfahrungen, die weltweit existieren, reichen schon lange, um ein friedliches, von Existenzangst befreites, soziales, kulturell reiches und solidarisches Leben zu gestalten. Wenn man sich vor Augen führt, dass die Lebenszeit jedes Menschen begrenzt ist, dass es vollkommen unsinnig ist, diese Zeit mit Streit, Krieg und Konflikten zu vertun oder mit dem Anhäufen von Geld, wenn man sicher sein kann, dass immer ausreichend Brot, Wasser und ein Dach über dem Kopf für jeden vorhanden sein werden, um ohne Existenzangst leben zu können, dann ist das keine Zukunftsvision, sondern einfach naheliegend und der nächste logische Schritt.

Warum setzten wir also nicht einfach ein solches Leben um?

Wenn wir erkennen, dass als Lebensinhalt nicht nur das Shoppen und Besitzen Freude bereiten, sondern auch Teilen, Herstellen, Schaffen, Helfen, das Spielen mit den Kindern, das Malen, Schreiben, Singen, Theater spielen, Sport treiben, mit Freunden lachen, dann werden auch die gegenwärtigen Debatten über einen Handelskrieg in ihrer Bedeutung winzig klein. Weil man sich dann nämlich ernsthaft fragt, ob der amerikanische Whiskey, die „Wegwerf"-Uhr aus China, die Designerklamotte aus Paris das sind, was man wirklich zum Leben braucht? Natürlich heißt das nicht, dass man nicht auch einmal den Luxus genießen sollte, aber wie schon der Ursprung des Wortes zum Ausdruck bringt: lat. für Verschwendung, einen Lebensstandard, der über das notwendige Maß hinausgeht, was in einer Gesellschaft als sinnvoll erachtet wird.

Neue Technologien ja, Digitalisierung ja - ohne Frage. Aber für die Menschen und nicht zur Profitmaximierung und zur optimalen Verwertung der Ressource Mensch!

Wir sollten uns fragen, ob dieses geheimdienstliche systemerhaltende todbringende System, das mit den Morden an der Familie Marx seinen „industriellen" Anfang nahm, es wirklich wert ist, dass wir es weiter mit unseren emotionalen Klischees und Mustern bedienen?

Und meinst du, es ist sinnvoll, Trendforschern und Demographen in ihren Vorhersagen zu Apokalypsen, Katastrophen und vermeintlich selbsterfüllenden Prophezeiungen der nächsten Jahre zu folgen oder uns dazu verführen zu lassen, künftig nur noch als leicht zu hackende Cyborgs zu existieren?

Sollten wir nicht besser tun, was das Gebot der Stunde ist? Uns wieder auf die humanen Werte besinnen, füreinander und miteinander zu leben und dabei so viele glückliche und reiche Momente zu erleben? Sollten wir nicht öfter wieder alle lachen und miteinander Spaß haben? Und sollten wir vor allem an diejenigen appellieren, die sich mit ihrer Expertise, ihrem Wissen und ihrem Know-how einem „falschen" Wertesystem verkauft haben? Wir sollten uns fragen, ob wir es weiter hinnehmen wollen und können, dass die Wenigen, die die Welt mit diesem längst überholten „ökonomischen System", mit seinen veralteten Strukturen und Gesetzeswerken traktieren, die die Menschen gegeneinander hetzen, Hass und Krieg über die Völker bringen, am Ende nur höhnisch über das „ungebildete Volk" lachen.

Ich jedenfalls möchte noch ein paar glückliche, friedliche und entspannte Jahre auf dieser Welt verbringen. Und du doch sicher auch, oder?"

Katharina: *„Natürlich. So, wie die meisten Menschen auf diesem Planeten. Aber was wird dann aus den Mördern?"*